U0033345

穩紮穩打！新日本語能力試驗

Japanese-Language Proficiency Test

修訂版

N1文法

· 循序漸進、深入淺出
· 句型接續及活用一目瞭然
· 詳細剖析類似句型其中異同
· 學習各種固定形式的慣用表現
· 足夠的排序練習以及長文例句，
  提升閱讀能力

目白JFL教育研究会 —— 編著

はじめに

為了提升讀者全方位的能力，本書編寫時，除了舊制的文法項目外，也一併將過去 20 回新制考古題中曾經出題過的重要表現納入。此外，亦蒐集了許多上述的衍生用法以及慣用表現，用於各篇章的例句當中。也因為 N1 考試，閱讀部分的佔比非常高，因此編寫時刻意撰寫結構較複雜、難度較高、使用場景更多元化的例句。敬語部分則是另立篇章，系統性整理敬語的使用方式，讓讀者得以掌握敬語的整體輪廓。相信只要熟讀本書，不僅文法考題的部份可以迎刃而解，閱讀能力也必定能有大幅度的提升。

本書的特色，有以下幾點：

(1) 以剛考過 N2 的學習者為對象，不以語意相近句型加以比較，而是採用釐清各個句型的基本意義、用法、接續以及活用的分類方式。因此編寫內容時，是按照各個句型的文法特性，加以排序。

(2) 本書總共分成六大篇章，再加上敬語特別篇。每篇章約五個小單元，計有三十個單元。每個單元裡皆有詳細標示各個句型的「接續」、「翻譯（意思）」以及「說明」。若文法項目品詞上的性質需要，也會列出「活用」的部分。

(3) 本書在編寫時，特別重視句子構造與銜接。每個單元盡量以相同的品詞或型態來分類，依句型需要也會列舉「其他型態」。例如：基本型態為「～（よ）うが～まいが」，其他型態則有「～（よ）うと～まいと」、「～（よ）うと～（よ）うと」。

(4) 書中有些句型則是設有「進階複合表現」，例如：「～いかん＋によらず」、「～をもって＋しても」、「～に越したことはない＋ものの」。這是為了讓學習者可以靈活運用已經學習過的多個句型，將其串聯起來合併使用，以增進學習者的寫作能力及句子構造能力。

(5) 本書的例句，刻意撰寫句型結構、詞彙較為複雜的句子，除了比較符合實際文章上的用例外，也可以提升學習者對於長文閱讀的能力。才不會出現有單字、句型都了解，但置於文中就有看不懂的情形。

(6) 每個句型都設有「排序練習」，練習的目的只是讓學習者熟悉剛學到的句型，並不是要把學習者考倒，因此排序練習選擇較為簡單的例句。而每個單元後方的「單元小測驗」，則會將難易度提升，讓學習者可以評量自己學習的成效。

(7) 在眾多的中高階句型裡，難免有許多意思相近的用法，因此本書也特別增設「辨析」的部分，會比較前面章節或是 N2 考試中，曾出現過的類似句型。例如：「～に即して」與「～に基づいて」（N2）、表期限的「～にて」與「～をもって」、「～を余所に」與「～をものともせず」的異同。

最後，在 N1 考試當中，無論是文法或是讀解，會使用到 N2 句型的頻率非常高，因此建議讀者可與本系列的姐妹書『穩紮穩打！新日本語能力試驗 N2 文法』併用，相信要考過 N1 檢定，不是難事！

作者

< 第一篇 > 助詞

助詞看似容易，但其實有許多助詞，其較特殊的用法並無在初、中級學習到。但助詞是影響整句話語意的關鍵，因此有必要將這些用法重新認識。

第 1 單元彙集了個別格助詞於初級時沒學到，但卻常於文章中出現的用法。

第 2 單元則是口語上、尤其是聽力測驗經常出現的終助詞用法。

第 3 單元至第 5 單元則是整理了使用副助詞的 N1 句型、以及屬於文言的副助詞用法。

01 單元

格助詞

02 單元

終助詞

03 單元

副助詞 I

04 單元

副助詞 II

05 單元

副助詞III

< 第二篇 > 助詞相關表現

第 6 單元以及第 7 單元介紹 N1 考試中常見的複合助詞以及近似複合助詞的表現。
第 8 單元至第 10 單元則是統整了「～に＋動詞」、「～は＋動詞」以及「～と＋動詞」的接續表現。
第 11 單元則是統整了與「～と言う／思う」相關的，源自於文言或較口語的固定形式。

06 單元

「～に○○て」

07 單元

「～を○○て」、「～を～に」

08 單元

「～に」

09 單元

「～は」

10 單元

「～と」

11 單元

「～と言う／思う」

<第三篇> 名詞相關表現

本篇把與名詞相關的表現放在一起學習。

第 12 單元的句型為「～名詞だ」或「～名詞に」，原則上前方使用名詞修飾形。

第 13 單元則是「である／ない」、或是「～に＋動詞」所衍生出來的句型，前方接續的都是名詞。

第 14 單元至第 16 單元則是介紹了 N3 ～ N2 就曾經學過的「ところ」、「もの」與「こと」等三個形式名詞的 N1 進階用法。建議學習這三個形式名詞前，可先複習其 N3 ～ N2 的用法，可收事半功倍之效。

12 單元

「～名詞だ」、「～名詞に」

13 單元

「名詞である／ない」、「名詞に」

14 單元

「ところ」

15 單元

「もの」

16 單元

「もの」&「こと」

<第四篇> 其他重要表現

第 17 單元至第 19 單元統整了 N1 常見的固定形式文末表現。其中有許多都是以否定結尾。

第 20 單元與第 21 單元則是必須同時列出 A、B 兩項（以上）的並立表現，多為表達列舉的含義。學習時務必留意辨析當中解說句型間的異同。

17 單元

文末表現「に～。」

18 單元

文末表現「～ない。」

19 單元

文末表現「は～。／と～。／を～。」

20 單元

並立表現 I

21 單元

並立表現 II

＜第五篇＞ 其他重要品詞

本篇彙整了其他 N1 的重要文法項目。

第 22 單元至第 23 單元為固定形式的連語，多為較文言的表現。尤以第 119 項文法「～とする」，近年的出題頻率相當高。

第 24 單元則是必須接續於名詞後方的接辞。

第 25 單元則是介紹助動詞「べし」的各種型態及接續。

第 26 單元則是與意志相關的助動詞及表現。

22 單元

連語 I

23 單元

連語 II

24 單元

接辞

25 單元

助動詞「べし」

26 單元

助動詞「（よ）う」、「む／ん」

< 第六篇 > 文語

N1 考試中，有許多殘留至現代文言用法的古語，這些用法都非常侷限，能使用的語境及詞彙也不多。

學習時請勿糾結於文法變化的由來，因為這些多是古文殘留至今的少數慣用表現，僅需了解其意思及用法即可。

27 單元

文語 I

28 單元

文語 II

29 單元

文語III

30 單元

文語IV

敬語特別篇

敬語固定每年出題一至兩題。學習敬語時必須系統性地了解各種敬語的種類、用法以及敬意的對象。

本特別篇編寫方式不同於前面篇章句型式的編排，而是採取教科書敘述式的方式編寫，這樣可讓讀者更輕易地掌握敬語的整體輪廓。

學習時，建議將例句唸熟、瞭解其使用的情況，並確實做完單元小測驗的練習題。

special

用語説明

動詞	[原形] 行く [て形] 行って [可能形] 行ける	[ない形] 行か（ない） [た形] 行った [条件形] 行けば	[ます形] 行き（ます） [意向形] 行こう		
イ形容詞	[原形] 赤い [て形] 赤くて [語幹] 赤	[ない形] 赤くない [た形] 赤かった [条件形] 赤ければ	[副詞形] 赤く [意向形] 赤かろう		
ナ形容詞	[原形] 静か [て形] 静かで [語幹] 静か	[ない形] 静かではない [た形] 静かだった [条件形] 静かなら（ば）	[副詞形] 静かに [意向形] 静かだろう		
名詞	「原形」学生 [て形] 学生で [語幹] 学生	[ない形] 学生ではない [た形] 学生だった [条件形] 学生なら（ば）			
普通形	動詞	行く	行かない	行った	行かなかった
	イ形容詞	赤い	赤くない	赤かった	赤くなかった
	ナ形容詞	静かだ	静かではない	静かだった	静かではなかった
	名詞	学生だ	学生ではない	学生だった	学生ではなかった
名詞修飾形	動詞	行く	行かない	行った	行かなかった
	イ形容詞	赤い	赤くない	赤かった	赤くなかった
	ナ形容詞	静かな	静かではない	静かだった	静かではなかった
	名詞	学生の	学生ではない	学生だった	学生ではなかった

意志動詞：說話者可控制要不要做的動作，如「本を読む、ここに立つ」等。意志可以改成命令、禁止、可能、邀約…等。

無意志動詞：說話者無法控制會不會發生的動作，如「雨が降る、人が転ぶ、財布を落とす」等。有些動詞會因主語不同，有可能是意志動詞，也有可能是無意志動詞。如「私は教室に入る」為意志動詞，「冷蔵庫にミルクが入っている」則為無意志動詞。

自動詞：絕對不會有目的語 (受詞) 的句子。1. 現象句「雨が降る」「バスが来る」，或 2. 人為動作「私は 9 時に起きた」「私はここに残る」。注意：「家を出る」「橋を渡る」中的「〜を」並非目的語 (受詞)。「出る、渡る」為移動動詞，故這兩者的を，解釋為脱離場所、經過場所。

他動詞：一定要有主語「は（が）」，跟目的語「を」的動詞。如「私はご飯を食べた」「（私は）昨日映画を見た」。(僅管日文中，主語常省略，但不代表沒有主語。)

名詞修飾：以名詞修飾型，後接並修飾名詞之意。

中止形：句子只到一半，尚未結束之意，有「て形」及「連用中止形」2 種。

丁寧形：即禮貌，ます形之意。

01

第 01 單元：格助詞

01. ～が（連体）
02. ～で（主体）
03. ～から（主体）
04. ～から（強調）
05. ～より（起点）
06. ～と（内容）

格助詞的用法眾多，雖然大部分的用法都已在 N3 之前就習得，但仍有些較少見的用法會於 N1 考試中出題。例如：一般會使用助詞「は」或「が」來表達動作者（動作主體），但在某些語境下，「で」與「から」亦可用於表達動作者（動作主體）；表內容的「～と」，因為很明確知道後接動詞的種類，因此常常可以省略前後的動詞。這種用法也經常出現於 N1 考題中。本單元即是彙整此類的少見用法，補強考生對於格助詞的認識。

第 01 單元：格助詞

01. ～が（連体）

接続：名詞＋が

翻訳：的…。

説明：「が」除了作為「格助詞」表主語外，亦可作為「連體助詞」的功能。此為文語上的用法，意思相當於現代文的「の」。現代文中，能夠使用連體助詞「が」的語彙極為有限，主要用於：① 某人（多半為「我」）之所有物或歸屬，如：「我が家」（我家）、「我が国」（我國）…等。② 亦會用於地名，如：「自由が丘」（自由之丘）…等。使用於地名時，有時會以「ケ」或「ヶ」取代，但讀音亦讀作「が」。如：「関ケ原」、「市ヶ谷」…等。

①・我が家へようこそ。さあ、お入りください。

（歡迎來到我家。來，請進。）

・日頃の感謝の気持ちを込めて我が母に贈るつもりでこの曲を書いた。

（我懷著平時對母親感恩的心，寫了這個曲子打算送給我母親。）

②・A：お住まいはどちらですか。

（A：您住哪呢？）

B：東京都清瀬市の旭が丘です。

（B：東京都清瀬市的旭之丘。）

・市ヶ谷周辺には飲食店が多く、都心へのアクセスも便利なので、住みやすいところです。

（市谷周邊有許多餐飲店，往都心的交通也很便捷，是個很好居住的地方。）

辨析：

表地名的連體助詞「ケ」、「ヶ」，與表助數詞的「ヶ」（如：１ヶ月），語源不同，讀音也不同。前者連體助詞讀作「が」，後者助數詞讀作「か」。

排序練習：

01. リーマンショック以降、 ____ ____ ____ ____ 経済情勢は悪化しつつある。

1. 国　2. 我　3. が　4. の

02. 自由 ____ ____ ____ ____ 探しています。

1. にある　2. が丘　3. 物件を　4. の近く

解01.（2 3 1 4） 02.（2 4 1 3）

02. ～で（主体）

接続：名詞＋で
翻訳：由…（我們）來處理／辦理／實行…。
說明：「で」可用來表達動作的主體。與表主語的「は」、及表主詞的「が」的不同之處，在於「で」僅能使用於複數成員所構成的團體、組織所一起進行的團體行動。因此例句第一句，動作者不能是單一人。（× その件なら、私でやっておきます。）但如果與「ところ」、「方」等表示場所或方向的詞語並用，則並無此限制（請參考例句 3 與 4）。

・その件なら、私と田中でやっておきます。
（如果是那件事的話，就由我跟田中來做吧。）

・お金が足りなかったので、私と佐藤でその DVD を買った。
（因為錢不夠，所以我跟佐藤一起買了那張 DVD。）

・君のところで、暫くうちの猫を預かってくれないか。
（我家的貓能夠暫時寄養在你那裡嗎？）

・入社のための細かい手続きについては、私の方で処理しておきます。
（有關於進公司的詳細手續，就由我這裡來處理。）

辨析：

無意志動作，不可使用「で」來表達動作的主體。

× 私と田中でそのことをやるのを忘れてしまった。

其他型態：

～でも（＋副助詞）

・その件につきましては、弊社でも十分な議論を重ねてきました。
（有關於那件事，敝社也幾經討論。）

排序練習：

01. 私の責任ではないので、この ＿＿＿ ＿＿＿ ＿＿＿ ＿＿＿ なんとかしてくれると思う。

1．会社の　2．方で　3．ついては　4．件に

02. ハロウィーン ＿＿＿ ＿＿＿ ＿＿＿ ＿＿＿ ランタンを作りました。

1．みんなで　2．クラスの　3．カボチャの　4．の時

解01.（4 3 1 2）　02.（4 2 1 3）

03. ～から（主体）

接続：名詞＋から
翻訳：由…來提供／交付／傳達…。
說明：「から」可用來表達動作的主體（做動作者），但僅侷限使用於「渡す、送る、配る」等表達「提供行為」的動詞以及「伝える、知らせる、報告する」等「傳達語意」的動詞。另，此用法亦可使用「より」來表達動作的主體，但「より」為較正式、文言的講法。

・その手紙は私から鈴木さんに渡しておきます。
（那封信就由我交給鈴木先生。）

・彼のお父様が事故で亡くなったことは、あなたから彼に伝えた方がいいと思う。
（他父親因事故而過世的消息，我覺得由你來告訴他比較好。）

其他型態：

～より（文語）

・人事異動の件は人事課の田村より報告します。
（有關於人事異動一事，由人事課的田中來報告。）

進階複合表現：

「～から」＋「～言わせてもらえば」

・確かに、あなたの言うとおり、そのような対応は必要だとは思いますが、私たち営業の立場から言わせてもらえば、現在の状況でそこまでやるのは厳しいです。
（的確就有如您所說的，那樣的應對是必要的。但是就我們業務人員的角度來講，現在的狀況下要做到那樣有點困難。）

排序練習：

01. さっき届いたサンプルは ＿＿＿ ＿＿＿ ＿＿＿ ＿＿＿ に配ります。
    1. 会議室の　2. 皆さん　3. から　4. 私

02. 人事異動の ＿＿＿ ＿＿＿ ＿＿＿ ＿＿＿ 報告します。
    1. 件は　2. 人事課の　3. 田村　4. から

解01.（4 3 1 2） 02.（1 2 3 4）

04. ～から（強調）

接続：数量詞＋からある／からする
翻訳：高達…。有…這麼多。由…這麼多所組成。
説明：「から」可接續在數量詞後，並以「からある」、「からする」或「からの」的形式，來表達「大約的數量（或更多）」。① 講述重量、長度、大小時，多使用「からある」。② 講述金錢、價值時，多使用「からする」。

①・あの飼い主は、10 キロからある犬を軽々と持ち上げた。
（那個飼主輕輕鬆鬆就將重達十公斤的狗抱起來。）

・5メートルからある巨人は、突如街の中心に現れて人間を襲い始めた。
（高達五公尺的巨人，突然出現在城市中心，開始攻擊人類。）

・このランニングコースは 30 キロからあるぞ。完走できるものなら大したものだ。
（這個慢跑路線長達 30 公里喔。如果你跑得完，那就太厲害了。）

其他型態：

～からの（名詞修飾）

・作業員は 100 個からの部品を、次々と手際よく組み立てていく。
（作業員將多達 100 個零件熟練地接連組裝起來。）

②・量的緩和で、世の中にお金が溢れている。そのため、10 億円からするビルが飛ぶように売れているそうだ。
（由於量化寬鬆，世界上充斥著熱錢。因此，聽說市值高達十億日圓的大樓賣得嚇嚇叫。）

・花火大会をやるにはスポンサーが必要ですし、数百万円からする花火が一瞬にして終わってしまいます。本当にやる必要があるのでしょうか。
（辦煙火大會需要有贊助商，而且要價數百萬日圓的煙火在一瞬間就會結束，真的有舉辦的必要性嗎？）

・確かに弊社の製品は、数十万円からする業務用コピー機に比べると、印刷速度はやや遅いですが、家庭での使用には十分なスペックだと思います。

（的確，敝公司的產品與動輒要價數十萬日圓的業務型影印機相比，速度稍微慢，但在家庭內使用已經是很夠用的規格了。）

排序練習：

01. 田中さんは 80 歳になる ＿＿＿ ＿＿＿ ＿＿＿ ＿＿＿ 道を毎日歩いて通ってくる。

1. から　2. 5キロ　3. ある　4. のに

02. 訪問販売で勧め ＿＿＿ ＿＿＿ ＿＿＿ ＿＿＿ 英語教材を買ってしまった。

1. 50 万円から　2. られ　3. 子供用の　4. する

解 01.（4 2 1 3）　02.（2 1 4 3）

05. ～より（起点）

接続：名詞＋より
翻訳：從…。
説明：「より」除了初級學習過的「比較」（私はあなたよりイケメンです）用法以外，亦有「起點」的用法。與表起點的「から」意思相同。唯「より」較為文言。

・これは日銀の総裁である黒田氏より直接聞いた話だから、ガセネタではなさそうだ。
（這是從日本中央銀行總裁黑田那裡直接聽到的消息，因此應該不是假消息。）

・本日はわざわざ遠方よりお越しいただき、誠にありがとうございます。
（今日非常感謝您自遠方專程前來。）

排序練習：

01. 弊社の新規約に従い、今年度 ＿＿＿ ＿＿＿ ＿＿＿ ＿＿＿ １名置くことにする。
1. を　2. 監査役　3. より　4. 外部からの

02. 教科書の第３章 ＿＿＿ ＿＿＿ ＿＿＿ ＿＿＿ 今回の期末試験の範囲とする。
1. を　2. より　3. まで　4. 第５章

解01.（３４２１） 02.（２４３１）

06. ～と（内容）

接続：內容節（省略動詞）＋と

翻訳：「と」可用於表「思考、敘述的內容」，後方動詞多半使用「思う、考える、いう」等含有「思考、情報傳達」語意的動詞，以「～と思う」、「～という」、「～と考える」的型態來做使用。此用法雖然於 N4 就以學習過，但 N1 會考出省 略「～と」的前方或後方動詞的表達方式。

・出張の帰りに、空港の売店で家族へのお土産にと、人気の紅茶クッキーを買った。
⇒家族へのお土産に（する／しよう）と（思って）。
（出差回程在機場的商店，想說買個禮物給家人，於是買了很有人氣的紅茶餅乾。）

・この映画について監督は、大人の鑑賞に堪えるようなアニメ映画をと考えて作った作品だと語った。
⇒アニメ映画を（作る）と考えて。
（有關於這個電影，導演表示，想說要做一部可禁得起大人欣賞的動畫電影，而所做的作品。）

・この鍋は、炒め物に、揚げ物にと、何にでも使えて便利です。
⇒揚げ物に（使える）と（いう）。
（這個鍋子可用於炒的料理啦、炸的料理之類的啦，什麼都可以用，很方便。）

辨析：

由於表內容的「～と」，後方一定為「思考、情報傳達」語意的動詞，因此即便省略，聽話者也可以推敲出動詞。例如第一句即可推測出，是「想」著要買禮物給家人，因此「～と」的後方動詞應為「思う」。

至於「～と」的前方（內容部分）的動詞，亦可從前方的子句中推敲出，因此也經常省略。例如第一句，內容部分為「家族へのお土産に」，從這部分可推測出動詞應為「お土産にする／お土産にしよう」，因此對話中也經常省略動詞部分。第二句則是可以從「アニメ映画を」的部份，推敲出動詞應為「アニメ映画を作る」。

排序練習：

01. これは、娘のプレゼント ＿＿＿ ＿＿＿ ＿＿＿ ＿＿＿ 付けた。
    1. リボン　2. を　3. に　4. と

02. 既成概念を捨て、これまでに ＿＿＿ ＿＿＿ ＿＿＿ ＿＿＿ この「紫のビオレッタ」だ。
    1. ない漫画を　2. 一生懸命作った　3. のが　4. と考え

解01.（3 4 1 2）　02.（1 4 2 3）

01 單元小測驗

1．最近我（　　）妹（　　）彼氏ができたらしい。
　1　が／に　　2　に／が　　3　の／が　　4　が／を

2．消費税を更に引き上げるかどうかは、国のほう（　　）検討しているようです。
　1　に　　2　で　　3　を　　4　へ

3．病状については、院長先生（　　）説明しますので、こちらへどうぞ。
　1　の　　2　で　　3　まで　　4　から

4．100キロ（　　）荷物を３階の部屋まで運ぶには、男の人が３人は必要だ。
　1　こそある　　2　こそする　　3　からある　　4　までなる

5．先日は遠方（　　）わざわざお越しいただき、誠にありがとうございました。
　1　が　　2　で　　3　より　　4　だけ

6．このポーチは、パスポート入れに、小銭入れに（　　）、何にでも使えて便利です。
　1　と　　2　が　　3　は　　4　の

7．数億円 ＿＿＿ ＿★＿ ＿＿＿ ＿＿＿ 人って、一体どんな職業の人だろう。
　1　する　　2　から　　3　豪邸に　　4　住んでいる

8．弊社でお求めになった ＿＿＿ ＿＿＿ ＿★＿ ＿＿＿ 廃棄処理いたします。
　1　弊社で　　2　使い切った
　3　インクは　　4　ご郵送いただければ

9．遠方より ＿＿＿ ＿＿＿ ＿★＿ ＿＿＿ 楽しい一日でした。
　1　東京見物を　　2　した　　3　友と　　4　来た

10．我 ＿＿＿ ＿＿＿ ＿★＿ ＿＿＿ に命を投げ出せますか。
　1　の　　2　ため　　3　子　　4　が

02

第 02 單元：終助詞

07. ～だい／かい
08. ～ぞ
09. ～ぜ
10. ～ってば
11. ～ったら
12. ～とも

本單元的終助詞，多半都與說話者的心境以及口氣有關，經常出現於聽力測驗中。考試不會考你「だい」與「かい」的差異，亦不會問你「ぜ」跟「ぞ」哪裡不同。學習本單元時，僅需了解每個終助詞的口氣以及用法即可，不需花時間去琢磨這些類異表現的異同。

07. ～だい／かい

接続：① 動詞／イ形容詞＋かい
　　　② 名詞／ナ形容詞＋かい
　　　③ ～ん＋だい；～の＋かい

翻訳：…呢？…嗎？

説明：此兩者為男性使用的疑問表現。「だい」為斷定助動詞「だ」加上終助詞「い」所複合而成的表現。「かい」則是終助詞「か」加上終助詞「い」所複合而成的表現。① 若句尾為「動詞」或「イ形容詞」時，則一律使用「～かい」（無論有無疑問詞，都不可使用「～だい」）；② 若句尾為「名詞」或「ナ形容詞」時，則原則上「有疑問詞」的疑問句（5W1H 疑問句）使用「～だい」。「無疑問詞」的疑問句（Yes/No 疑問句）使用「～かい」。（但有個人差的因素，此規則不是那麼絕對）；③ 若與「～んです（のだ）」並用時，則無論任何品詞，「有疑問詞」的疑問句使用「～ん＋だい」。「無疑問詞」的疑問句使用「～の＋かい」。（但有個人差的因素，此規則不是那麼絕對）。

①・昨日(きのう)、どこへ行(い)ったかい？
（昨天你去了哪裡呢？）

・昨日(きのう)、パーティーへ行(い)ったかい？
（昨天你去了派對了嗎？）

・昨日(きのう)、山田(やまだ)さんは何時(なんじ)に帰(かえ)ったかい？
（昨天山田先生幾點回家的呢？）

・昨日(きのう)、山田(やまだ)さんはパーティーへ行(い)ったかい？
（昨天山田先生去了派對了嗎？）

・このお店(みせ)は何(なに)が美味(おい)しいかい？
（這間店什麼東西好吃呢？）

・私(わたし)の作(つく)った料理(りょうり)は、美味(おい)しいかい？
（我做的料理好吃嗎？）

・この席、空いているかい？ここに座ってもいいかい？
（這個位子是空位嗎？我可以坐這裡嗎？）

② **有疑問詞：だい**

・君たちはどこの学生だい？
（你們是哪裡的學生呢？）

・調子はどうだい？午後の会議、出られそう？
（你現在身體狀況怎樣呢？下午的會議能出席嗎？）

・明日、12 時頃に行けるんだけど、挙式は何時からだい？
（我明天 12 點左右能去，婚禮幾點開始呢？）

無疑問詞：かい

・君たちは学生かい？
（你們是學生嗎？）

・あの人が新しい先生かい？
（那個人就是新來的老師嗎？）

・ここは静かかい？
（這裡安靜嗎？）

・みんな、元気かい？来週は約 1 年ぶりのライブだよ、是非来てね！
（各位，你們好嗎？下星期是久違一年的演唱會喔，請一定要來喔。）

③ **有疑問詞：んだい**

・どこへ行くんだい？
（你要去哪呢？）

・今晩何を食べるんだい？
（今天晚上要吃什麼呢？）

・和牛と神戸牛と、どちらが美味しいんだい？
（和牛和神戶牛，哪個好吃呢？）

・なぜ、こんな所に一人でいるんだい？
（你為什麼一個人在這樣的地方呢？）

・久しぶりだね、いつこっちに帰ってきたんだい？
（好久不見，你是什麼時候回來的呢？）

・君、家はどこなんだい？ちゃんと親に連絡した方がいいよ。
（你家在哪裡呢？你最好還是跟你父母聯絡一下比較好喔。）

無疑問詞：のかい

・君も行くのかい？
（你也要去嗎？）

・一人で全部食べるのかい？
（你一個人要吃全部嗎？）

・本当にそれ美味しいのかい？
（那真的好吃嗎？）

・君は今一人なのかい？俺んちに来ないかい？待ってるよ。
（你現在是一個人嗎？要不要來我家呢？我等你喔。）

・やぁ、君たちも一緒に行くのかい？いいよ、さあ、車に乗って！
（嗨，你們也要一起去嗎？好啊，來，趕快上車！）

排序練習：

01. あっ、ごめん、今一人？ ＿＿＿ ＿＿＿ ＿＿＿ ＿＿＿ ？
1. いい　2. 部屋に　3. かい　4. 入っても

02. そんなに急いで、 ＿＿＿ ＿＿＿ ＿＿＿ ＿＿＿ ？
1. ん　2. どこへ　3. 行く　4. だい

解01.（2 4 1 3）　02.（2 3 1 4）

08. ～ぞ

接続：普通形＋ぞ
翻訳：① …耶。② …喔。
説明：① 表「說話者自言自語式的內心獨白」，沒有針對任何人說話。此用法時，男女皆可使用。② 表說話者對於聽話者的「提醒、叮嚀或警告」。此用法時，多為男性使用。

①・あれ？誰も来てないなんておかしいぞ。時間を間違えたのかな。
（疑？怎麼都沒有人來，好奇怪耶。是不是我搞錯時間了。）

・こんな所にスマホが落ちてるぞ。誰のだろう。
（怎麼有一隻手機掉在這裡，是誰的呢？）

・（一口食べて）あれ、味が変だぞ。
（吃了一口。疑？味道好怪喔。）

②・そんなことを言ったら、みんなに笑われるぞ。
（你講那樣的話，會被大家笑喔。）

・おい、ビールがないぞ。今度コンビニに行ったら買ってくるのを忘れるな。
（喂，沒啤酒了喔。下次去便利商店記得不要忘記買。）

・てめぇ、今度やったらぶっ殺すぞ！
（你這王八蛋，下次再犯我就宰了你！）

排序練習：

01. これさえ ＿＿＿ ＿＿＿ ＿＿＿ ＿＿＿ 。
1. 安心　2. ぞ　3. できる　4. あれば

02. いいかい、もう二度と ＿＿＿ ＿＿＿ ＿＿＿ ＿＿＿ ぞ。
1. いけない　2. ことを　3. しては　4. あんな

解 01.（4 1 3 2）　02.（4 2 3 1）

09. ～ぜ

接続：普通形／動詞意向形＋ぜ
翻訳：…喔。…吧。
説明：表說話者單方面地向聽話者「傳達某事」或「邀約」。「ぜ」與「ぞ」的第②項用法很類似，但「ぜ」不可用於自言自語式的內心獨白。

・準備はできているから、いつでも出発できるぜ。
（已經準備好了，隨時都可以出發了喔。）

・女の子一人で夜中に出歩いていては危ないぜ。
（女孩子一個人晚上在外面走很危險喔。）

・時間があるなら、食事にでも行こうぜ。
（如果你有時間的話，我們一起去吃個飯吧。）

辨析：

「ぞ」不可使用意向形來向聽話者進行「邀約」，但「ぜ」可以。

× 今夜、一緒に飲もうぞ。

○ 今夜、一緒に飲もうぜ。
（今晚，來喝一杯吧！）

辨析：

・そろそろ行くぞ。
（差不多要出發了喔。）

・そろそろ行くぜ。
（出發吧。）

這兩句話使用「ぞ」與使用「ぜ」時，語感不太一樣。使用「ぞ」時，比較偏向說話者「提醒、催促」聽話者差不多要準備出發了；但使用「ぜ」時，則比較偏向說話者僅僅傳達給聽話者即將要出發這件事而已，並無催促的語氣。

排序練習：

01. 鈴木 ＿＿＿ ＿＿＿ ＿＿＿ ＿＿＿ 。呼んでこようか。
　　1. いる　2. なら　3. ぜ　4. 部屋に

02. おかしいな。道に迷った ＿＿＿ ＿＿＿ ＿＿＿ ＿＿＿ 。
　　1. ぜ　2. の　3. かも　4. しれない

解01.（2 4 1 3）　02.（2 3 4 1）

10. ～ってば

接続：① 名詞＋ってば　② 普通形＋ってば

翻訳：① 提起他呀…。② 我不是跟你講過，是…了嗎？／這還用說嗎？不就是…嗎？

説明：① 用於表批判、不滿…等的對象。前方多為人，用於敘述「說話者對於此人的行為，評價多為批判、責備、不滿、憤慨的口氣時」。多用於口語表現時。另，重複呼叫此人時，亦可使用「ってば」。② 放在句末，用於告訴對方一個情報，並再次提醒對方說「這件事情先前就已經告知你」，再次喚醒聽話者的記憶。話語中帶著說話者不耐煩的語氣。例如例句一，B回答的口氣就是：「會議的時間是明天三點，這件事不是早就告訴過你了！？」。此外，若用於「說話者先前並未告知過的情況」，則帶有「說話者認為這件事是理所當然、根本不用說」的語氣。例如例句二，鈴木回答的口氣就是：「看他平時的行為，想也知道三田先生會遲到」。

①・ねえ、聞いてよ、鈴木さんってば、こんなこと言ったのよ。
（你聽我說，提到那個鈴木啊，他居然說了這樣的話耶！）

・全くもう、お母さんってば、まだ私のことを子供扱いして。
（實在是，我媽她啊，到現在還把我當小孩看。）

・ねえ、山田君、山田君ってば！聞いてるの？
（喂，山田，山田啊！你有沒有聽到？）

②・A：何度もごめん、会議は何時からだっけ。
（A：不好意思，問你這麼多次。會議的時間是幾點開始？）
B：明日の3時だってば。
（B：阿不是跟你講明天三點嗎？）

・佐藤：山田さん、遅いわね。どうしたのかしら。
（佐藤：山田先生好慢喔，不知道怎麼了。）
鈴木：いつものことじゃない。すぐには来ないに決まってるってば。
（鈴木：不是每次都這樣嗎。想也知道他不會馬上來。）

・母：聡、塾が終わったら、まっすぐ帰ってくるのよ。
（母：阿聰，補習班結束後，要直接回來別亂跑喔。）
聡：うるさいなぁ、わかったってば。
（聡：很煩耶，知道啦！）

排序練習：

01. お父さん、 ____ ____ ____ ____ がもうないの。
2000 円ちょうだい。
1. 私　2. お父さん　3. お小遣い　4. ってば

02. 母：今すぐテレビ消して宿題をやりなさい。
子： ____ ____ ____ ____ なあ。
1. うるさい　2. ってば　3. もう　4. やった

解 01.（2 4 1 3）　02.（3 4 2 1）

11. 〜ったら

接続：①②名詞＋ったら　③普通形＋ったら
翻訳：①②提起他呀…。③…拉！
説明：①與第 10 項文法「〜ってば」的第①項用法相同，兩者可替換。② 此外，「〜ったら」亦可用於敘述「說話者對於此人的評價是厲害的、程度很棒的」…等正面的口氣，或「親密、嬌羞」…等口氣。若用來描述說話者自身時，則表示「輕微地責備自己」。「〜ったら」較偏向女性用語。③ 放在句末，並承接對方所說的話題，給予對方回答。多用於「對方質疑說話者時，說話者以非常不耐煩以及不滿的口氣回答」。

①・ねえ、聞いてよ、鈴木さんったら、こんなこと言ったのよ。
（你聽我說，提到那個鈴木啊，他居然說了這樣的話耶！）

・全くもう、お母さんったら、まだ私のことを子供扱いして。
（實在是，我媽她啊，到現在還把我當小孩看。）

・ねえ、山田君、山田君ったら！聞いてるの？
（喂，山田，山田啊！你有沒有聽到？）

②・山本さんったらすごいのよ。初めての競馬で、20 万円儲けたんだって。
（那個山本很厲害喔。第一次去賭賽馬，就賺了 20 萬日圓耶。）

・まあ、太郎ったら、可愛い女の子を見るとすぐ顔が赤くなっちゃって。
（哎呀，太郎啊，看到可愛的女生就臉紅了。）

・A：山下さん、学生時代はお茶目で可愛かったね。
（A：山下，我記得你學生的時候很俏皮又可愛。）
B：嫌だわ、先生ったら、そう言われると恥ずかしいです。
（B：哎呀老師，討厭啦。你這麼說人家會害羞啦。）

・私ったら、なんであんな見え透いた嘘を信じたのでしょう。
（唉呀我真是的，為什麼會相信那樣明顯的謊言呢。）

③・A：お前一人でこんな仕事できるの？
（A：就憑你一個人，辦得到這件事嗎？）
B：できるったら、あっち行けよ！
（B：可以啦，閃邊啦！）

・母：夏休みの宿題、全部終わったの？あと二日しかないわよ。
（母：你暑假作業全部寫完了嗎？只剩兩天了喔。）
子：わかってるったら、何度も同じ事を言うなよ。
（子：知道了啦，不要一直重複一樣的事啦！）

排序練習：

01. お母さん ＿＿＿ ＿＿＿ ＿＿＿ ＿＿＿ 、私に何も買ってきてくれないのよ。
1. ったら　2. のに　3. 海外旅行に　4. 行った

02. あら、 ＿＿＿ ＿＿＿ ＿＿＿ ＿＿＿ こと。
1. 上手だ　2. ったら　3. スネ夫君　4. お世辞が

解01.（1 3 4 2） 02.（3 2 4 1）

12. ～とも

接続：句子（常體、敬體）＋とも

翻訳：當然啊。

説明：作為終助詞使用，放在句尾，表示說話者「絕對沒有意見」的心情。主要用於積極肯定回覆對方時。前方除可接續常體句與敬體句（～ます）以外，亦可接續於表說話者的判斷或推測的「～に違いない」、「～だろう」等句型後方。接續於名詞句或ナ形容詞句常體句後方時，必須使用「～だとも」。

・A：忙しいところ申し訳ないんだけど、明日のセミナー来てくれるかな？

（A：在你繁忙之際很抱歉，明天的研討會你能來嗎？）

B：もちろん出席するとも／出席しますとも。

（B：我當然會出席啊。）

・A：会議の資料の入力、頼まれてくんない？

（A：會議資料打字，你可以被我請託嗎 < 我可以拜託你做嗎 > ？）

B：ああ、いいとも／いいですとも。

（B：可以啊，當然沒問題。）

・A：スミスさんの国って、どんなところなの？

（A：史密斯先生，你的國家是怎樣的地方呢？）

B：とてもいいところだとも／いいところですとも。

（B：當然是一個很棒的地方啊。）

・きっとそうだよ。そうに違いないとも。

（一定是這樣。當然一定是這樣沒錯！）

辨析：

「～とも」不可接續於意志表現或命令表現後方。

× そろそろ行こうとも。

排序練習：

01. なるほど ＿＿＿ ＿＿＿ ＿＿＿ ＿＿＿ 。
  1. と　2. も　3. そう　4. だろう

02. もちろん、行きますとも。 ＿＿＿ ＿＿＿ ＿＿＿ ＿＿＿ から。
  1. 社員旅行　2. です　3. なん　4. 折角の

解01.（3 4 1 2）　02.（4 1 3 2）

02 單元小測驗

1．この秘密を知りたくない（　　）？ 誰にも言わないと約束できる？
　1　だい　　2　かい　　3　ぞ　　4　ぜ

2．今夜は、みんなで一緒に楽しくトランプやろう（　　）。
　1　ぞ　　2　ぜ　　3　だい　　4　かい

3．もう、太郎（　　）、このところ毎日学校から帰ったとたん、
またすぐにどこかへ出かけちゃうんだから。
　1　ってば　　2　だい　　3　とも　　4　ぜ

4．鈴木さん（　　）すごいのよ。この間、仮想通貨の投資で 1000 万円も
儲かったのよ。
　1　ったら　　2　ってば　　3　っけ　　4　のか

5．A：今夜のパーティー、行く（　　）？
B：行く（　　）。
　1　かい／ぞ　　2　だい／ぜ　　3　かい／とも　　4　だい／ってば

6．もし 10 年前に不動産投資をしていたら、大儲けできただろう（　　）。
　1　ぜ　　2　ぞ　　3　に　　4　で

7．君のおうちは ＿＿＿ ＿＿＿ ＿★＿ ＿＿＿ じゃわからないよ。
　1　泣いて　　2　だい　　3　ばかり　　4　どこ

8．A：やったのはあなたなの？
B：＿＿＿ ＿＿＿ ＿★＿ ＿＿＿ 。
　1　俺　　2　言ったろ　　3　じゃない　　4　ってば

9．A：こちらの荷物、私の部屋まで運んでくれる？
B：ああ、あなた ＿＿＿ ＿＿＿ ＿★＿ ＿＿＿ 。
　1　なら　　2　とも　　3　喜んでやります　　4　のため

10．さあ、時間だ ＿＿＿ ＿＿＿ ＿★＿ ＿＿＿ 。
　1　出かけ　　2　ぞ　　3　そろそろ　　4　ないと

03

第 03 單元：副助詞 I

13. ～くらいなら
14. ～くらいのものだ
15. ～てばかりいられない
16. ～とばかりに
17. ～だけまし
18. ～だけに

本單元學習表程度的副助詞「くらい」與表限定的副助詞「ばかり」、「だけ」的進階用法。這三個副助詞的基本用法已於姊妹書『穩紮穩打！新日本語能力試驗 N3 文法』的第 22 單元以及第 23 單元學習過。不熟悉的讀者，建議可先複習一下 N3 文法書的這兩個單元。

第 03 單元：副助詞 I

13. ～くらいなら

接続：① 名詞＋くらいなら　② 動詞原形＋くらいなら

翻訳：① 如果只是…程度的話…。② 與其去做…倒不如…。

説明：① 用於表達「程度最底線」，且帶有對比的含義。意思是「其他的東西就不見得了，但是這個最底線程度的東西，應該是（還可以、還辦得到）」。前接名詞時，可使用「くらいなら」或「ぐらいなら」。② 用於表達「相同事態中，最不願見之事」。意思是「前述這件事，是我最不想要的。與其要做這件事，倒不如（挑選另外一件一樣很差的事）」。也因此，此用法也經常與「～ほうがましだ」併用。後面多接續說話者本身的評價、意志、希望或命令。中文語義接近「與其要（承受前面這種事），倒不如（去做後面這件事）」。前接動詞時，僅可使用「くらいなら」。

① ・英会話は苦手だが、自己紹介ぐらいならできると思う。

（我不擅長於英文會話，但如果只是自我介紹的話，我應該辦得到。）

・のどが痛くて、食事が難しいが、お味噌汁ぐらいなら飲めるかもしれない。

（喉嚨很痛，食不下嚥，但如果像是味噌湯的話，應該是有辦法喝。）

② ・あんな奴の下で働くくらいなら、転職した方がいい。

（要在那種人底下工作，倒不如換工作。）

・年度末が近づいて利益が出ていると、税金を払うくらいなら何か買っておくかと思う社長も多くいます。

（到了會計年度末期，如果有盈餘的話，有許多社長就會想著說：與其要繳稅金，倒不如把錢拿去買些什麼的。）

・もう 35 だからと言って、妥協して好きでもない男と結婚するくらいなら、一生独身でいる方が幸せかもしれない。

（雖然說我已經 35 歲了，但如果要妥協於跟自己不喜歡的男人結婚，我寧願單身一輩子，或許還比較幸福。）

・A：このクレジットカードにはコンシェルジュサービスというのが付いていて、専属のコンシェルジェに電話すれば、旅行のスケジュールや、ホテルの手配まで全部やってくれるの。

（A：這張信用卡有所謂的白金秘書功能，只要打電話給專屬的秘書，他就會幫你安排所有的旅行計劃，還會幫你訂飯店喔。）

B：たかがホテルの予約で、わざわざ電話して、いちいち予定の説明をするくらいなら、予約アプリを使って自分でやった方が速い。

（B：只不過是訂個飯店，還要專程打電話，逐一向白金秘書說明行程的話，那我倒不如直接用訂飯店 APP 自己訂還比較快。）

排序練習：

01. 自由がなく ＿＿＿ ＿＿＿ ＿＿＿ ＿＿＿ 方がましだ。
    1. なら　2. 死んだ　3. くらい　4. なる

02. 電車内での飲食は ＿＿＿ ＿＿＿ ＿＿＿ ＿＿＿ 大丈夫です。
    1. 飲んでも　2. 禁じられているが　3. ペットボトルの水　4. くらいなら

解01.（4 3 1 2）　02.（2 3 4 1）

14. ～くらいのものだ

接続：名詞＋くらいのものだ
翻訳：就只有…才…。
説明：此句型多半會以「Aのは、Bくらいのものだ」的形式，來表達「大概就只有在B這種極端、或少見的狀況下，才會去做A（或A才會成立）」。

・この不景気にボーナス額を上げられるのは、T社ぐらいのものだ。
（在這樣不景氣的狀況之下，還可以提高年終／年中獎金的，大概也就只有像是T公司這樣的企業吧。）

・この会社で、社長に自分の意見をはっきり言えるのはあなたぐらいのものだ。
（在這個公司，能直率地向社長表明意見的，大概也只有你了吧。）

・彼は引きこもりで、部屋から出てくるのは、トイレへ行く時くらいのものだ。
（他繭居在家，大概也就只有在上廁所的時候，才會離開房間。）

・アイドルの握手会に行くために、会社を休むのはお前くらいのものだ。
（為了去偶像的見面握手會，而向公司請假的，也大概只有你了吧。）

・アイドルの握手会に行くために、会社を休む馬鹿はお前くらいのものだ。
（為了去偶像的見面握手會，而向公司請假的笨蛋，也大概只有你了吧。）

排序練習：

01. 自分の弱みを敵にペラペラしゃべる ＿＿＿ ＿＿＿ ＿＿＿ ＿＿＿ ものだ。
1. ぐらい　2. の　3. アホは　4. お前

02. 私が ＿＿＿ ＿＿＿ ＿＿＿ ＿＿＿ のものだ。
1. 女の子をデートに　2. 誘う時くらい　3. のは　4. 映画に行く

解01.（3 4 1 2）　02.（4 3 1 2）

15. ～てばかりいられない

接続：動詞て形＋ばかりはいられない

翻訳：不能只是一直…。

説明：N4 時，有學習過「～てばかりいる」的用法，這是將副助詞「ばかり」插入表狀態的「～ている」的用法，語意為「只做…這件事」。如：「遊んでばかりいる」，就是「只顧玩，什麼都不做」。之所以使用「～ている」，就是要強調其狀態的持續。因此，「～てばかりいる」可以解釋為「**保持著**只做…這件事**的狀態**」之語意。本句型後方之「いられない」，為動詞「いる」可能形的否定（いる→いられる（可能形）→いられない）。因此，「～てばかりいられない」這句型的語意為「無法**保持著**淨是做…這件事**的狀態**」，語氣中還帶有說話者認為「如果保持了…的話，心理上會過意不去」的意涵。例如：第一句例句就是含有「說話者認為，繼續賴在家裡靠父母會過意不去」的感情在。

・大学も卒業したし、いつまでも親に頼ってばかりいられないと思い、アパートを借りて一人暮らしを始めた。

（我大學也畢業了，總不能一直賴在家裡靠父母，因此租了個公寓，開始獨立生活。）

・ただでさえ役立たずな私ですから、具合が悪いからといって、いつまでも休んでばかりいられません。

（我就已經是個沒什麼用處的人了，所以雖然說身體不舒服，我也不能就這樣一直休息下去。）

其他型態：

～てばかりはいられない（＋副助詞）

・次の相手は手強いから、最初の試合で勝ったからといって、喜んでばかりはいられない。

（下一個對手很難應付，雖說初賽贏了，但也不能一直高興。）

～てばかりもいられない（＋副助詞）

・確かに、彼の失態は笑えるが、会社が受けたダメージを考えると、そう笑ってばかりもいられないだろう。

（的確，看他出醜很可笑。但想到公司因此而蒙受的損失，也就笑不出來了。）

排序練習：

01. 車の事故で両親を死なせてしまったが、幼い妹のことを

______ ______ ______ ______ いられない。

1．泣いて　2．も　3．考えると　4．ばかり

02. いくら寝ても疲れは取れない。 ______ ______ ______ ______ ので、

重い腰を上げた。

1．寝てばかり　2．いっても　3．そうは　4．いられない

解01.（3 1 4 2）　02.（3 2 1 4）

16. ～とばかりに

接続：引用節＋とばかりに
活用：とばかりの＋名詞
翻訳：一副就是要說出…的樣子。
説明：此句型用於表達說話者「描述對方宛如就要說出…這句話的樣子」，對方也多半都展現出一副強而有力的架勢，因此「と」前方的引用節也經常使用命令、禁止形。只會用於描述別人的動作，不會用來講述自己的動作。此外，對方僅僅只是展現出這樣的表情而已，實際上並沒有真的說出口。亦可使用「～と言わんばかりに」的型態。另外，「ここぞとばかりに」則為慣用表現，意旨「抓到機會、就趁現在」。

- 「いい気味だ。ざまぁみろ（ざまを見ろ）」とばかりに、彼は私をあざ笑った。
（他對著我嘲笑，彷彿就是一副要說「真是太痛快了，你活該！」的樣子。）

- 警備員は訝しげな顔をしながら、さっさと入れとばかりに、ID カードを無くした私を会社に入れた。
（保安人員露出懷疑的眼神，彷彿就是在講「趕快滾進去」的表情，讓弄丟員工證的我進入了公司。）

- 幸子はお父さんなんか大嫌いとばかりに、ドアをバーンと閉めた。
（幸子一副「我最討厭爸爸了」的表情，重重地甩了門。）

- 彼はもう死んでもいいとばかりに、薬を部屋の窓から投げ捨てた。
（他一副就是死了也無所謂的樣子，把藥從房間的窗戶丟了出去。）

- 彼女は、もう関わりたくないとばかりの顔をして、何も言わずに去った。
（她一副就是不想再有任何牽扯的表情，什麼也沒說就離開了。）

- 課長は田村君のことが気に入らないみたいで、資料のミスをここぞとばかりに、叱責した。
（課長似乎不是很喜歡田村，抓到他資料出錯的小辮子，就一陣狂罵。）

其他型態：

～と言わんばかりに／の

・失せろと言わんばかりの顔で、彼は私を睨みつけた。
（他一副就是要罵出「滾蛋」的表情，瞪著我。）

排序練習：

01. 部長は ＿＿＿ ＿＿＿ ＿＿＿ ＿＿＿ 資料を机の上に放り出した。
　1. さっさと　2. 読めと　3. ばかりに　4. 会議の

02. 彼が舞台に ＿＿＿ ＿＿＿ ＿＿＿ ＿＿＿ 拍手が起こった。
　1. 待ってました　2. 出ると　3. 観客たちから　4. とばかりに

解01.（1 2 3 4）　02.（2 3 1 4）

17. ～だけまし

接続：動詞普通形／名詞（である／だった）／イ形容詞い／ナ形容詞な＋だけまし
翻訳：至少還…。
説明：用於表達說話者「雖不滿，但至少還沒淪落到最糟的狀況」的心情。含有「說話者認為目前的狀況已經算是好的了」的口氣。

・A：今年(ことし)のボーナス、やっと出(で)たけど、雀(すずめ)の涙程度(なみだていど)だったよ。
（A：今年的獎金，總算發下來了，但少得可憐。）
B：出(で)ただけましじゃない。うちの会社(かいしゃ)なんか、今年(ことし)はゼロよ。
（B：你至少還有獎金。哪像我們公司，今年獎金掛零。）

・今回(こんかい)泊(と)まった宿(やど)は、かなり老朽化(ろうきゅうか)が進(すす)み、食事(しょくじ)もそれほど美味(おい)しくなかった。ちょっとがっかりしつつも、部屋(へや)の中(なか)は涼(すず)しいだけましだと思(おも)って、我慢(がまん)した。
（這次住的旅館，已經相當舊了，餐點也不怎麼好吃。雖然感到有點失望，但我想至少房間還算涼爽，還可忍耐。）

・海外旅行中(かいがいりょこうちゅう)にパスポートの入(はい)った財布(さいふ)をまるごとスリにすられたが、スマホが無事(ぶじ)だっただけましだ。
（我海外旅行的時候，裝有護照的錢包，整個都被扒手偷走了。幸好手機還在。）

・上(うえ)の階(かい)に小(ちい)さい子供(こども)が住(す)んでいて、毎日(まいにち)バタバタしてうるさいが、深夜(しんや)は静(しず)かなだけましだ。
（我家樓上住了有小孩的人家，每天跑來跑去有夠吵，但至少半夜的時候還算安靜。）

排序練習：

01. 風邪で、頭が痛いが、＿＿＿ ＿＿＿ ＿＿＿ ＿＿＿ だ。
1. だけ　2. 出ない　3. 熱が　4. まし

02. うちの子ったら、帰ってからマンガばかり読んでいて…。
＿＿＿ ＿＿＿ ＿＿＿ ＿＿＿ だけど。
1. だけまし　2. まあ　3. 机の前に　4. 座った

解 01.（3 2 1 4）　02.（2 3 4 1）

18. ～だけに

接続：名詞１が＋名詞１だけに
翻訳：就因為是（這樣子的特殊性質），因此…。
説明：使用兩個相同的名詞，以「名詞１が名詞１だけに」的形式，表達「從此名詞的性質上來考慮，理所當然地，會有…的結果」。

・ゴールデンウィークにディズニーランドへ行ったら、時期が時期だけに親子連れで混雑していた。
（黃金週去了迪士尼樂園，但因為是在這樣的旺季，所以園內擠滿了帶小孩來玩的家庭。）

・A社の新しいスマホは今までのもの以上に性能がいいのですが、値段が値段だけに、恐らくそうは売れないだろう。
（A公司的新型智慧手機，比起以往的產品，性能都更好。但就是因為價格因素，恐怕賣得不會太好。）

・ホームセンターで安く買ったものですが、材質が材質だけに、耐久性はそこまで期待できないだろう。
（因為這是在居家修繕商店買的便宜貨，材質就是這樣，無法期待它能多耐用。）

・ここは便利といえば便利ですが、場所が場所だけに治安は良くないので、あまりお薦めはしません。
（這裡雖然方便，但它就是這樣的地點，治安不好，不怎麼推薦。）

其他型態：

～が～で

・場所が場所で、小さなホテルでもあるので、あまり期待していなかったのですが、内装もおしゃれでサービスも思ったより良かったです。
（因為它立處這樣的地段，又是小飯店，因此沒有抱多大的期待。但裝潢時尚，服務也比想像中的好。）

辨析：

N2 第 121 項句型「～だけに」用於敘述「正因為有前項的特殊原因，才有後述的結果」。學習時可與本項文法一起記憶。

- **このマンションは駅から近くて安いだけに、入りたい人が多い。**

（這華廈正因為離車站很近，又很便宜，因此想入住的人很多。）

排序練習：

01. この店の料理は ＿＿＿ ＿＿＿ ＿＿＿ ＿＿＿ すごく美味しい。
 1. 味も　2. 素材が　3. 素材だけ　4. に

02. うちのおばあちゃんは高齢にもかかわらず元気だが、年が
 ＿＿＿ ＿＿＿ ＿＿＿ ＿＿＿ ことが多くなってきている。
 1. 昼間は　2. 年だけに　3. うとうと　4. している

解 01.（2 3 4 1）　02.（2 1 3 4）

03 單元小測驗

1．そのスマホ、捨てる＿＿＿私にください。

1　とばかりに　　2　くらいなら　　3　だけなら　　4　くらいのもので

2．100 万円も払ってこんな子供だましのものを買うのは君＿＿＿。

1　だけのものだ　2　ばかりのものだ　3　くらいのものだ　4　こそのものだ

3．天まで届け（　　）、元気に歌っている姿を見ていると、本当に感動してしまいます。

1　とばかりに　　2　とだけに

3　くらいのものだ　　4　とばかりはいられない

4．もうすぐ試験なので、遊んでばかりは（　　）。

1　いるものの　　2　いただけだ　　3　いないつもり　　4　いられない

5．このホテルは、古くて食事もあまり美味しくなかった。まあ、（　　）でしたので、仕方ないと思います。

1　値段を値段　　2　値段と値段　　3　値段が値段　　4　値段に値段

6．愛人を作って浮気する山田さんのご主人と比べたら、うちの夫は毎日家に帰ってくる（　　）。

1　だけましだ　　2　しかましだ　　3　くらいものもだ　　4　だけのものだ

7．人生初めての飛行機なので、搭乗口の近くで ＿＿＿ ＿★＿ ＿＿＿ ＿＿＿ 。

1　とばかりに　　2　乗務員に促された

3　さっさと乗れ　　4　写真を撮っていたら

8．東新宿のマンションですか。近くに ＿＿＿ ＿＿＿ ＿★＿ ＿＿＿ 立地だけに、夜中までうるさいです。

1　立地が　　2　便利ですが

3　便利といえば　　4　繁華街があって

9．浮気してしくしく ＿＿＿ ＿＿＿ ＿★＿ ＿＿＿ やるなっつうの！

1　くらいなら　　2　最初から　　3　泣きながら　　4　謝る

10．人は誰でも苦手な人が一人や二人いるでしょうが、 ＿＿＿ ＿＿＿ ＿★＿ ＿＿＿ いられません。

1　避けてばかりも　　2　仕事関係の相手だと

3　回避する事ができても　　4　遊び仲間なら

04

第 04 單元：副助詞 II

19. ～ばこそ
20. ～こそすれ／こそあれ
21. ～までだ
22. ～までもない
23. ～ないまでも
24. ～ばそれまでだ

本單元學習表強調的副助詞「こそ」與表極端的副助詞「まで」的進階用法。這兩個副助詞的基本用法已於姊妹書『穩紮穩打！新日本語能力試驗 N3 文法』的第 27 單元（第 152 項文法）以及第 21 單元學習過。不熟悉的讀者，建議可先複習一下 N3 文法書的這兩個單元。

第 04 單元： 副助詞 II

19. ～ばこそ

接続：動詞ば／イ形容詞~~い~~ければ／名詞であれば＋こそ
翻訳：正因為…才…。要…才…。
説明：此句型用來強調前述的理由。屬於較文言的表達方式。亦可替換為「～からこそ」(詳見『穩紮穩打！新日本語能力試驗 N3 文法』第 152 項文法)。此外，由於此句型是用來強調理由的，因此也經常與「～んです／のだ」並用。

・皆さんのご支援があればこそ、大きな力を発揮できるのです。
（要有各位的支援，才有辦法發揮巨大的力量。）

・あなたがいればこそ、この会社は益々成長していくだろう。
（要有你，這間公司才會越來越成長下去啊。）

・娘の将来を思えばこそ、何の取り柄もない彼との付き合いを反対するのだ。
（正因為想到了女兒的未來，我才反對她跟那個一無是處的男人交往。）

・一生懸命に書き上げた本であればこそ、一人でも多くの人に読んで欲しいと思うのは当然です。
（正因為這是很努力寫出來的書，當然會想要讓更多的人讀到。）

・題材が面白ければこそ、子供たちの学習意欲を引き出せるという考えから作られた教材です。
（題材就是要有趣，才有辦法引起孩童的學習欲。這本教材就是以這樣的理念製作的。）

辨析：

「～ばこそ」可用於正面的理由，不可使用於負面的理由。而「～からこそ」則是正面與負面的理由皆可使用。

× **頭が悪ければこそ、変なプライドを持たずに「わからない」とはっきり言えるのです。**

○ **頭が悪いからこそ、変なプライドを持たずに「わからない」とはっきり言えるのです。**
（就是因為腦袋不好，所以才沒有奇怪的自尊心，不懂就明白地說不懂。）

辨析：

「～ばこそ」不可使用於已成定局的過去特定單一事件。而「～からこそ」則無此限制。

- **あなたが（× いればこそ／○ いたからこそ）、会社はここまで成長できたのだ。**
（正因為有你，公司才有辦法成長到現在這個規模。）

- **妻が励まして（× くれればこそ／○くれたからこそ）、めげずに頑張ってこられたんです。**
（正因有老婆的鼓勵，我才能不氣餒地努力至今。）

其他型態：

～ばこその（名詞修飾）

・彼のそのがっちりとした体つきは、何週間の筋トレだけで手に入れられるものではない。毎日欠かさずトレーニングし続ければこその効果だと思います。
（他那結實的身材，並不是單單只是幾個星期的重量訓練就可以達成。是因為每天持續不懈地鍛鍊才有的效果。）

進階複合表現：

「こそ」＋「～のも～のだ」

・私が厳しく言うのも、君の将来を考えればこそなんだよ。
（我會這麼嚴厲地責罵，也是為了你的將來著想啊。）

排序練習：

01. 良い製品は ＿＿＿ ＿＿＿ ＿＿＿ ＿＿＿ ものである。
    1. 開発できる　2. こそ　3. 良い社員が　4. いれば

02. 体が健康で ＿＿＿ ＿＿＿ ＿＿＿ ＿＿＿ やれるのだ。
    1. 仕事も　2. こそ　3. あれば　4. 大変な

解01.（3 4 2 1）　02.（3 2 4 1）

20. ～こそすれ／こそあれ

接続：名詞／動詞~~ます~~＋こそすれ

翻訳：只有…，而絕非是…。／是…而不是…。

説明：此句型使用「Ａこそすれ／こそあれ、Ｂではない」的形式，表達「事實為Ａ，而絕非是Ｂ」。帶有說話者「為了強調絕對不是Ｂ，而特地提出Ａ來說明」的意涵。屬於較古風的書面用語。至於使用「こそすれ」或是「こそあれ」，端看前方所接續的詞語而定。例句一使用的字彙為「感謝する」，因此為「感謝こそすれ」，同時亦有「感謝がある」的表達方式，因此亦可使用「感謝こそあれ」。但第二句使用的字彙為「皮肉である」，因此僅有「皮肉でこそあれ」，並無「皮肉でこそすれ」的講法。以下依序為「喜ぶ（動詞）→喜びこそすれ」、「喜びがある→喜びこそあれ」；「不利益である→不利益でこそあれ」；「厳しくなる（動詞）→厳しくなりこそすれ」。但考試不會考出「こそすれ」與「こそあれ」的區別。

・先生（せんせい）の忠告（ちゅうこく）には感謝（かんしゃ）（し）こそすれ／感謝（かんしゃ）こそあれ、不満（ふまん）など決（けっ）してありません。
（對於老師的忠告，我只有感謝，絕對沒有不滿。）

・あなたのその言（い）い方（かた）は、皮肉（ひにく）でこそあれ、全然（ぜんぜん）褒（ほ）めたことにはならない。
（你那種講法，就是諷刺，而不算是誇獎。）

・君（きみ）から連絡（れんらく）が来（き）たら、喜（よろこ）びこそすれ／喜（よろこ）びこそあれ、迷惑（めいわく）だなんて絶対（ぜったい）に言（い）わないよ。
（收到你的聯絡，我會很高興，絕對不會說困擾。）

・戦争（せんそう）は人類（じんるい）にとって不利益（ふりえき）でこそあれ、良（よ）いことは全（まった）くない。
（戰爭對於人類而言只有壞處，沒有好處。）

・産業廃棄物処理（さんぎょうはいきぶつしょり）に関（かん）しては今後（こんご）とも、厳（きび）しくなりこそすれ、緩和（かんわ）されることはない。
（關於產業廢棄物的處理，今後只會變嚴格，不會更寬鬆。）

辨析：

「～こそすれ／こそあれ」的後句，僅可使用平述文，不可使用命令句。

× **戦争（せんそう）は人類（じんるい）にとって不利益（ふりえき）でこそあれ、直（ただ）ちにやめろ。**

排序練習：

01. 全力で頑張っているのであれば、たとえ負けた ＿＿＿＿ ＿＿＿＿ ＿＿＿＿ ＿＿＿＿ 湧きません。
　　1. 感動　2. 怒りなんて　3. こそあれ　4. としても

02. 病気の時、健康食品にだけ頼る ＿＿＿＿ ＿＿＿＿ ＿＿＿＿ ＿＿＿＿ ことはありません。
　　1. 薬になる　2. 毒になり　3. こそすれ　4. のは

解01.（4 1 3 2）　02.（4 2 3 1）

21. ～までだ

接続：① 動詞原形＋までだ　② 動詞た形＋までだ
翻訳：① 大不了就…。② 只不過…；只是…而已。
説明：① 前面接動詞原形。表示說話者說「如果這個方式行不通，也不用怕。頂多採取另一個更極端方法就好了」。帶有說話者認為，「即便遇到前述這種有點嚴重的事態，也沒什麼大不了」的心態。② 前面接續動詞た形，表示說話者做這件事，單單只是這個理由而已，沒有特別的原因。帶有說話者想傳達對方「就是這麼單純，不必多想」的心態。兩種用法皆可使用「～までのことだ」來替換。

①・親があくまで私たちの結婚を反対するなら、駆け落ちするまでだ。
（如果雙親要對我們的結婚反對到底，那我們大不了就私奔而已。）

・嫌われる勇気を持て、嫌われたらこのまま一生会わないまでだ。
（要有被討厭的勇氣，如果被討厭了，大不了就一輩子都互不相見而已。）

・地震で家までの交通機関がダウンしてしまったら、歩いて帰るまでだ。
（如果因為地震，讓回家的交通癱瘓了，那大不了就走回家而已。）

其他型態：

～までのことだ

・もし今回の大学入試に失敗しても、私は諦めるものか。
もう一年頑張るまでのことだ。
（就算這次的大學考試失敗，我也不會放棄。頂多就再多拼一年而已。）

②・彼に対する挑発なんかじゃありません。事実を言ったまでです。
（這不是在對他挑釁，我只是說出事實而已。）

・それほどチョコレートが好きなわけではないが、ただ季節限定ということで、食べてみようかという気になったまでだ。
（我並不是說真的有那麼喜歡巧克力，只不過因為這是季節限定的，才想說吃吃看，僅此而已。）

・一人で旅に出たのは、妻や子供にうんざりしたからではない。
日常の喧騒を離れればリフレッシュできるかもしれないと思ったまでだ。
（我自己一個人出門旅行，並不是對於妻兒感到很厭倦，只不過是想說離開日常的喧鬧，或許可以讓心情煥然一新而已。）

其他型態：

～までのことだ

・乗客の安全を守り、注意をはらって列車を運行している乗務員からすれば、
極々当たり前のことを言ったまでのことだ。それのどこが「暴言」だというのか。
（對於保護乘客安全，細心注意列車行駛的乘務人員而言，他只不過是說了理所當然的事而已。這哪能算是說話粗暴！）

排序練習：

01. どれだけ頑張ってもどうしてもうまく ＿＿＿ ＿＿＿ ＿＿＿ ＿＿＿ 。
1. 諦める　2. 時は　3. いかなかった　4. までだ

02. 彼に怒っても仕方がない。彼はただ保護者として ＿＿＿ ＿＿＿ ＿＿＿ ＿＿＿ ことだ。
1. 務めを　2. 果たした　3. までの　4. 当然の

解 01.（3 2 1 4）　02.（4 1 2 3）

22. ～までもない

接続：動詞原形＋までもない
翻訳：根本沒必要…。
説明：用於表達「說話者認為不需要做到…的程度」。帶有「說話者認為這件事是非常基本的、大家都懂的、程度之低的」。「までもない」為放在句尾的文末表現，亦有中止形「までもなく」放在句中。

・東京こそが日本の政治・経済・文化の中心であることは言うまでもないだろう。
（東京才是日本政治、經濟、文化的中心，這連講都不用講吧。）

・改めてご紹介するまでもありませんが、奥津先生は世界的に有名な言語学者でいらっしゃいます。
（眾所皆知＜應該不用再次介紹＞，奧津老師是享譽全球的語言學家。）

・交通機関が不便なこの街なので、ここでの講演会は多少の心配はしていたものの、駅の周りには数台のタクシーが待ち受けていましたから、案ずるまでもなかった。
（因為這個城鎮交通不發達，原本很擔心在這裡辦演講，但車站周遭停了幾台計程車，根本沒必要擔心。）

・今までは、航空券の予約を含めて面倒なことは夫に任せることが多かったのですが、スマホで簡単にできるということを知り、夫が帰宅した時にやり方を聞いたところ、聞くまでもないほど簡単に予約ができました。それ以来、自分で飛行機の予約をするようになりました。
（到目前為止，包含像是訂機票等繁雜的事情，我全部都是丟給老公做的。但聽說用智慧型手機就可以簡單預約，老公回家時我就問他怎麼弄，才瞭解到這根本簡單到連問都不需要問，從那以後，我就都自己訂機票了。）

其他型態：

～までもなく（中止形）

・嵐の後の花畑でしたが、心配するまでもなく、花がしっかりと元気に咲いていました。
（花園遭受到暴風襲擊，但似乎根本沒必要擔心，花兒依然生意盎然地綻放著。）

～までのこともない

・その程度の風邪なら、医者に行くまでのこともない。ゆっくり休めば治るさ。
（如果只是這點程度的感冒，根本沒必要去看醫生。你好好休息就會痊癒了。）

排序練習：

01. ホームページで旅行のスケジュールがダウンロードできるから、わざわざ ＿＿＿ ＿＿＿ ＿＿＿ ＿＿＿ と思う。
    1. 話を聞きに行く　2. までもない　3. ツアーの　4. 説明会に

02. 小さな村だから、盗難事件に遭った ＿＿＿ ＿＿＿ ＿＿＿ ＿＿＿ なく、簡単に解決した。
    1. 警察に　2. ことを　3. 知らせる　4. までも

解01.（3 4 1 2）　02.（2 1 3 4）

23. ～ないまでも

接続：動詞ない形＋までも

翻訳：就算不到…的程度，但至少也…（不至於太差）。

説明：此句型用於表達「雖然就算不到～（前接的否定句）這種極端的程度，但是至少也（要）有…的程度」。前句使用程度或數量較高的描述，後句則是比起前句在程度上或數量上都稍低。經常與「～とは言わない／言えない」並用，以「Aとは言わない／言えないまでも、B」的型態來表達「雖不能說是…，但也（沒有多好或多差）」。此句型與第 22 項「～までもない」用法及意思都不同，不可替換。

・新作の発表会は成功とは言えないまでも、失敗ではないと思う。
（新作品的發表會雖然不能說是成功，但我覺得也不能算是失敗。）

・彼は無能とまでは言わないまでも、弊社の営業職に向かないことは確かだ。
（雖然不至於說他無能，但至少知道他的確不適合敝司的業務一職。）

・校内での暴力事件は退学処分にはしないまでも、自主退学を勧告することも少なからずある。
（在校園內的暴力事件就算沒有嚴重到退學處分，但被勸告自主退學的情況也不少。）

・高齢者運転による事故が多発している中で、家族は運転をやめさせたいと望んでいますが、当の本人がなかなかやめてくれないケースが多いです。そこで、我々が工夫をして、運転をやめさせられないまでも、運転への注意喚起を促しています。
（最近高齡駕駛所引發的交通事故頻繁。雖然家人想要讓這些高齡者別再開車，但卻有許多高齡者不願意放棄駕駛。因此我們使用巧思，就算無法讓他們放棄駕駛，但至少也要喚起他們對於駕駛安全的留意。）

排序練習：

01. 新しく来たあの子は、 _____ _____ _____ _____ 、チャーミングな人だ。

1. 美人　2. までも　3. 言わない　4. とは

02. 東京オリンピックに _____ _____ _____ _____ 県内の運動大会には出られるようになりたい。

1. せめて　2. も　3. 出られない　4. まで

解01.（1 4 3 2）　02.（3 4 2 1）

24. ～ばそれまでだ

接続：動詞ば／名詞なら＋それまでだ
翻訳：一旦…就完了／就算了。
説明：此句型用於表達「（無論做了什麼努力），一旦出現了這樣的狀況，就毀了／就算了」。經常都會以「～ても、～ばそれまでだ」的型態使用。亦可使用「～たらそれまでだ」的型態。

・毎日休まずに一生懸命働いても、死んでしまえばそれまでだ。
（就算你每天不眠不休地努力工作，人死了，就什麼都沒了。）

・楽器を習うというのは練習が大切だ。根気よく続ければ上達するし、投げ出せばそれまでだ。
（學習樂器，練習很重要。有耐性地持續下去就會進步，中途放棄就什麼都沒了。）

・もし、彼女がそんなことぐらいで俺から離れるような人間ならそれまでだ。
（如果她是個因為這點小事就離開我的人，那就算了。）

・「面接では、ありのままの姿を伝えたらいいですよ」と先生からアドバイスをもらいましたので、それで採用してもらえなければそれまでだと割り切って面接に臨むことができました。
（因為老師建議我「面試的時候，就展現出自己原本的一面即可」，因此我才得以抱著「如果沒被採用就算了」的心態，前往面試。）

其他型態：

～たらそれまでだ

・可愛い彼女がいながら、風俗なんか行って、バレたらそれまでだよ。
（你有可愛的女朋友，還跑去風化場所，如果被知道了，你就完了。）

排序練習：

01. 高級外車を買っても、 ____ ____ ____ ____ だ。
　　1. まで　2. 事故を　3. 起こせば　4. それ

02. 千載一遇の ____ ____ ____ ____ だ。
　　1. 逃したら　2. チャンスを　3. それまで　4. この

解01.（2 3 4 1）　02.（4 2 1 3）

04 單元小測驗

1. 我が子のためを（　　）、起業の費用は彼自身に用意させます。
　1　思ったまでだ　　2　思えばこそ　3　思うまでもなく　4　思わないまでも

2. 仕事が見つからなくても困らない。アルバイトをして生活する（　　）。
　1　までだ　　2　こそだ　　3　ほどだ　　4　だけましだ

3. わざわざ（　　）、私は自分の欠点を知っている。
　1　言わないまでも　　2　言うこそすれ
　3　言わないまでだ　　4　言われるまでもなく

4. プロの料理人とは（　　）、彼女の料理の腕はなかなかのものだ。
　1　言わないまでも　2　言うまでも　3　言えばそれまで　4　言うこそあれ

5. この精密機械は水に弱い。水が（　　）。
　1　かかってばかりいられない　　2　かかるぐらいのものだ
　3　かかればそれまでだ　　4　かかればこそ当たり前だ

6. 十分な説明がされないままでは、政治や行政に対する国民の不信は深まり（　　）すれ、解消することはない。
　1　こそ　　2　まで　　3　だけ　　4　ばかり

7. 孫が無事生まれた ＿＿＿ ＿＿＿ ＿★＿ ＿＿＿ 言うまでもない。
　1　のは　　2　彼が喜んだ　3　との　　4　知らせに

8. 銀行がもう金を貸してくれなくなった ＿＿＿ ＿＿＿ ＿★＿ ＿＿＿ までだ。
　1　この　　2　これ　　3　会社も　　4　以上

9. この地域の再開発には住民の反対も大きい。市は ＿＿＿ ＿＿＿ ＿★＿ ＿＿＿ だろう。
　1　見直さなければならない　　2　もう一度
　3　とは言わないまでも　　4　計画を中止する

10. どんなスポーツでも、好きなら上手になれる。好きだということ ＿＿＿ ＿＿＿ ＿★＿ ＿＿＿ 上手になれるのだ。
　1　あればこそ　　2　すでに才能なのであって
　3　自体が　　4　好きだという気持ちが

05

第 05 單元：副助詞Ⅲ

25. ～すら
26. ～だに
27. ～しか～まい
28. ～のみ
29. ～やら
30. ～のなんの

本單元學習幾個較文言、較少見的副助詞。「すら」為「さえ」的類意表現；「だに」能夠使用的情況非常有限；「まい」以及「のみ」的基本用法分別已於姊妹書『穩紮穩打！新日本語能力試驗 N2 文法』第 25 單元以及第 24 單元介紹過，本書則是學習其進階用法。不熟悉的同學，建議可先複習一下 N2 文法書的這兩個單元。

25. ～すら

接続：名詞＋すら

翻訳：連…也（不）…。

説明：① 用於「舉出一個連聽話者都會感到意外的極端例，暗喻就連這個極端例都這樣了，其他的就不用提了（一定也是這樣的）」。意思接近 N3 學習過的「さえ」（姊妹書『穩紮穩打！新日本語能力試驗 N3 文法』第 112 項文法），但「すら」屬於較文言的表達方式。「すら」為副助詞，可直接取代「が」、「を」的位置。但若遇到其他格助詞，如「に、で、と、へ、から」等時，則「すら」置於其後方。關於格助詞與副助詞的併用，可參考 N3 文法書。② 亦可用「すら～ない」否定句的型態，來表達「連…都不…了，更何況是…」。用於強調無法做某事。③「すら」的前接名詞為主格（動作的主體），則會使用「ですら」來表示。此規則與「さえ」相同（例：その言葉は発音が難しくて、アナウンサー**でさえ**よく間違えます。）

①・認知症（にんちしょう）の方（かた）は新（あたら）しく出会（であ）った人（ひと）を覚（おぼ）えるのが難（むずか）しく、長年一緒（ながねんいっしょ）に暮（く）らしてきた家族（かぞく）の名前（なまえ）すら忘（わす）れてしまうのです。

（患有失智症的人，很難記住剛認識的人，就連長年一起的家人的名字，都有可能會忘記。）

・あのレストランは接客態度（せっきゃくたいど）が悪（わる）く、こちらがお願（ねが）いするまでお水（みず）すら出（だ）してくれませんでした。

（那間餐廳的服務態度很差，如果沒有主動叫他們倒水，他們都不會主動倒給你。）

・彼（かれ）はとても有名（ゆうめい）で、この業界（ぎょうかい）をよく知（し）らない人（ひと）にすら名前（なまえ）を知（し）られている。

（他非常有名，就連對於這個業界不是很熟悉的人都知道他的名字。）

②・病気（びょうき）が悪化（あっか）すれば仕事（しごと）ができないどころか、ベッドから起（お）き上（あ）がることすらできない可能性（かのうせい）もある。

（如果病情惡化，除了無法工作，甚至還有可能會久病在床。）

・自分の息子にすらうまく野球を教えることができない彼が、高校野球チームのコーチになれるわけがない。
（他就連教自己的兒子打棒球都教不好，怎麼有辦法當高中棒球校隊的教練。）

・イモリは都会ではもちろん、田舎ですら最近ではあまり見かけなくなりました。
（蠑螈不只在都會看不見，最近就連在鄉下都看不到牠的行蹤。）

③・いつも温厚な彼ですら、今回の君の行動には腹を立てているんだよ。
（就連總是溫和親切的他，都對你這次的行動很不爽。）

・もはや小学生ですら、プログラミングを学ばなくてはならない時代に突入してしまいました。
（現在早已進入就連小學生都必須學習程式設計的時代了。）

・天文学者ですら発見できなかった星を、10 歳の子供が見つけたとは！
（就連天文學家都無法發現的星星，居然 10 歲小孩找到了！）

辨析：

「さえ」可與「～ば」並用，以「～さえ～ば」的型態來表達順接條件句中的最底限條件，但「すら」並無「～すら～ば」的用法。

○ やる気さえあれば、必ず成功できる。
（只要你有心，一定會成功。）

× やる気すらあれば、必ず成功できる。

排序練習：

01. 山田教授は食事をする ＿＿＿ ＿＿＿ ＿＿＿ ＿＿＿ 励んでいます。
　1. 日夜研究に　2. 時間　3. 惜しんで　4. すら

02. この秘密は墓場まで持って ＿＿＿ ＿＿＿ ＿＿＿ ＿＿＿ 言ってない。
　1. 自分の妻に　2. つもりで　3. すら　4. いく

解 01.（2 4 3 1）　02.（4 2 1 3）

26. ～だに

接続：① 名詞＋だに～ない　② 動詞原形＋だに
翻訳：① 連…也（沒）…。② 光是…就…。
説明：「だに」在現代文中，多半用於固定文言形式的表達上，能夠使用的詞彙非常有限，例如：「想像だにしない」、「夢だに思わない」、「微動だにしない」、「考えるだに恐ろしい」.. 等。① 使用「～だに～ない」或「～だにしない」等否定形式出現時，意思相當於「さえ～ない」（連…也沒有）。② 使用「見る、聞く、考える」等思考、情報表達語義的動詞，並後接名詞或形容詞肯定句的形式時，則意思相當於 N3 文法書第 119 項文法「～だけで」（光是…就…）。

①・こんな過酷な運命が待ち受けているとは、夢だに思わなかった。
（我做夢也沒有想到，居然會有這麼殘酷的命運等著我。）

・お城の前に立っている衛兵は微動だにしない。
（站在城外的衛兵，連動也不動。）

・いくら説明しても「すでに決定事項だ」という理由で、私の意見が一顧だにされなかったのは残念です。
（無論我怎麼說明，總是以「這已經定案了」的理由來搪塞，完全不顧我的意見，實在令人感到遺憾。）

②・人の声を合成して何でもしゃべらせるアプリがあるなんて、考えるだに恐ろしい。
（居然有 APP 可以合成他人的聲音，讓它說出任何話語，光是想到就覺得恐怖。）

・彼の生い立ちは聞くだに哀れなものだった。
（他的生長歷程，光是聽就覺得可憐。）

・昨日テレビでやっていたのは見るだにおぞましいホラー映画だった。
（昨天電視演的，是看了都讓人覺得厭惡的恐怖電影。）

排序練習：

01. 人工知能の技術がこんなに進むとは、 ＿＿＿ ＿＿＿ ＿＿＿ ＿＿＿ 。
1. 想像　2. 30 前には　3. だに　4. しなかった

02. ロボットが町を ＿＿＿ ＿＿＿ ＿＿＿ ＿＿＿ 恐ろしい。
1. 想像する　2. だに　3. 世界なんて　4. 歩き回る

解01.（2 1 3 4）　02.（4 3 1 2）

27. ～しか～まい

接続：① 動詞原形＋しかあるまい　② しか＋動詞原形＋まい
翻訳：① 只好…。② 只做…。
説明：N2 的第 134 項句型，有學習到「まい」的用法。本句型則是「しか～ない」再加上「まい」的進階複合表現。①「しかあるまい」為「しかない」較文言的講法意思為「別無選擇，只能 ...」。② 若要在「しか」與「まい」的中間插入動詞，則必須使用「しか＋動詞原形＋まい」的形式。意思為「說話者堅決的意志，只做 ...」。

①・人手（ひとで）が足（た）りないので、今回（こんかい）のイベントは中止（ちゅうし）するしかあるまい。
（因為人手不足，這次的活動只好取消。）

・この仕事（しごと）が嫌（いや）でたまらないというのなら、辞（や）めるしかあるまい。
（如果說真的很討厭這個工作的話，那只好辭職了。）

・いずれは彼（かれ）に天罰（てんばつ）が下（くだ）されるでしょうから、今（いま）は見（み）て見（み）ぬフリをするしかあるまい。
（他早晚會遭受天譴的，我們現在就只能睜一隻眼閉一隻眼了。）

②・今後（こんご）は出（だ）される金（かね）に見合（みあ）う仕事（しごと）しかするまい。
（從今以後，你出多少錢，我只做多少工作。）

・お酒（さけ）を飲（の）んで大失態（だいしったい）した。もう家（いえ）でしか飲（の）むまいと心（こころ）で思（おも）っていたが、また友達（ともだち）に誘（さそ）われて、飲（の）んでしまった。
（喝了酒出了大洋相。心裡決定往後只在家喝，但又禁不起朋友的邀約，跑出去喝了。）

・エコノミークラスは席（せき）がそれしかないっていう時（とき）にしか使（つか）うまい主義（しゅぎ）なので、ビジネスクラスを予約（よやく）してください。
（我這個人不搭經濟艙的，除非位置只剩經濟艙。麻煩你幫我訂商務艙。）

排序練習：

01. たとえ道徳に反しても上司の命令で ______ ______ ______ ______ まい。

  1. しか　2. やる　3. ある　4. あれば

02. 映画には ______ ______ ______ ______ 決めていた。

  1. 行くまいと　2. 心の中で　3. 好きな人と　4. しか

解 01.（4 2 1 3）　02.（3 4 1 2）

28. ～のみ

接続：① （ただ）＋普通形／名詞＋のみ
② （ただ）＋動作性名詞＋あるのみ
③ 名詞（である）／形容詞／動詞普通形＋のみならず

翻訳：① 只有…。② 能做的，就只有…。③ 不僅…也…。

説明：「のみ」為副助詞，基本的用法請參照姊妹書『穩紮穩打！新日本語能力試驗 N2 文法』的第 127 項文法說明，本書介紹其進階用法。① 使用「（ただ）～のみ」的形式，用於表達限定「僅有…」的意思，含有「強烈排除其他，僅限此項」的語感。此用法屬於較生硬的書面用語，口語形式亦可替換為「（ただ）～だけ」。② 前面接續「前進、努力、我慢…」等動作性名詞，以「（ただ）前進あるのみ／努力あるのみ」的形式來表達「能做的就只有勇往直前、努力不懈」。此用法能夠使用的詞彙非常少，就只有幾個慣用的表現。③ 使用否定的形式「A のみならず、B も／まで／すら」，用來表達「不僅是 A，連 B 也是…」。此為姊妹書『穩紮穩打！新日本語能力試驗 N3 文法』第 120 項文法「～だけでなく」的文言表現。

①・終戦直後、人々は金儲けどころか、ただ生きるのみで精一杯だった。
（戰爭結束後，人們光是活下去就已經很辛苦了，哪還有精力想賺錢。）

・ただ安いのみでは良い商品とは言えない。
（就只是便宜，是稱不上是好商品的。）

・お金もないし、ルックスも人並み以下だし、彼は若さと健康のみが取り柄だね。
（他沒錢，長得又低於一般水平，他大概就只有年輕跟健康這個優點了。）

②・もう過去にとらわれるな。今は自分の信じた道に向かって、ただ前進あるのみだ。
（別再生活在過去的陰影當中，你現在要相信自己，勇往直前。）

・海外での生活が軌道に乗るまでは、不安も迷いもあると思いますが、今は我慢あるのみですね。
（在國外的生活上軌道前，總是會有不安以及迷惘，現在就只能忍耐了。）

・良い結果を出すためには、努力あるのみです。
（為了得到好的結果，就只有努力不懈。）

③・あそこは我々日本人のみならず、外国人にも大変人気なスポットなので、
行く前に入場券を予約しておいた方がいいと思います。
（那裡不只是我們日本人，就連對來日本的外國人而言，也是一個很有人氣的觀光景點，要去之前最好還是預約一下比較好。）

・陳先生は日本語教師であるのみならず、不動産投資家でもある。
（陳老師不只是位日文老師，他也是位不動產投資家。）

・チーズにはカルシウムやビタミンなどが多く含まれ、美味しいのみならず、体にも良いことで知られています。
（起士含有許多鈣質以及維他命，它除了好吃之外，還對身體很好這件事也廣為人知。）

・戦争で、人々の財産のみならず、命まで奪われてしまった。
（戰爭，不只奪去人們的財產，就連生命也會奪去。）

・震災で、母を失ったのみならず、遺体すら見つかっていない。
（地震，不只讓我失去了母親，就連母親的遺體也找不到。）

排序練習：

01. 私ができる ＿＿＿ ＿＿＿ ＿＿＿ ＿＿＿ だ。
1．のみ　2．のは　3．無事を祈る　4．ただ家族の

02. この会社は電子機器のメーカーとして世界的に有名 ＿＿＿ ＿＿＿ ＿＿＿ ＿＿＿ もある。
1．存在の一つで　2．のみならず　3．我が国を象徴する　4．である

解01.（2 4 3 1）·02.（4 2 3 1）

29. ～やら

接続：① 動詞原形／イ形容詞い／名詞＋やら～やら
② 動詞原形／イ形容詞い＋（の）やら～（の）やら、疑問詞～（の）やら
③ 疑問詞＋やら

翻訳：① 又是…又是…。② 搞不清到底是什麼／到底是 A 還是 B。③ 是…呢。

説明：① 前接動詞、名詞、形容詞的非過去式，並以「～やら～やら」的形式，來舉例出兩個事態，以表達「同時就發生了一堆有的沒的事情（僅舉出兩例，但並不是僅發生這兩件事）」，有時還帶有說話者感到混亂、錯綜、理不清的語感。② 使用「A（の）やら、B（の）やら」、或者「疑問詞～（の）やら」的形式，來表達「說話者難以判斷、搞不清楚到底是哪個」的心情。A 與 B 為同一單詞的肯定與否定，又或者是兩個相對的詞語（如：好壞）。後句一定是使用「わからない、思い出せない、判断できない」…等表示不知所措的詞語。③ 以「疑問詞＋やら」的固定形式，如「何やら、いつやら、どこやら、どうやら」或「いつのことやら、何のことやら」等慣用形式，來表達說話者「自己也不是很清楚，無法清楚指出那些是什麼」，能使用的形式就大概僅有上述幾種。

① ・来月(らいげつ)は事務所(じむしょ)の契約(けいやく)やら、会社(かいしゃ)の決算(けっさん)やらで忙(いそが)しくなりそうだ。
（下個月，又是辦公室要簽租約、又是公司總決算，看來應該會非常忙。）

・去年(きょねん)は、親(おや)は病気(びょうき)で入院(にゅういん)するやら、夫(おっと)は会社(かいしゃ)をクビになるやら、大変(たいへん)な一年(いちねん)だった。
（去年，又是父母生病住院，我老公又被公司革職，真是諸事不順的一年。）

・上司(じょうし)からの電話(でんわ)を切(き)った後(あと)、思(おも)わず泣(な)いてしまって、それを見(み)た娘(むすめ)に慰(なぐさ)められて、嬉(うれ)しいやら、情(なさ)けないやら、複雑(ふくざつ)な気持(きも)ちでした。
（跟上司通完電話後，我不由得地哭了出來，女兒看到後跑過來安慰我，我又高興，又覺得自己可悲，真是複雜的心境。）

② A（の）やら B（の）やら

・母(はは)の浮気現場(うわきげんば)を目撃(もくげき)したことを、父(ちち)に正直(しょうじき)に話(はな)していいのやら悪(わる)いのやら、判断(はんだん)がつかない。
（目睹媽媽外遇，我現在不知道到底跟爸爸照實講好不好。）

・彼女(かのじょ)は僕(ぼく)と結婚(けっこん)する気(き)があるのやらないのやら、僕(ぼく)にはわかりません。
（我完全搞不清楚她到底是有心要跟我結婚還是沒有。）

・一体僕と結婚したいのやらしたくないのやら、どうも彼女の気持ちはよくわからない。
（她到底是想跟我結婚還是不想跟我結婚，我總覺得我搞不清楚她的心。）

疑問詞〜（の）やら

・このまま放っておけば、あいつは何をしでかすやら、全くわからない。
（如果這樣放任不管，還真不知道那家伙會捅出什麼紕漏。）

・大震災の修復工事は一体いつ終わるのやら、見当もつきません。
（大地震之後的修復工程，到底什麼時候才會結束，完全沒有頭緒。）

・あーあ。一体いつになったら、我が家の暮らしは楽になるのやら。
（啊，到底什麼時候我家的生活才會變得較輕鬆啊。）

③・何やらうるさいと思ったら、隣の酔っ払いが帰ってきたんだ。
（總覺得似乎有點吵，原來是隔壁的醉漢回來了。）

・毎日じめじめとした天気で、もううんざり。梅雨明けはいつやら。
（每天濕答答的天氣，真的有夠煩。到底梅雨季節什麼時候才會結束啊。）

・彼の私に対する態度からすれば、どうやら私は彼に嫌われているようだ。
（從他對我的態度來看，看樣子我應該是被他討厭了。）

・彼が言っていることは何のことやら、さっぱりわからない。
（他到底在說什麼，我完全聽不懂。）

排序練習：

01. 一体何を ＿＿＿ ＿＿＿ ＿＿＿ ＿＿＿ わからない。
1. さっぱり　2. 考えている　3. やら　4. 妻の心の中は

02. 履歴書の書き方はこれでいい ＿＿＿ ＿＿＿ ＿＿＿ ＿＿＿ 出してみよう。
1. とにかく　2. 悪いやら　3. わからないけど　4. やら

解01.（2 3 4 1）　02.（4 2 3 1）

30. ～のなんの

接続：動詞普通形／イ形容詞い＋のなんの
翻訳：① 說什麼…的。② 何止…。非常…。很…。…極了。
說明：① 以「～のなんのと」的形式，來表達「說話者引用別人說的這件事，都是說話者感到不悅的事」。口氣中帶有說話者發牢騷的心情。② 以「～のなんのって」的形式，來強調「說話者對於對方這樣的說詞，不足以形容說話者的感受」。口氣中帶有說話者對於這一件事情感到非常驚訝、更加極端的口吻。

①・夫はいつも会社を辞めたいのなんのと言っていて、まったくうんざりだわ。
（我老公一天到晚都說什麼要辭掉工作的，真的有夠煩。）

・息子は体の調子が悪いのなんのと理由をつけて、学校を休もうとしている。
（我兒子總是說什麼身體不舒服，找理由就是要向學校請假。）

・うちの子は、友達が新しいのを買ったのなんのと言っては、いつも最新のゲームを欲しがるので困る。
（我兒子總是說他朋友買了新的什麼的，一天到晚都在要新的遊戲，實在很困擾。）

②・A：30年ぶりに彼に会って、驚いたでしょう。
（A：事隔三十年再度見到他，你嚇了一跳吧。）
B：驚いたのなんのって、めっちゃイケメンになってるじゃん。
（B：何止嚇了一跳，天啊怎麼變得這麼帥啊！）

・A：このホテル、エアコンもついていなくて、昨日は寒かったでしょう。
（A：這間飯店沒有空調，昨天你很冷吧。）
B：もう寒いのなんのって、凍え死にそうだったよ。
（B：什麼冷啊，根本快凍僵了。）

・A：昨日はよく眠れた？夜間工事の音でうるさかったね。
（A：昨天晚上有睡好嗎？晚上施工的聲音很吵。）
B：うるさいのなんのって、結局一晩中寝られなかったよ。
（B：何止吵，搞得我一整夜沒睡。）

排序練習：

01. 夫はいつも高すぎる _____ _____ _____ _____ ばかり言っている。
1.と　2.文句　3.の　4.なんの

02. 寒いの _____ _____ _____ _____ と思ったよ。
1.んじゃないか　2.なんの　3.耳が凍る　4.って

解01.（3 4 1 2）　02.（2 4 3 1）

05 單元小測驗

1．条件の折り合いがつかず、すぐに契約を結ぶのが困難な現状では、弊社としては根気よく交渉を重ねていく（　　）。
1　すらできない　2　しかあるまい　3　だにしない　4　のやら

2．彼は頭が痛い（　　）と理由をつけては、塾の授業をさぼっている。
1　のなんで　2　のなんか　3　のなんだ　4　のなんの

3．事故はあまりにも突然で、私は何もできず、ただぼう然とする（　　）。
1　のみだった　2　すらなかった　3　だにしなかった　4　までもなかった

4．この地域の再開発に、自分が関わることになろうとは想像（　　）。
1　すらしていた　2　しかあるまい
3　したまでだ　4　だにしていなかった

5．まだまだ暑い日々が続いています。一体いつになったら夏が終わる（　　）。
1　のなんの　2　だけだ　3　のやら　4　すらなかった

6．脳卒中発症当初は、自分の住所（　　）漢字で書けず、文字の識別もできない状態でした。
1　のみ　2　すら　3　しか　4　こそ

7．エコノミークラスでの長距離飛行はあまりにも苦痛なので、ヨーロッパなどに行くときはビジネスクラス ＿＿＿ ＿＿＿ ★＿＿＿ ＿＿＿ 心の中で決めている。
1　しか　2　乗る　3　に　4　まいと

8．薄笑いを浮かべた今日の面接官の ＿＿＿ ＿＿＿ ★＿＿＿ ＿＿＿ 立つ。
1　腹が　2　思い出す　3　だに　4　顔を

9．仕事の対価は、金銭 ＿＿＿ ＿＿＿ ★＿＿＿ ＿＿＿ その一つと言えるのではないでしょうか。
1　も　2　働きがい　3　のみ　4　ならず

10．年末年始が迫ってきています。この時期 ＿＿＿ ＿＿＿ ★＿＿＿ ＿＿＿ イベントが続きます。
1　やら毎週　2　になると
3　何かしら　4　忘年会やら新年会

06

第 06 單元：「～に〇〇て」

31. ～に即して
32. ～にあって
33. ～に至って
34. ～にも増して
35. ～にして

本單元延續姐妹書『穩紮穩打！新日本語能力試驗 N2 文法』的第一篇，介紹屬於 N1 範圍的複合助詞。學習複合助詞時，除了要留意前方接續的品詞外，還要注意句型本身的其他型態。若學習者對於複合助詞的文法功能不熟悉，可先複習 N2 的第一篇。

第 06 單元：「～に◯◯て」

31. ～に即して

接続：名詞＋に即して
翻訳：① 以…為基準。② 按照…。根據…。
説明：此為複合格助詞。用於表達「以前接名詞為基準而為之」的意思。屬於較正式、官方的用語。① 若前接表「狀況、經驗、實際上發生的事實」類的字眼，則漢字會寫成「即して」。② 若前接表「基準、規則、規範、法律」類的字眼，則漢字會寫成「則して」。另外，修飾名詞時，僅可使用「～に即／則した＋名詞」，並沒有「～に即／則しての」的用法。

①・各学校におけるいじめの状況の調査にご協力ください。更にその上で、実状に即して適切な対応をお願いします。
（請協助這個對於各校霸凌狀況的調查。然後再因應實際狀況給予適切的對應。）

・日本の経験に即していえば、過度な金融緩和は、資産価額のバブルを形成するだけで、根本的な解決策にはならない。
（如果以日本的經驗來講的話，過頭的金融寬鬆＜例如降息＞，只會引發資產＜例如房地產＞價格的泡沫，無法成為根本的解決之道。）

②・喧嘩しても始まらないので、慣例に則してこの問題の解決を図るべきだと思うが。
（吵架並無濟於事，我認為應該要依循慣例來解決這個問題。）

・公正証書とは、公証役場の公証人が法律に則して作成された文書のことです。
（所謂的公證文件，指的就是在公證處經由公證人員依法所做成的文件。）

其他型態：

～に即した（名詞修飾）

・ご質問には、スタッフが実情に即した対応策を迅速に回答いたします。
（您的問題，人員將會依據您的狀況迅速回答因應對策。）

~に則しまして（丁寧形）

・では、参加者リストに則しまして、先生方をご紹介申し上げます。
（接下來，按照參加者名單，依序介紹各位老師。）

辨析：

上述兩種情況與 N2 文法第 02 項「～に基づいて」意思接近。基本上，上述的「～に即／則して」的例句，皆可替換為「～に基づいて」。但由於「～に即／則して」屬於較正式、官方上的表現，因此使用於日常生活中的「～に基づいて」例句就不太適合替換為「～に即／則して」。

○ **この映画はあの有名な社会事件に基づいて作られたそうよ。**
（聽說這部電影是依照那件有名的社會事件改編而成的。）

？ **この映画はあの有名な社会事件に即して作られたそうよ。**

排序練習：

01. 主人公には兄弟がいないという点を除けば、この ＿＿＿ ＿＿＿ ＿＿＿ ＿＿＿ 作られている。
1. 原作に　2. おおむね　3. ドラマは　4. 即して

02. 計画内容 ＿＿＿ ＿＿＿ ＿＿＿ ＿＿＿ を祈っております。
1. 一日も早く　2. すること　3. に則して　4. 事業が完成

解 01.（3 2 1 4）　02.（3 1 4 2）

32. ～にあって

接続：名詞＋にあって

翻訳：處於…的狀況下。

說明：此句型為格助詞「に」加上動詞「ある」所衍生出來的表現，表示「現在正處於…的一種（特別的）狀況下」，屬於書面上的用語。前方名詞多接續表身份、立場、狀況…等詞語。① 可使用於順接表現上（語意相當於「～ので」），表達「因為在…狀況，所以…。」的意思，② 亦可使用於逆接表現（語意相當於「～のに」）上，表達「儘管是…的狀況，卻還是…」。

①・その国は今、経済成長期にあって、人々の表情も希望に溢れている。

（那個國家現在正處於經濟成長期，因此人們的表情都充滿著希望。）

・私は長年、編集長という職にあって、いろんな作品を目にしてきました。

（我長年擔任總編輯，看過各式各樣的作品。）

・彼は理事長という立場にあって、会員同士のトラブルに介入せざるを得なかった。

（由於他身任理事長一職，因此不得不介入會員之間的紛爭。）

②・会長は病床にあって、なおも会社の新製品発表会のことを気にかけている。

（會長雖然臥病在床，但仍心繫公司的新產品發表會。）

・こんな非常事態にあって、部長はよくも平気で旅行に行けるものだ。

（在這樣非比尋常的情況之下，部長居然還可以一派輕鬆地跑去旅行。）

・革命の闘志たちは厳しい監視下にあって、なお活動を行いながら自分たちの信念を貫いた。

（革命鬥士們在嚴格的監控下，仍持續活動，貫徹自己的信念。）

其他型態：

～にあっては（＋副助詞）

・こんないつ会社が倒産するかわからない状況にあっては、来年度の新製品のことなど考える余裕なんかない。

（在這種不知道什麼時候公司會倒閉的狀況下，根本沒心思去思考明年的新產品。）

～にあっても（＋副助詞）

・今は業界で優位な立場にあっても、ライバル企業の攻勢が強まったり、他業界からの新規参入があったりすると、その支配的立場から転落することもあり得る。
（雖然現在在業界當中處於優勢，但如果競爭企業攻勢加強，或是有其他業界新進來的話，也是有可能從優勢處跌落。）

排序練習：

01. 異国の地に ＿＿＿ ＿＿＿ ＿＿＿ ＿＿＿ そんなに簡単なことではない。
1. あって　2. も　3. こと　4. 職を探す

02. さすが社長だ。会社存亡の危機に ＿＿＿ ＿＿＿ ＿＿＿ ＿＿＿ でいる。
1. も　2. 冷静さを　3. 失わない　4. あって

解01.（1 4 3 2）　02.（4 1 2 3）

33. ～に至って

接続：① 動詞原形／名詞＋に至って
② 動詞原形／名詞＋に至る／至った
③ 名詞＋に至っては
④ 名詞＋に至るまで

翻訳：① 事情發展至此，才…。事到如今…才。② 至…。直到…。
③ 甚至…。④ 由…至…。

説明：此文法是從動詞「到る／至る」（いたる）所衍生出來的表現，有許多不同的形態。但用法及語意上，就跟中文的「～至、～到」的很相近，因此對於漢語系國家的學習者而言，相對容易。本項文法以各種不同的形態做分類，依序介紹。① 以「～に至って」的型態，表達「事情發展到了…的重大事態，才…」。前句多半為「狀況、事態」等詞語，後句多多半伴隨著「ようやく、やっと、はじめて」等語詞使用。② 以「～に至る／に至った」的型態，置於句末作為文末表現，或者置於名詞前方修飾名詞。若前方為表「狀況、事態」等詞語，則表達「事情發展到…的地步」；若前方為「場所、空間」等詞語，則表達「到達某場所」。③ 以「～に至っては」（加上副助詞「は」）的型態，來舉出幾個負面的例子，並藉以表達「又以…最為（負面）」。④ 以「～から～に至るまで」的型態，來表達一個「範圍」，意思與「～から～まで」意思。口氣中強調說話者認為「事物的範圍之廣」。視語境需求，有時可省略「～から」部分。⑤ 介紹兩個使用到「至る」的慣用表現：「ことここに至っては」意指「事到如今…」，多用於負面的事情。「至る所」意思是「到處都…」、「所至之處皆…」。

① ～に至って

・熱が三日三晩も続いて吐き気も収まらないという状態に至って、彼はやっと病院へ行く気になった。
（發燒持續了三天三夜，想吐的感覺也未曾停歇，他非得到了這樣的狀態才總算願意去醫院。）

・いじめに遭った子供が自ら命を絶つに至って、はじめてマスコミの注目を集めることができた。
（事情直到遭受霸凌的孩童自殺，才總算引起了媒體的關注。）

・契約書の製本の段階に至って、ようやく売り主と買い主の日程調整ができました。
（一直到契約書都要裝訂成冊了，才總算敲定賣方跟買方的日期。）

② ～に至る／に至った

・学校をサボりっぱなしで、アルバイトばかりしていた彼は、いよいよ留年という状況に至った。

（他一直蹺課，只顧著打工，終究落到留級的地步。）

・山に降った雨は地下に染み込み、また山から湧き出て、川となり、やがては海に至る。

（落在山上的雨，滲入地下，然後又從山裡湧出，匯集成河，最終流到海裡。）

・仕事を辞めて海外で起業するに至った経緯を是非ともお聞かせください。

（我想聽聽你辭去工作，之後跑到國外創業的經過。）

③ ～に至っては

・家族の誰もが私の結婚に反対で、兄に至っては「そんなことより早く仕事を見つけろ」とまで言い出した。

（家人都反對我這樁婚姻，尤其是哥哥，甚至說出「比起結婚，你還不快去找工作」這樣的話。）

・世界中のどの国でも貧困層は増えているらしいが、私の国に至っては10人に1人がご飯さえろくに食べられない状況にある。

（似乎世界上無論哪個國家，貧窮階級都在增加，我的國家甚至是十個人就有一個人無法溫飽的狀況。）

・政権交代しても、失業率や住宅価格高騰の問題は解決できず、国際関係に至っては更に悪化する一方だ。

（即使政權輪替，失業率跟房價上漲的問題也無法解決，甚至就連國際關係都更加惡化。）

④ ～（～から）～に至るまで

・税関でスーツケースに入ったものから身につけている下着に至るまで、厳しくチェックされました。

（在海關，從行李箱裡的東西，到身上穿的內衣都被嚴格檢查。）

・インターネットの普及により、ニューヨークなどの大都市からギリシャの小さな島々に至るまで、情報がリアルタイムで行き渡るようになった。

（由於網路的普及，大至紐約等大都市，小至希臘的小島，情報都可及時傳遞了。）

・関口さんはあの歌手のファンで、彼の休日の行動に至るまで知りたがっている。
（關口小姐是那位歌手的粉絲，就連他假日的行程都想知道。）

其他型態：

～に至るまでの（名詞修飾）

・商品出荷から消費者が購入に至るまでのプロセスについて考えよう。
（我們來思考一下關於商品從出貨到消費者手上的程序吧。）

・彼らの、成功に至るまでの苦労をお話ししましょう。
（我來講一講他們一路走到成功的辛勞。）

⑤ 事ここに至っては／至る所

・事ここに至っては、もうどうにもならないから諦めるしかない。
（事到如今，已經沒辦法了，只好放棄。）

・台湾では朝食を外で食べるのが一般的なので、台湾の至る所に朝ご飯屋があります。
（在台灣，普遍習慣都在外吃早餐，因此台灣到處都是早餐店。）

・彼は有名な歌手で、至る所で熱烈な歓迎を受けた。
（他是有名的歌手，所到之處都受到熱烈歡迎。）

進階複合表現：

「～まで」＋「～に至らない」

・政府は景気回復のための政策を進めてはいるが、景気が回復してきていると実感できるまでに至らない企業もまだ多いというのが現状だ。
（政府雖然有在進行讓景氣回溫的政策，但現狀就是仍有許多企業都還未實際感受到景氣的回溫。）

排序練習：

01. 税務調査で現在の売り上げ ＿＿＿ ＿＿＿ ＿＿＿ ＿＿＿ 調べられた。

1.に至る　2.まで　3.過去の借金　4.から

02. 編集段階 ＿＿＿ ＿＿＿ ＿＿＿ ＿＿＿ におかしな人影が写っていることがわかった。

1.映像　2.撮影した　3.はじめて　4.に至って

解01.（4 3 1 2）　02.（4 3 2 1）

34. ～にも増して

接続：名詞／動詞普通形の／イ形容詞いの＋にも増して

翻訳：比…更加。

説明：此句型源自於動詞「増す」。用來表達「比起前述事項，程度更甚」。① 以「AはBにも増して」的形式，來表達「A比起B還要…（A的程度更高）」。意思相當於「AはBより…」。「Aは」的部分經常會省略。② 經常使用「Bにも増して、Aが」，或是其強調構句的形式：「Bにも増して、～のはAだ」的結構來表達「比起B，A的程度更加高…」。③ 亦有慣用形式：「以前にも増して（比起以前，更加…）」、「何にも増して（比什麼都…）」。

①・（今年の夏は）昨年にも増して暑さが厳しく感じられますが、皆様いかがお過ごしでしょうか。

（今年的夏天比起去年更加讓人感到炎熱，各位過得好嗎？）

・（令和時代は）平成にも増して、グローバル化が進むだろう。

（令和時代比起平成，全球化會更加劇吧。）

②・内定をもらって嬉しいのにも増して、今後は社会人としてうまくやっていけるかが心配だ。

（找到工作雖然開心，但更勝於喜悅，我更擔心今後做為一個社會人士能不能順利在這個社會上立足。）

・試合で優勝したのにも増して、皆と一つになって戦えたことが嬉しい。

（比起在比賽得到優勝，大家能團結一心比賽這件事更加讓我開心。）

・夏の電車は暑苦しい。しかし、暑さにも増して耐えがたいのは男子高校生の汗臭い匂いだ。

（夏天的電車很悶熱，但比起酷熱更難耐的，是男高中生的汗臭味。）

・姉の離婚問題はもちろんだが、それにも増して気がかりなのは夫の浮気問題だ。

（我當然關心姊姊離婚的問題，但比起那件事，我更擔心的是我老公的外遇問題。）

③・女手一つで会社を立ち上げ、上場にまで成長させた彼女は以前にも増して、自信に満ち溢れていた。

（女性一人獨自創業，還讓公司成長到上市櫃的她，比起以前更加充滿了自信。）

・「好(す)きこそ物(もの)の上手(じょうず)なれ」という格言(かくげん)がありますが、これは好(す)きであるということは、何(なに)にも増(ま)しての強(つよ)みであるということだ。

（有句諺語說「書癡者文必工，藝癡者技必良」，這句話的意思是「喜歡這件事，才是你做好這件事最重要的重點。」）

排序練習：

01. 大統領選挙戦 ＿＿＿ ＿＿＿ ＿＿＿ ＿＿＿ 現大統領側近のスキャンダル問題だ。

1. のは　2. あの　3. にも増して　4. 注目された

02. 不法移民問題はトランプ政権にとって ＿＿＿ ＿＿＿ ＿＿＿ ＿＿＿ 急を要する問題だ。

1. も　2. 何に　3. は　4. 増して

解 01.（3 4 1 2）　02.（3 2 1 4）

35. ～にして

接続：名詞＋にして

翻訳：① 短短…就…。② 到…的階段、程度、等級，才…。③ 是…同時也是…。

説明：「～にして」有許多意思，下列依序介紹。① 前接表達時間的詞語，來形容「在短暫的時間內，就發生這後述的事件／完成後述的動作」之意。可替換為助詞「で」。② 用於表達「到達某個階段，才（了解、達成）…」，藉以表達「說話者認為前接名詞的程度對他自己而言，很高」（但並不代表後述動作很困難）。後方多半隨著「はじめて、ようやく」等詞語。③ 前接表身份的詞語，用來表此人同時擁有兩種身份。④「幸い／不幸にして」（幸好…／很不幸地…）、「生まれながらにして」（天生就…／生而…）屬於慣用表現。

①・わずか一週間（いっしゅうかん）にしてこんな大作（たいさく）を完成（かんせい）させたとは、さすが大文豪（だいぶんごう）だけのことはある。

（僅僅短短一週，就完成了這樣的大作，真不愧是大文豪。）

・原子爆弾（げんしばくだん）を落（お）とされた町（まち）は一瞬（いっしゅん）にして地獄（じごく）と化（か）し、無数（むすう）の人々（ひとびと）がもだえ苦（くる）しみながら死（し）んでいく。

（被原子彈轟炸過後的城鎮，短短一瞬間就化為地獄，無數的人在痛苦地掙扎中死去。）

・「ローマは一日（いちにち）にしてならず」という諺（ことわざ）があり、これは大事業（だいじぎょう）を成（な）し遂（と）げようと思（おも）えば、長年（ながねん）の地道（じみち）な努力（どりょく）が必要（ひつよう）だという意味（いみ）です。

（有句諺語說「羅馬並非一日造成的」，意思是說「如果想要成功大事業，長年腳踏實地的努力是必要的」。）

②・この曲（きょく）は歌姫（うたひめ）と言（い）われた彼女（かのじょ）にして、はじめて歌（うた）いこなせる難（むず）しい曲（きょく）だ。

（這首歌曲的難度，大概只有被稱作是歌姬的她才有辦法唱得出來。）

・天才（てんさい）の彼女（かのじょ）にして解（と）けない問題（もんだい）なんだから、況（ま）してや数学音痴（すうがくおんち）である私（わたし）に解（と）けるはずがない。

（天才如她都解不開這個問題了，更何況被稱作是數學白痴的我，怎麼可能解得開這個問題。）

・数十年ぶりに生まれ育った国に戻ってきて、色々美味しいものを食べたり、観光名所を回ったり、この歳にしてようやく自分の古里の魅力に気づくことができました。
（事隔數十年回到自己生長的國度，吃了各種美食，逛了各個觀光景點，直到這個歲數，才發現了自己國家的美好。」）

辨析：

N2 第 47 項文法「～にしては」用於表達「與常理或推測不符，實際上的情況卻…」。與此處用法不同，請同學留意。

・この子は小学生にしては随分しっかりしているね。
（這孩子以一個小學生而言，還真是堅定振作啊。）

③・彼は歌手にして優秀なプロデューサーでもある。
（他是歌手，同時也是位優秀的製作人。）

・彼はまさに昭和を代表する、言わずと知れた稀代の俳優にして歌手ですね。
（他正是代表昭和時代赫赫有名的稀世奇才演員，同時也是歌手。）

・一代でエンタメ帝国を築き上げた、実業家にしてプロデューサー、ジャニー喜多川。恐らく彼を知らない日本人はいないだろう。
（白手起家建立娛樂帝國的創業家，同時也是製作人的強尼・喜多川。大概沒有日本人不認識他吧。）

④・幸いにして、生き埋めになった少年は瓦礫の下から無事に救助された。
（幸好，遭到活埋的少年，從瓦礫下平安被救出。）

・彼がスパイであることを知られてはいけないのだが、不幸にして友人に裏切られ、彼は殺されてしまった。
（他不能讓人家知道他是間諜，但很不幸地，由於被朋友出賣，所以他被殺了。）

・人間は生まれながらにして平等であり、あらゆる人種・民族・性的傾向などの理由で差別してはならない。
（人人生而平等，不可因為任何人的種族、民族或性向…等，就歧視他人。）

排序練習：

01. この味は経験を積んだ ＿＿＿ ＿＿＿ ＿＿＿ ＿＿＿ 味だ。
　1．出せる　2．プロの料理人　3．にして　4．はじめて

02. 大地震に襲われ、その建物 ＿＿＿ ＿＿＿ ＿＿＿ ＿＿＿ 崩れ落ちた。
　1．に　2．は　3．して　4．一瞬

解01.（2 3 4 1）　02.（2 4 1 3）

06 單元小測驗

1．第二外国語教育について、政府の方針に（　　）計画を立てた。

1　至った　　2　即した　　3　した　　4　増した

2．新卒の就職は、今年は去年（　　）さらに厳しい状況になることが予想される。

1　に即して　　2　に至って　　3　にも増して　　4　にも関わって

3．父は会社の責任者という立場（　　）寝る時間も惜しんで働いている。

1　にあって　　2　に即して　　3　にとって　　4　に増して

4．司法試験は難しく、私も４回目（　　）ようやく合格できた。

1　にして　　2　として　　3　にあって　　4　とあって

5．証拠となる書類が発見される（　　）、彼はやっと自分の罪を認めた。

1　に即して　　2　に至って　　3　からには　　4　かといって

6．あの新鋭監督のアニメ映画は子供から大人に（　　）幅広い層で人気があります。

1　至っては　　2　至るまで　　3　かけては　　4　かけるまで

7．彼女は ＿＿＿ ＿＿＿ ★＿＿＿ ＿＿＿ 。

1　女優である　　2　良き母であり　　3　歌手にして　　4　ながら

8．この ＿＿＿ ＿＿＿ ★＿＿＿ ＿＿＿ 多数ありますので、チャレンジしてみましょう。

1　問題が　　2　即した　　3　出題基準に　　4　問題集には

9．休学期間中の状況、 ＿＿＿ ＿＿＿ ★＿＿＿ ＿＿＿ の見通しを記入してください。

1　復学する　　2　今後の修学　　3　経緯及び　　4　に至った

10．＿＿＿ ＿＿＿ ★＿＿＿ ＿＿＿ 疑いを常に持つことが大事だ。

1　手に入れた情報を安易に信用せず
2　インターネットの発達などによって
3　それがフェイクニュースなのではないのかという
4　誰にでも動画を配信できる現代にあっては

07

第 07 單元：「～を〇〇て」、「～を～に」

36. ～をもって
37. ～をおいて
38. ～を機に
39. ～を余所に
40. ～を皮切りに
41. ～をいいことに

本單元延續姐妹書『穩紮穩打！新日本語能力試驗 N2 文法』的第一篇第 03 單元、第 04 單元，介紹屬於 N1 範圍，以「～を〇〇て」與「～を～に」型態使用的句型。學習時，除了要留意前方接續的品詞外，還要注意本身的其他型態。

36. ～をもって

接続：名詞＋をもって

翻訳：① 拿、懷抱…。② 以…、用…。③ 於…。

説明：此句型源自於動詞「持つ（持有、拿）」。① 當作一般動詞時，可以使用於「拿著具體物品」，如：「書類を手に持つ（把文件拿在手上）」。亦可與「自信、余裕、確信」等少數幾個抽象意思的名詞一起使用，依序為：「自信を持って（懷抱自信）、余裕を持って（各方面上…從容）、確信を持って（很有把握）」…等。若要寫漢字，可寫作「～を持って」。②「～をもって」亦可作為複合助詞使用，表達「手段」之意，意思相當於格助詞的「で」。屬於較書面上的用語，一般少用漢字，若要寫漢字，可寫作「～を以て」。「身を以て（以身…）」為慣用表現。另外，這個複合格助詞沒有「～を以つ」這種修飾名詞的用法。③「～を以て」作為複合助詞使用時，亦可表達「期限」，前方多接續「本日、今回…」等表是期限的詞語。與格助詞「で」表期限的用法相同，但屬於官方、文書上用語，因此也經常使用「～を以ちまして（丁寧形）」的型態。「これを以て（僅此）」則為慣用表現。

①・君は立派なリーダーなんだから、もっと自信を持って部下に接しなさい。

（你是個優秀的領導人，要更有自信地面對部下。）

・試験当日は（時間に）余裕を持って、試験会場にご来場ください。

（考試當天務必提早＜時間上要充裕＞來考場。）

・いつも心に余裕を持っておくためには、一時の感情に流されないことが大事です。

（為了隨時保有從容的心，要注意別受到一時感情的影響。）

・あなたがその名前を口にした時、あなたが犯人であることに確信を持った。

（當你講出那個名字的時候，我就很確定你就是犯人了。）

②・ご契約ありがとうございます。契約書一式や注意事項については書面をもってお知らせいたします。

（感謝您簽約。關於契約文件一份以及注意事項，將會以書面通知您。）

・何らかの理由で請求書未到の場合がございましたら、こちらの明細書を以てお手続きを進めていただきますようお願い申し上げます。
（如果因故導致付款通知沒寄達，請以這份明細來進行支付手續。）

・中国で会社を興し、日系企業が中国へ進出する際の難しさや苦労を、身を以て経験した私だからこそわかる成功の秘訣をお伝えします。
（正因為我在中國開創過公司，切身體驗日系企業在跨足至中國時的艱難與辛苦，因此才知道成功的秘訣。現在將其傳授給您。）

其他型態：

～を以ちまして（丁寧形）

・お支払い時の金融機関のレシートやクレジットカード会社の請求書を以ちまして、商品代金受領の証明とさせていただきます。
（以您付款時，金融機構所發行的明細或者是信用卡公司的請款明細，作為商品款項的收款證明。）

進階複合表現：

「～を以て」＋「しても」

・不老不死は昔から人類の夢でしたが、現代医学を以てしても、加齢による体の変化を止めることはできません。
（長生不老從以前就是人類的夢想，但即便是以現代醫學，也無法阻止因為年齡增長的身體變化。）

「～を以て」＋「すれば」

・薄毛や脱毛症は現代医学を以てすれば、治療できます。
（頭髮稀少以及掉髮症狀，以現代醫學是可以治癒的。）

③・これを以て／以ちまして、令和元年度の研修会を閉会いたします。
（令和元年度的研修會，就此閉會。）

・本日を以て／以ちまして、会長職を辞任させていただきます。今までありがとうございました。
（我於今日辭去會長一職。長期以來感謝各位。）

・突然ではございますが、本サイトの更新は今回をも以ちまして終了の運びとなりました。今までご支援くださった皆様に心よりお礼申し上げます。
（雖然很突然，但本網站的更新就以此次為最後一次了。由衷感謝各位長期以來的支援。）

辨析：

「にて」亦有表期限的用法，但「にて」只能表達「結束的期限」，但本文法「～を以て」除了可表達「結束的期限」外，亦可表達「開始的時間點」。

・受付は３時（○ にて／○ を以て）終了いたしました。
（受理申請至三點截止。）

・本日（× にて／○ を以て）君を正社員として採用する。
（於今日正式錄用你為正式員工。）

排序練習：

01. 今回の実習で、私は働く ＿＿＿ ＿＿＿ ＿＿＿ ＿＿＿ 経験した。
1. 身を　2. 厳しさを　3. ことの　4. 以て

02. これを以ちまして、本日の ＿＿＿ ＿＿＿ ＿＿＿ ＿＿＿ いただきます。
1. めでたく　2. 披露宴を　3. させて　4. お開きと

解01.（３ ２ １ ４）　02.（２ １ ４ ３）

37. ～をおいて

接続：名詞＋をおいて

翻訳：除了…之外，（沒有別的了）。

説明：此文法源自於動詞「置く」。意思是「如果把前述事項或人物放到一邊、撇開不談的話，那麼…就很難達到」。後句必須配合否定表現。例如例句一，意指說話者認為這工作很難，除了田中先生之外，是沒人做得到的。言下之意，說話者給予田中先生很高的評價，表示他很有能力。另外，「何を置いても（無論如何，都…）」為慣用表現。

・この仕事をやれる人は、田中さんをおいて他にいないと思います。
（能夠勝任這份工作的，大概就只有田中先生了。）

・外国人による日本の不動産投資について知りたいなら、陳先生をおいて他にいないだろう。
（如果你想知道外國人投資日本不動產相關事宜，那一定要去問陳老師。）

・話し合いをおいて他に問題解決の道はない。
（除了雙方坐下來談以外，沒有其他的解決方式了。）

・震災時に生き延びるためには、何をおいても飲み水の確保が最優先だ。
（為了在大地震後活下去，無論如何都必須先確保飲用水。）

其他型態：

～をおいては（＋副助詞）

・アメリカ文学について語る時、ヘミングウェイをおいては語れない。
（談論美國文學，就不能不談海明威。）

排序練習：

01. 言語学を勉強するなら、入る _____ _____ _____ _____ 他にない。
    1. あの大学　2. 大学は　3. べき　4. をおいて

02. こんな複雑で _____ _____ _____ _____ だろう。
    1. 彼をおいて　2. 面倒な仕事を　3. 引き受ける人は　4. 誰もいない

解01.（3 2 1 4）　02.（2 3 1 4）

38. ～を機に

接続：名詞／動詞普通形の or こと＋を機に
翻訳：以…為契機。
説明：用於表達「前述事項為發端、契機，而做了後述事項」。與 N2 的第 22 項句型「～をきっかけに／を契機に」意思相同，兩者可替換。但「～を機に」為較生硬的表現。「これを機に（借此機會）」則為慣用表現。

・国はオリンピック開催を機に、空港での警備を強化することに踏み切った。
（政府以舉辦奧運為契機，下定決心加強機場的戒備。）

・公務員を定年退職するのを機に、妻と田舎で小さなカフェを経営することを決意した。
（我以從公務人員退休為契機，決定要和妻子在鄉下經營一間小咖啡店。）

・これを機に、更なる向上心を持って日々邁進していきたい所存でございます。
（我會借此機會，抱持更高的上進心，持續努力下去。）

・出産を機に仕事を辞めた理由のほとんどは、「子育てをしながら仕事を続けるのは大変だから」であることが生活福祉研究所の実施した「出産・子育てに関する調査」で明らかになった。
（在生活福祉研究所所實施的「關於出產養育孩童的調查」當中，我們得知，大部分以出產為契機，而辭去工作的理由，幾乎都是「一邊養小孩一邊工作很累」。）

排序練習：

01. 退職 ＿＿＿ ＿＿＿ ＿＿＿ ＿＿＿ これまでの経験が生かせる国際交流の活動に参加したいと思っています。
1．自分の　2．する　3．機に　4．のを

02. 私事ではありますが、この冬に入籍 ＿＿＿ ＿＿＿ ＿＿＿ ＿＿＿ 時短勤務へ変更することになりました。
1．春から　2．これを　3．機に　4．いたしまして

解 01.（2 4 3 1）　02.（4 2 3 1）

39. ～を余所に

接続：名詞＋をよそに

翻訳：① 不理會、漠視…。② 不受…的影響。

説明：此句型源自於「余所」（別處）。意思是「把…事情丟到別處，不去管它」。① 前方使用「心配、期待、批判、不安」等他人的感情或評價字眼，用於表達「把他人對自己的擔心、期待…等，不當一回事，不放在心上」或「與此人的擔心、期待不符，事情反而…」。② 前方接續表達某一狀態的名詞，表達「絲毫沒有受到此一狀態的影響、擾亂」。

①・あの人は親の心配を余所に、ろくに仕事に就いていない男と駆け落ちをした。

（那個人完全不顧雙親的擔心，去和一個找不到像樣工作的男人私奔了。）

・Ａ市の市長は市民からの批判を余所に、よくも勤めていられるものだ。

（Ａ市的市長完全不理會市民的批評，居然還繼續賴著不辭職下台！）

・家族の期待を余所に、彼は結局就職せずにニート生活を送っている。

（他完全不把家人的期待當一回事，到最後還是沒找工作繼續當個尼特族。）

・売れなければ会社が倒産してしまうという社長の不安を余所に、その新製品は爆発的に売れた。

（如果新產品賣不好，公司可能會倒閉。但似乎社長的不安是多餘的，新產品賣得超好。）

②・友人はインスタ映えブームを余所に、海外旅行の写真を一枚もインスタに上げたことがない。

（我朋友完全沒有受到 IG 打卡貼文的熱潮影響，去國外旅行的照片一張也沒有上傳過。）

・景気全般の減速や金融市場の乱高下を余所に、住宅需要の回復は概ね勢いを維持している。

（住宅市場需求回升，大致上維持良好的趨勢，絲毫沒有受到整體景氣以及金融市場動盪不安的影響。）

・日本国内の韓流ブームを余所に、日韓関係は日に日に悪化している。

（日韓兩國之間的關係持續惡化，與日本國內的韓流熱潮形成強烈對比。）

・年号が「平成」に改まった直後に起こったあのバブル崩壊からすでに 30 年。同じ時期における世界情勢の激変を余所に、我が国では政治の混乱と経済の低迷が続いた。

（在年號轉為平成後即發生的泡沫經濟崩盤，也已經過了 30 年。似乎已經和世界情勢的驟變脫節，我國在政治上的混亂與經濟上的低迷仍持續著。）

排序練習：

01. あの記者は ＿＿＿ ＿＿＿ ＿＿＿ ＿＿＿ 被災地へ取材に向かった。
1. 一人で　2. 余所に　3. 心配を　4. 妻の

02. デパートに入ると、世の不景気を ＿＿＿ ＿＿＿ ＿＿＿ ＿＿＿ 驚いた。
1. のに　2. 賑わっている　3. 余所に　4. 買い物客で

解 01.（4 3 2 1）　02.（3 4 2 1）

40. ～を皮切りに

接続：名詞／動詞普通形の or こと＋を皮切りに
翻訳：以…為開端。
説明：此句型用於表達「以某一件事情為開端、出發點、契機，接下來一連串地…」，後述經常接續「之後就飛黃騰達、繁榮發展」或者「每下愈況、越演越烈」等表現。

・彼はデビュー作の成功を皮切りに、次々とベストセラーを生み出した。
（自從他的出道作品一炮而紅後，他就接二連三創作出許多暢銷作品。）

・暴力団の組長の逮捕を皮切りに、事件関係者が順次拘束・逮捕された。
（暴力黑道集團的老大被捕後，事件的關係者就接二連三地被逮捕了。）

・大統領の発言を皮切りに、国会で議論が巻き起こった。
（總統的發言，在國會點燃了爭論的炮火。）

・そのアイドルグループは、東京ドームを皮切りに、全国４都市８公演で延べ 100 万人を動員した。
（那個偶像團體，以東京巨蛋的公演為開端，總共在全國四個都市八場公演，動員了 100 萬名觀眾。）

・彼はその映画に出演したのを皮切りに、アメリカのテレビ業界で活躍するようになった。
（自從他演了那部電影之後，就開始活躍於美國電視圈。）

其他型態：

～を皮切りにして

・北野天満宮の梅を皮切りにして、御苑の梅もちらほら咲き始めてきた。
（北野滿天宮梅花開了之後，御苑的梅花也零星地綻放了。）

～を皮切りとして

・当社はスマホアプリ事業の成功を皮切りとして、IT 産業に躍進した。
（敝社在智慧型手機 APP 的事業取得成功後，就躍進到了 IT 產業。）

辨析：

此句型與「～を機に、～をきっかけに、～を契機に」的不同，在於「～をきっかけに」系列，為一件事情的轉機、契機，因此「～をきっかけに」等等的後面接的是一個新的行為，並不是一連串相同的動作。而「～を皮切りに」，則是指「這件事情是一個起頭，後面接踵而來一連串相同動作的行為」。因此若將「～を皮切りに」替換為「～をきっかけに」系列，語感上將會有差異。

・彼はネットビジネスの成功を皮切りに、どんどん事業を広げ、大金持ちになった。
（他在網路事業上成功後，就拓展事業，成了大富豪。）

・彼はネットビジネスの成功をきっかけに、どんどん事業を広げ、大金持ちになった。
（他在網路事業上成功，是他拓展事業，成為大富豪的契機。）

如上例，使用「～を皮切りに」，意旨「網路生意的成功，只是一個開端，接下來一連串地事業，讓他成為富豪」。但若使用「～をきっかけに」，則意思上為「網路生意的成功，是他成為富豪的一個契機」。

因此，如果後接的動作僅是一個單一動作而非開端，則不可使用「～を皮切りに」。

○ **大学入学をきっかけに、引っ越した。**
（進入大學就讀為契機，搬家了。）

× **大学入学を皮切りに、引っ越した。**
（「引っ越す」為單一新動作。）

排序練習：

01. 今年の展覧会は ＿＿＿ ＿＿＿ ＿＿＿ ＿＿＿ 開催される予定です。
　1．全国6都市を　2．東京を　3．巡回して　4．皮切りに

02. 秘書の逮捕を ＿＿＿ ＿＿＿ ＿＿＿ ＿＿＿ 続々と明るみに出た。
　1．して　2．元総理大臣の　3．不正が　4．皮切りに

解01.（2 4 1 3）　02.（4 1 2 3）

41. ～をいいことに

接続：名詞（なの）／動詞普通形の ／イ形容詞いの／ナ形容詞なの＋をいいことに
翻訳：以…為藉口。藉機、趁著…。
説明：此句型用於表達「利用前述事項這個好機會／以…為藉口，而（僥倖、趁機）做了後述事項」。多半都是做壞事。

・あのリフォーム業者は相手の病気をいいことに、無理な契約をさせたばかりか、ことあろうに支払えなければ家を競売にかける悪徳詐欺だ。
（那個裝潢業者看準了客戶生病，不只是騙他簽下不合理的合約，居然還逼迫客戶如果沒有給錢，就把家給拍賣掉，真是惡劣的詐欺。）

・あの子は親が留守なのをいいことに、父親の車を乗り回し、友人と自宅でパーティーをした。
（那孩子逮到爸媽不在的機會，開了爸爸的車到處亂跑，還邀朋友到家裡開轟趴。）

・仕事が忙しいのをいいことに虫歯を放置していたが、とうとう悪化し、手術しなければならない羽目になった。
（說什麼工作很忙，不去治療牙齒，拖到最後病情惡化，搞到非得要開刀的地步。）

・結婚後に購入した不動産が夫の名義になっているのをいいことに、夫は勝手に売却した。
（結婚後買的房子由於登記在老公名下，老公藉此就擅自把房子賣了。）

排序練習：

01. 外国人が日本語がわからない ＿＿＿ ＿＿＿ ＿＿＿ ＿＿＿ どうかと思う。
1. のを　2. 言うのは　3. 好き勝手　4. いいことに

02. 久々の ＿＿＿ ＿＿＿ ＿＿＿ ＿＿＿ 後ろに乗せて昼食を買いに行った。
1. 娘を　2. 休日を　3. 自転車の　4. いいことに

解 01.（1 4 3 2）　02.（2 4 1 3）

07 單元小測驗

1．東京電鉄は、今年で開業50周年を迎えるの（　　）最新型車輌を導入することを決定した。
　1　を皮切りに　　2　を機に　　3　を余所に　　4　をいいことに

2．上京して一人暮らしを始めてから、親に何も言われない（　　）、だらしない生活をするようになってしまった。
　1　のをいいことに　　2　のを余所に　　3　のを以て　　4　のをおいて

3．みんな「お金持ちになりたい」と言うが、そもそも何（　　）お金持ちとするのか、その基準を知りたい。
　1　にあって　　2　において　　3　をもって　　4　をおいて

4．ファーストクラスの利用客は、空港の混雑を（　　）、優先レーンで保安検査や出国審査を受けることができます。
　1　おいて　　2　もって　　3　皮切りに　　4　余所に

5．新しいテーマパークをつくるなら、この場所（　　）他にはない。
　1　にあって　　2　にして　　3　をおいて　　4　をもって

6．今年のコンサートツアーは、東京公演を（　　）、10都市をまわる予定である。
　1　皮切りに　　2　機に　　3　いいことに　　4　おいて

7．親の期待 ＿＿ ＿＿ ＿★＿ ＿＿ ゲームに熱中している。
　1　子供たちは　　2　毎日　　3　を　　4　余所に

8．インターネットでは、 ＿＿ ＿＿ ＿★＿ ＿＿ 見受けられる。
　1　辛辣な書き込みを　　2　する人が多く
　3　いいことに　　4　顔が見えないのを

9．来月のライブ ＿＿ ＿＿ ＿★＿ ＿＿ となるアルバムを発売した。
　1　をもって　　2　10枚目にして最後
　3　中森さんが　　4　芸能界を引退する

10．妹は、大学に ＿＿ ＿＿ ＿★＿ ＿＿ 。
　1　買えずにいた　　2　ノートパソコンを買うことにした
　3　入学するのを機に　　4　今まで欲しいと思いつつ

< 第二篇 > 助詞相關表現

08

第 08 單元：「～に」

42. ～に関わる
43. ～にまつわる
44. ～にたえる
45. ～に足る
46. ～に止まらず

本單元彙整了數個 N1 常見的「～に＋動詞」的接續表現，其中「～にまつわる」、「～にたえる」、「～にたる（用法①）」等三項，後面多半會接續名詞，以「～に＋動詞原形＋名詞」的形式使用。

42. ～に関わる

接続：名詞＋に関わる
翻訳：關係到…。影響到…。涉及到…。牽扯到…。與…有瓜葛。
説明：用於表達「與前接名詞有關聯，且多半有重大影響」之意。經常使用「～に関わる＋名詞」的形式。若前接名詞為人，則意思為「與此人有瓜葛」。此外，此句型的否定型態「～に関わらず」、「～にもかかわらず」，用法請參照『穩紮穩打！新日本語能力試驗 N2 文法』第 49、50 項文法。

・これは私の名誉に関わる問題なので、この場を借りて真実を報告させていただきます。
（因為這問題關係到我的名譽，故藉此向各位報告真相。）

・今の仕事を続けていくか、転職するかについては、今後の人生に関わる重要なことなので、じっくり考えてから決めたいと思います。
（有關於要繼續做現在這個工作還是換工作，這關乎到我今後的人生，我想慢慢思考後再決定。）

・医療という人の命に関わる仕事のため、その責任の重さに心が押しつぶされそうになってしまう人は少なくありません。
（醫療是關乎人命的工作，因為其責任重大，所以導致心理壓力過大的人還真不少。）

・気候危機は、未来世代の存続に関わるほど深刻なことが科学的に明らかになっているのですが、政治家は断じて大きな政策変更を起こそうとはしません。
（氣候危機已經嚴重到會影響未來世代的存活，這件事已經在科學上被證明了，但政治家們還是堅決不做重大的政策變更。）

・我が校でいじめがあったということが世間に知られると、学校の評判に関わりますので、それを隠したくなる学校側の考えはわかりますが、その前に教育者として、生徒のために最善を尽くすべきなのではないかとつくづく思います。
（如果被社會大眾知道我們學校發生了霸凌問題，這將會關乎到學校的風評。我可以了解校方為何極力想隱瞞這件事情，但我深深認為，作為一個教育者，不就是應該要為了學生盡力做到最好嗎？）

・あんな奴に関わっていたら、あなたまで痛い目に遭うよ。
（你如果跟那樣的人扯上關係，你自己也會倒霉喔。）

其他型態：

～に関わる。（文末表現）

・野菜の輸入規制の緩和は農業政策の根本に関わる。
（放緩蔬菜進口的限制，將會關乎到農業政策的根基。）

排序練習：

01. 外国人労働者の ＿＿＿ ＿＿＿ ＿＿＿ ＿＿＿ ではないでしょうか。
    1. 国の将来に関わる　2. こそ　3. 重要なこと　4. 受け入れ拡大

02. 暴力団に ＿＿＿ ＿＿＿ ＿＿＿ ＿＿＿ 、人生を台無しにしてしまう可能性さえある。
    1. ろくな　2. ばかりか　3. ことがない　4. 関わると

解01.（4 2 1 3）　02.（4 1 3 2）

43. ～にまつわる

接続：名詞＋にまつわる＋名詞
翻訳：圍繞於…話題的。
説明：此句型源自於動詞「纏わる（糾纏、纏繞）」，以「～名詞Ａにまつわる＋名詞Ｂ」的型態，來表達「名詞Ｂ，是一個關於Ａ的話題 / 圍繞在Ａ的故事」。名詞Ｂ多為「物語、エピソード、話、噂」等，表「故事、話題」類的詞彙。

・みんなが席に着くと、彼はこの城にまつわる不思議な話をし始めた。
（當大家都坐定位之後，他就開始述說了圍繞在這個城堡的不可思議的故事。）

・本書では、世界中に広がる美しい星空の風景と、星座や星々にまつわる物語を紹介します。
（本書將會介紹世界各地美麗星空的風景，以及關於星座和星星的故事。）

・展覧会会場では、現役のパイロットが飛行機にまつわるエピソードや、空港の豆知識などをわかりやすくご紹介します。
（在展示會會場，會由現任的飛行員向各位明瞭地介紹關於飛機的小故事以及機場的小知識。）

・自殺の名所とされる青木ヶ原樹海にまつわる噂について真偽を調べてみたが、どうも噂のほとんどがガセネタだったようだ。
（我去調查了關於被認為是自殺勝地的青木原樹海的種種傳言是否為真，結果似乎大部分的傳言幾乎都是假消息。）

・アランは死んだ彼女が残した手紙を読み、真相を探り始めたが、次第に彼女の死にまつわる謎と彼女を取り巻く人々の本性が明らかになってきた。
（艾倫讀了她死後所留下的信件，開始找尋真相，關於她的死亡之謎以及在她身邊人們的本性，逐漸明朗。）

辨析：

此句型並無「～にまつわって」的型態，亦沒有文末表現「～にまつわる。／～にまつわった。」的型態。

× **彼はこの城にまつわって、話をし始めた。**

× **彼の話はこの城にまつわっていた。**

排序練習：

01. 上古時代の ＿＿＿ ＿＿＿ ＿＿＿ ＿＿＿ 前半で紹介したいと思います。
 1．物語を　2．この授業の　3．まつわる　4．神々に

02. このあたりには創世記に ＿＿＿ ＿＿＿ ＿＿＿ ＿＿＿ あります。
 1．大洪水に　2．登場する　3．伝説が　4．まつわる

解 01.（4 3 1 2）　02.（2 1 4 3）

44. ～にたえる

接続：動作性名詞／動詞原形＋にたえる
翻訳：值得（一看／一讀），
説明：此句型源自於動詞「耐える／堪える」（忍耐），前方僅可接續「鑑賞、批判、批評、読む、見る」…等少數幾個表達「對於作品觀賞」的詞語。經常以「～に耐える＋名詞」的型態，來表達「此作品極富（文學）價值，禁得起考驗」。若要表達對於此作品的批評，如「不堪入目、不值一讀」時，可使用「～に耐える＋名詞ではない」的型態。另外，如使用「～に耐えない」這樣的否定型態，則不只限於「對於作品觀賞」。詳細用法請參閱『穩紮穩打！新日本語能力試驗 N2 文法』第 53 項文法。

・この歴史的暗殺事件はまだ記憶に新しいが、残念ながら、未だ読むにたえる本は書かれていない。
（這個具有歷史意義的暗殺事件，還記憶猶新。但很可惜的是，到目前為止都沒有一本像樣的相關書籍。）

・あのアニメ映画は子供向けですが、ストーリーやキャラクター設定が共に良く、大人の鑑賞にも十分たえる作品だと思います。
（那部動畫電影雖然是兒童取向的作品，但故事內容以及角色設定都很棒，大人也值得一看。）

・日本のドラマは、確かに恋愛ものや幼稚で学芸会レベルのものも多いですが、一方できちんと大人が見るにたえるドラマも結構ありますよ。
（日劇確實有很多演關於戀愛的故事以及幼稚的學生等級的作品，但另一方面，也有許多是值得大人一見的好作品。）

・あの監督の最新作を見に行きました。一緒に行った５歳児は無邪気に喜んでいましたが、大人にしてみれば、あれは子供だましで、鑑賞にたえる作品ではないと感じました。
（我去看了那個導演的最新作品，跟我一起去的五歲孩子天真地開心看完了，但我覺得對一個大人而言，那根本就是騙小孩的，不值得一看的作品。）

排序練習：

01. 彼の新作は、ミステリー ＿＿＿ ＿＿＿ ＿＿＿ ＿＿＿ 本ではない。
　1. 読者が　2. 読むに　3. たえる　4. 好きな

02. この画廊に多くの絵が展示されているが、鑑賞にたえるものは少なく、
＿＿＿ ＿＿＿ ＿＿＿ ＿＿＿ ばかりだ。
　1. 代物　2. 見るに　3. たえない　4. 多くは

解 01.（4 1 2 3）　02.（4 2 3 1）

45. ～に足る

接続：① 動作性名詞／動詞原形＋に足る
　　　② 動詞原形＋に足りない

翻訳：① 值得…。足以…。② 不足以…。

説明：① 使用「～に足る＋名詞」的形式，且前方多接續「議論する、満足する、賞賛、尊敬、信頼」…等詞彙，來表達「某事值得探討」、「某人值得尊敬、信賴、讚賞／資格足以…」…等，能夠使用的詞彙非常有限。② 使用「動詞＋に足りない」的形式，來表達此事的程度之低，意思為「不值得…／不足以…」。能夠使用的詞彙也非常有限，如：「取るに足りない（不足取）」、「恐れるに足りない（不足為懼）」、「言うに足りない（不足掛齒）」…等。另外，「言うに足らない（不足掛齒）」為慣用表現。

①・昨日からテレビで同じ話題が報じられているが、これはわざわざ議論するに足る問題なのだろうか。
（昨天電視就一直報導相同的話題，這個問題值得這樣特地提出來討論嗎？）

・この国の政治家には、尊敬に足る人は見受けられません。
（我看不到這個國家的政治家當中，有哪個人是值得尊敬的。）

・区議員は、区民全体を代表するに足る人物でなければならない。
（區議員必須是一位足以代表全體區民的人物。）

・多くの企業が存在し、多くのサービスや製品がひしめき合う現代において、信頼に足るパートナーとなる会社を見つけるのは簡単なことではない。
（現在這個時代，存在著許多企業，也充斥著許多服務以及產品，要找到值得信賴的夥伴公司並不容易。）

其他型態：

～に足る。（文末表現）

・あの若さでの彼の受賞は賞賛に足る。
（他在這麼輕的年紀就得獎，值得稱讚。）

②・こんな忙しい時に、取るに足りないことでごちゃごちゃ言うのはやめてくれないか。
（不要在這麼忙的時候，還說一些無關緊要、亂七八糟的事。）

・熱意を持ち続けることができれば、失敗など恐れるに足りない。
（如果你能持續保持熱忱，那失敗根本不足為懼。）

・今の苦しみは、やがて我々の手に入る栄光に比べると、言うに足らないものとなるでしょう。
（現在的辛苦，與我們終究會得到的光榮相比，根本不足掛齒。）

排序練習：

01. 今の大學生は ＿＿ ＿＿ ＿＿ ＿＿ 持っているのだろうか。
1.友人を　2.論ずるに　3.足る　4.共に

02. 1億円の損失は確かに大きいかもしれないが、国家予算 ＿＿ ＿＿ ＿＿ ＿＿ 額だ。
1.見れば　2.足らない　3.から　4.言うに

解01.（4 2 3 1）　02.（3 1 4 2）

46. ～に止(とど)まらず

接続：名詞／動詞原形＋に止まらず
翻訳：不止於…。不只…。
説明：此句型源自於動詞「止まる（停留）」，意指「某事不再只是停留於、侷限於…狹小的範圍，而已經涉及到、跨越到一個更大的層次」。

・タピオカブームは東京(とうきょう)や大阪(おおさか)といった大都市(だいとし)に止(とど)まらず、地方(ちほう)にも広(ひろ)がっていった。
（珍奶熱潮不止於東京或大阪等大都市，也流行到了其他二、三線城市。）

・新種(しんしゅ)ウイルスの感染(かんせん)は子供(こども)や老人(ろうじん)に止(とど)まらず、全(すべ)ての年齢層(ねんれいそう)へと広(ひろ)がっていった。
（新型病毒的傳染，不止於小孩或老人，也擴散到了所有的年齡層。）

・今回(こんかい)の大震災(だいしんさい)による被害総額(ひがいそうがく)は、数百億円(すうひゃくおくえん)に止(とど)まらず、最終的(さいしゅうてき)に何百兆円(なんびゃくちょうえん)にまでのぼった。
（這次大地震的損害總金額，不只數百億日圓，算出來最終是損失了高達上百兆日圓。）

・クレジットカードのコンシェルジュサービスに旅行(りょこう)の相談(そうだん)をしてみたところ、データを調(しら)べるに止(とど)まらず、航空会社(こうくうがいしゃ)へ問(と)い合(あ)わせをしてくれたり、ホテルの評判(ひょうばん)を確認(かくにん)してくれたりと至(いた)れり尽(つ)くせりの対応(たいおう)でした。
（與信用卡的白金秘書討論了關於旅程細節，他們不只幫你查資料，還幫你洽詢航空公司、確認飯店的風評等，真是盡善盡美、無微不至啊。）

進階複合表現：

「～だけ」＋「～に止まらず」

・弊社(へいしゃ)はお客様(きゃくさま)の要望(ようぼう)にお応(こた)えするだけに止(とど)まらず、更(さら)なるサービスの向上(こうじょう)を目指(めざ)しております。
（敝社不單單只是滿足客戶的需求而已，我們也朝著更好的服務努力。）

辨析：

此句型與 N2 第 149 項「～に限らず」為類意表現，但兩者語感上仍有差異。「～に限らず」強調「不僅侷限於某範圍內」；「～に止まらず」則強調「跨越到更高的一個層次」。下例中，「語言」並無高低層次之分，因此僅可使用「～に限らず」。

○ **彼は英語に限らず、フランス語もちょっとした通訳ならできるらしい。**
（他不只會英文，就連法文，如果只是簡單的翻譯的話他也會。）

× **彼は英語に止まらず、フランス語もちょっとした通訳ならできるらしい。**

排序練習：

01. AI は人の ＿＿ ＿＿ ＿＿ ＿＿ 地球を支配してしまう恐れがある。
　1. 将来的に　2. 奪う　3. 仕事を　4. に止まらず

02. 山田先生の授業は、教科書の話 ＿＿ ＿＿ ＿＿ ＿＿ ので、いつもとても刺激的です。
　1. に止まらず　2. いろいろな分野に　3. だけ　4. わたる

解 01.（3 2 4 1）　02.（3 1 2 4）

08 單元小測驗

1．会社の評判（　　）から、製品の品質管理は厳しくなければならない。
　1　に止まる　　2　にたえる　　3　にまつわる　　4　に関わる

2．火山噴火の影響は、ふもとの村に（　　）、周辺の地域にまで及んだ。
　1　止まらず　　2　関わらず　　3　足らず　　4　たえず

3．なんだ、この程度の実力なら、彼は（　　）足りない。
　1　恐れて　　2　恐れるが　　3　恐れるに　　4　恐れるにも

4．今回の作品は芸術的価値が高く、十分展覧会に出品する（　　）でしょう。
　1　に関わる　　2　に足る　　3　にまつわる　　4　にこたえる

5．今回は、宇宙人（　　）都市伝説をご紹介します。
　1　に止まる　　2　にまつわる　　3　に足る　　4　に恐れる

6．本作は、結構 CG が凄いので、過去のこの監督の作品の中でも見る（　　）ものだと思う。
　1　にたえる　　2　にまつわる　　3　に至る　　4　に止まる

7．首相が誰になる ＿＿＿ ＿＿＿ ＿★＿ ＿＿＿ ことだ。
　1　かは　　2　の将来　　3　に関わる　　4　この国

8．この記事の内容 ＿＿＿ ＿＿＿ ＿★＿ ＿＿＿ ものは何一つない。
　1　だが　　2　に関して　　3　ような　　4　議論に足る

9．この二冊はどちらも ＿＿＿ ＿＿＿ ＿★＿ ＿＿＿ 本です。
　1　決して新しくはないが　　2　戦前に書かれた本
　3　まだ読むにたえる　　4　ということもあって

10．多くの監督に、今、最も一緒に仕事をしてみたい ＿＿＿ ＿＿＿ ＿★＿ ＿＿＿ 次々と話題の作品に出演している。
　1　彼は日本だけに止まらず　　2　俳優の１人と言われる
　3　海を超えて　　4　までに飛躍した

09

第 09 單元：「～は」

47. ～はおろか
48. ～はさておき
49. ～はいざ知らず
50. ～はまだしも

本單元彙整了五個N1常見的「～は＋動詞」的接續表現，前方都接續名詞（第48項「～はさておき」前可使用疑問節「～か／～かどうか」）。這裡的「は」用於表達「對比」，因此這幾個句型多以「Aは～、B」的型態使用，句中都會提出A、B兩件事情來對照。

第 09 單元：「～は」

47. ～はおろか

接続：名詞＋はおろか
翻訳：…就不用提了，就連…。
説明：此句型源自於「愚か（愚蠢）」一詞。以「A はおろか、B も／さえ／まで…」的形式，來表達「A 為理所當然，那是一定的，就連後面 B 這種（程度比較高的），都…」。

・仕事が忙しく、せっかく集中ゼミに参加しているのに、予習はおろか、じっくり復習する余裕さえない毎日でした。
（工作很忙，雖然報名參加了集中講座，但別說是預習了，每天就連好好複習的時間都沒有。）

・あの国の富裕層は、政府に目を付けられたら即出国しないと財産はおろか、命まで危ない。
（那個國家的高資產階級，如果被政府盯上了，如果沒有馬上逃離到國外，別說是財產了，就連生命都有危險。）

・緊急入院で、ここ一週間、食事はおろか、水も飲めずにいた。
（因為病情嚴重即刻住院，這一星期別說是吃飯了，就連水都喝不了。）

・運動会に来ても音楽会に来ても、ビデオはおろか、写真一枚さえ撮ろうとしない母に、私は疑問を抱き始めた。
（我母親無論是來參加我的運動會還是我的音樂會，別說是攝影了，就連照片也都不拍。我對於這樣的母親開始產生了疑惑。）

辨析：

「～はおろか」與 N2 的第 35 項句型「～はもちろん／もとより」意思接近。也由於此句型源自於「愚か（愚蠢）」一詞，因此「～はおろか」的語感偏向「A 這件事是理所當然的、再提會有點蠢」。多使用於負面的句子。如下例帶有正面語意或中性語意的句子，就不適合使用「～はおろか」。（可替換為「～はもちろん／もとより」）

・**この映画は子供は（× おろか／〇もちろん）、大人が見ても面白い。**
（這電影無論是大人還是小孩來看都會覺得很有趣。）

・**結果は（× おろか／〇もちろん）、過程も重要だ。**
（結果當然重要，但過程也很重要。）

排序練習：

01. この町は人 ＿＿＿ ＿＿＿ ＿＿＿ ＿＿＿ 通らない寂しいところだね。
　1．は　2．も　3．犬一匹　4．おろか

02. タバコ ＿＿＿ ＿＿＿ ＿＿＿ ＿＿＿ 医者に言われた。
　1．ひかえる　2．ように　3．酒も　4．はおろか

解01.（1 4 3 2）　02.（4 3 1 2）

48. ～はさておき

接続：名詞／疑問節か＋はさておき
翻訳：先不管…。先不考慮…。
説明：此句型源自於動詞「さて置く」，以「Aはさておき、B…。」的型態，來表達「先不管A，當前首要之務為B」。A除了是名詞以外，亦可是一件事情，可使用疑問節「～か」或「～かどうか」。此句型與 N2 第 36 項句型「～はともかく（として）」意思接近，但「～はさておき」屬於較生硬的表現，多用於論說文、正式場合的演講。

・倫理的問題はさておき、このようなやり方は法的に大丈夫かどうかについてだけ考えよう。
（先不考慮倫理的問題，我們就只先針對法律上的層面來做思考，想想看在法律上會不會有問題。）

・誰が犯人かはさておき、そもそもなぜ学校でこんな事件が起こったのか、一刻も早く原因を究明し、再発防止策を取るべきだ。
（先不管犯人是誰，最根本的是為什麼學校會發生這樣的事件，應該及早追究原因，防止再度發生。）

・大学に進学するかどうかはさておき、出願期間内に手続きだけはやっておいた方がいいよ。
（先不管你到底要不要去念大學，你還是在報名期限內快去完成報名手續吧。）

・A：それはさておき、会社合併の件はどうなっているんだろう。
（A：先別管那件事了，公司合併的事情現在進行得怎樣了？）
B：そうですね。株主の合意を得てから、社長から話を進めていくという流れみたいです。
（B：嗯，要先得到股東們的共識，再由社長進行下去。很像是這樣的順序。）

其他型態：

～はさておいて（て形）

・冗談はさておいて、今後どうするかをまず決めましょう。
（先別開玩笑了，先決定今後要怎麼辦吧。）

排序練習：

01. 責任はだれ ＿＿＿ ＿＿＿ ＿＿＿ ＿＿＿ さておき、
今は原因の究明が先だ。
1. のか　2. ある　3. に　4. は

02. 進学の問題は ＿＿＿ ＿＿＿ ＿＿＿ ＿＿＿ を考えてください。
1. ことだけ　2. さておき　3. 健康を取り戻す　4. あなたは今

解01.（3 2 1 4）　02.（2 4 3 1）

49. ～はいざ知らず

接続：名詞＋は／ならいざ知らず
翻訳：① …倒還有可能，但…。② 我是不知道…拉，但…。
說明：此句型以「A はいざ知らず、B ～」的型態，表達 ①「A 這種（特別的）狀況才會／才有可能…，像是 B 這種一般狀況就…」或 ②「A 怎樣，我倒不了解，但 B 就…」。A、B 兩詞彙多為對比語意的詞彙，如：「週末－平日」「別人－自己」「以前－現在」「小孩－大人」…等。

①・妻：ねえ、映画のチケット予約しておいた方がいいんじゃない？込むかも。
（妻：欸，是不是預約一下電影票比較好？搞不好會很多人。）
夫：土日はいざ知らず、今日は平日だから大丈夫だよ。
（夫：又不是週末，今天是平日，沒問題的。）

・昔はいざ知らず、今はあんな見え透いた詐欺に引っかかる人はいませんよ。
（以前的人倒還有可能上當，但現在有人會被那種簡單的詐術騙到嗎？）

②・他人はいざ知らず、少なくとも私はこの道を選んだことに悔いはありません。
（別人我是不清楚啦，但至少我不曾後悔自己所選擇的道路。）

・今までの経験から言うと、他の神様はいざ知らず、貧乏神の存在だけは信じます。
（從我到目前的經驗來看，其他的神存不存在我就不知道了，但我很確信有貧窮神的存在。）

其他型態：

～ならいざ知らず

・ビジネスクラスならいざ知らず、エコノミーで 12 時間以上の移動となるとかなりしんどい。
（商務艙是怎樣我不知道，但如果是搭經濟艙超過 12 小時的班機，還真是相當勞累。）

～だったらいざしらず

・昔だったらいざ知らず、最近はゲイ嫌いを公言したら袋叩きに遭うかも。
（以前怎樣我是不知道，最近只要公然發言仇恨同性戀，大概都會被大眾攻訐。）

排序練習：

01. リサイクルショップで売られている ＿＿＿ ＿＿＿ ＿＿＿ ＿＿＿ どうしてこんなに安いのか不思議でなりません。

1. 新品のものが　2. 中古品なら　3. いざ　4. 知らず

02. 幼稚園の子供なら ＿＿＿ ＿＿＿ ＿＿＿ ＿＿＿ ミスをするとは信じられない。

1. こんな　2. 大学生の　3. お前が　4. いざ知らず

解01.（2 3 4 1） 02.（4 2 3 1）

50. ～はまだしも

接続：名詞＋は／ならまだしも

翻訳：A 倒還可以接受、情有可原，但 B 也太過分了。

説明：此句型以「A はまだしも、B ～」的型態，表達「A 這種（特別的）狀況倒還可以體諒、還可以接受，但 B 這種狀況就（無法接受）」。B 比起 A，都是更糟糕的狀況，也因此多伴隨著說話者感到困擾、無奈、生氣的語氣。

・うるさい！昼(ひる)はまだしも、夜中(よなか)にこんな大(おお)きい音(おと)を出(だ)されては困(こま)ります。

（吵死了！白天也就算了，半夜還這麼吵，實在很困擾。）

・夏(なつ)はまだしも、寒(さむ)い冬(ふゆ)にプールに入(はい)るなんてごめんだわ。

（夏天倒還可以接受，但寒冷的冬天要進泳池，我才不要呢。）

・平日(へいじつ)はまだしも、ゴールデンウィーク中(ちゅう)に雨(あめ)がずっと続(つづ)くとさすがにイライラしちゃう。

（平日一直下雨也就算了，但黃金週期間都一直在下雨，真的會搞到人很火大。）

・日常会話(にちじょうかいわ)はまだしも、自分(じぶん)の考(かんが)えを述(の)べるような場面(ばめん)となるとなかなかうまく話(はな)せない。

（日常生活會話倒還可以，但一旦要敘述自己想法時，就都說得不是很順暢。）

其他型態：

～ならまだしも

・えっ、電球(でんきゅう)1個(こ)で5000円(えん)？ 1000円(えん)ぐらいならまだしも、5000円(えん)は高(たか)すぎるよ。

（什麼，燈泡一個要 5000 日圓？ 1000 日圓的話倒還可以接受，
5000 日圓也太貴了吧。）

排序練習：

01. 名前 ＿＿＿ ＿＿＿ ＿＿＿ ＿＿＿ 住所を知らない人に教えるなんて危ないよ。

1. なら　2. まだしも　3. 電話番号や　4. ぐらい

02. 旅行の帰り ＿＿＿ ＿＿＿ ＿＿＿ ＿＿＿ かばんがなくなるなんて、最悪だね。

1. に　2. まだしも　3. なら　4. 行き

解01.（4 1 2 3） 02.（3 2 4 1）

09 單元小測驗

1．腰に痛みがあると、運動（　　）、日常生活においてもいろいろ支障が出てくる。

1　はまだしも　2　はいざ知らず　3　はおろか　4　はどうあれ

2．新入社員（　　）、入社５年目の君がこんなミスをするのは許しがたい。

1　ともなれば　2　にあって　3　はおろか　4　ならいざ知らず

3．１年に１回ぐらい（　　）、こんなにしょっちゅう停電するようでは、普段の生活にも支障が出る。

1　ならまだしも　2　はさておき　3　はおろか　4　ともなると

4．誰がやらかしたのか（　　）、今後同じようなミスが起きないように対策を打たないと。

1　はさておき　2　ならまだしも　3　に止まらず　4　をいいことに

5．結果は（　　）、その過程も大事だ。

1　まだしも　2　もとより　3　さておき　4　ともかく

6．勝敗は（　　）、試合を楽しむことが大事だ。

1　おろか　2　ともかく　3　もとより　4　まだしも

7．住宅ローンは借金の ＿＿＿ ＿＿＿ ＿★＿ ＿＿＿ 、要は返せるかどうかだ。

1　あなたの意見を　2　という　3　さておいて　4　うちには入らない

8．無料なら ＿＿＿ ＿＿＿ ＿★＿ ＿＿＿ ためらう人も多いはずです。

1　１回のためだけに　2　まだしも

3　購入するのを　4　こんな質の悪いものを

9．とりわけ都市や資源開発地域から遠く離れた場所では、 ＿＿＿ ＿＿＿ ＿★＿ ＿＿＿ 使用できません。

1　携帯電話　2　おろか　3　インターネットは　4　さえ

10．焦ってはいないから、自分のペースで結婚をしたい ＿＿＿ ＿＿＿ ＿★＿ ＿＿＿ 出産のことを考えたらそんな悠長なこと言っていられないと思う。

1　30代前半の女性だったら　2　という

3　40代後半の女性は　4　いざ知らず

10

第 10 單元：「～と」

51. ～とあって
52. ～とあれば
53. ～と見えて
54. ～ときたら
55. ～ともなると

本單元彙整了五個 N1 常見的「～と＋動詞」的接續表現，此處的「と」為表達內容的「と」，因此前方接續比照引用節的接續即可。第 54 項文法「～ときたら」受到句型本身語意的影響，前方僅會接續名詞。

第 10 單元：「～と」

51. ～とあって

接続：名詞／動詞原形／引用節＋とあって
翻訳：因為是…（的特殊狀況）。
説明：此句型用於表達「由於是…（的特殊狀況），因此…」。與「～ので」的意思相近，但「～とあって」不用於一般日常對話當中，屬於書面用語，亦常用於電視播報等正式的場合。口氣中帶有「前方的理由都很特殊，不是一般理由」的語感。若使用「～とあっては」的型態，則後句大多會是說話者「認為會有這個結果，也是理所當然」的判斷口氣。

・まもなく韓国の人気俳優がやってくるとあって、空港には大勢の女性ファンたちが詰めかけています。
（由於韓國的人氣演員即將到達，機場塞滿了許多女性粉絲們。）

・三連休の初日は、久しぶりの晴天の休日とあって、どこもお出かけの人と車で溢れていました。
（三連假的第一天，由於是久違的晴天的假日，因此到處都擠滿了出遊的人與車。）

・平成から令和に変わる今年のゴールデンウィークは史上初の 10 連休とあって、行楽地の人出は例年を大幅に上回っていた。
（今年的黃金週，由於正巧碰上年號由平成轉換爲令和，又是史上第一次的十連休，因此觀光景點的人潮大幅超越往年。）

・責任者として全体を取り仕切るのは初めてとあって、大きなプレッシャーを感じましたが、仕事を無事終えた時は、心の底から安堵しました。
（由於這是第一次自己全程包辦指揮整件事，所以感到無比的壓力，但當工作順利完成後，心中的那顆大石頭也放下了。）

其他型態：

～とあっては（+副助詞）

・あの新鋭監督の新作映画、評判がいいとあっては、連日観客が列を作ってもうなずける。
（那位新秀導演的新電影作品，因為評價很高，看到每天排隊進電影院的人潮也是可以理解。）

辨析：

「～とあって」與第 32 項句型「～にあって」使用的狀況不同，「～にあって」前接身份、立場、狀況…等詞語，屬於「中、長期性的狀態」，而「～とあって」則是敘述「目前單一事件」的特殊狀況，兩者不可替換。

排序練習：

01. ほとんどの参加者が銭湯に ＿＿＿ ＿＿＿ ＿＿＿ ＿＿＿ 興味津々の様子でした。
　1. とあって　2. いずれも　3. 来るのは　4. 初めて

02. 普段 ＿＿＿ ＿＿＿ ＿＿＿ ＿＿＿ 、朝から大勢の客が来場しています。
　1. 1000 円の展示会が　2. とあって　3. 無料で入場できる　4. なら

解 01.（3 4 1 2）　02.（4 1 3 2）

52. ～とあれば

接続：名詞＋とあれば

翻訳：如果…的話，那（很樂意、在所不惜）。

説明：此句型用於表達「（原本說話者可能不是很有意願／一般的情況可能不會做，但）若為前述事項這種特殊狀況或特別人物時，就有可能去做／道義上不得不做／付出一些代價是沒問題的」。與「～なら」意思相近。由於後句是表達「在所不惜的決心」，因此不會有「請託、邀約」等表現。此句型經常配合「～ため」，以「～ためとあれば」的型態使用。

・上司（じょうし）の命令（めいれい）とあれば、納得（なっとく）できない仕事（しごと）でもやらなければならない。

（既然是上司的命令，即使是我無法認同的工作，那也非做不可。）

・自分（じぶん）は会社買収（かいしゃばいしゅう）のことはよくわかりませんが、会長直々（かいちょうじきじき）のお願（ねが）いとあれば協力（きょうりょく）しないわけにはいきません。

（我對於收購公司的流程不是很了解，既然是會長親自請託，那我怎麼能不幫忙呢。）

・景気押（けいきお）し上（あ）げのために必要（ひつよう）とあれば、更（さら）なる量的緩和（りょうてきかんわ）も辞（じ）さないと日銀総裁（にちぎんそうさい）は公言（こうげん）している。

（日本銀行的總裁公開談話，說：如果是為了促進景氣，那更加劇烈的量化寬鬆也在所不惜。）

・土日（どにち）に配送（はいそう）することが多（おお）いですが、お急（いそ）ぎとあれば、即日発送（そくじつはっそう）いたします。

（敝公司多半是週末寄送，如果您急著要的話，當天就為您寄出。）

・あの大統領候補（だいとうりょうこうほ）は選挙戦（せんきょせん）で勝（か）つためとあれば、実行不可能（じっこうふかのう）な公約（こうやく）もするだろう。

（那個總統候選人，為了勝選，就算是做不到的事，他也會開一些空頭支票吧。）

辨析：

此句型用於說話者的意見、推測、或給對方的承諾（上述皆為未發生），故不可用於敘述已發生的事實。

× **あの大統領候補は選挙戦で勝つため<u>とあれば</u>、消費税減税の政策を打ち出した。**

○ **あの大統領候補は選挙戦で<u>勝つために</u>、消費税減税の政策を打ち出した。**
（那位總統候選人，為了勝選，打出了消費稅減稅的政策。）

排序練習：

01. 顧客の要求 ＿＿＿ ＿＿＿ ＿＿＿ ＿＿＿ 一生懸命やるしかない。
1. でも　2. 無理難題　3. と　4. あれば

02. 子供の教育の ＿＿＿ ＿＿＿ ＿＿＿ ＿＿＿ 仕方がありません。
1. 出費も　2. 多少の　3. ため　4. とあれば

解01.（3 4 2 1）　02.（3 4 2 1）

53. ～と見えて

接続：普通形／名詞（だ）＋と見えて
翻訳：看來，應該是…。
説明：表「推測」。以「Aと見えて、B」的形式，來表達「說話者藉由B的部分，進而推測出A部分這個結論」。語意相當於「～ようで」表「推測」的用法。

・隣の家は留守と見えて、家は真っ暗でしたし、ベルを押しても応答がなかった。
（看來，隔壁家人應該是不在家，房子裡面很暗，按了電鈴也沒回答。）

・彼は最近忙しいと見えて、LINE してもずっと未読のままだ。
（他最近應該是很忙，Line 訊息給他也都是未讀狀態。）

・昨夜未明に雨が降ったと見えて、路面が濡れているが、上空は雲が切れて、青空が見えている。
（看來清晨時分應該是下了雨，雖然地面上濕濕的，但天空雲霧散開，見得到晴空。）

・彼はお肉が嫌いだと見えて、さっきから野菜ばかり食べている。
（看來他應該是討厭吃肉，從剛剛就一直只吃蔬菜。）

其他型態：

～と見える。（文末表現）

・鈴木さんの車が駐車場にない。まだ帰宅していないと見える。
（鈴木的車子不在停車場，看來他應該還沒回家。）

排序練習：

01. 彼は酔っている ＿＿＿ ＿＿＿ ＿＿＿ ＿＿＿ している。
1. 電車の中で　2. 踊ったり　3. 見えて　4. と

02. 娘はまだ病気から ＿＿＿ ＿＿＿ ＿＿＿ ＿＿＿ 疲れるという。
1. 回復していない　2. と見えて　3. 完全に　4. 何をしても

解01.（4 3 1 2）　02.（3 1 2 4）

10

54. ～ときたら

接続：名詞＋ときたら
翻訳：一講到…（我就有氣）。
説明：此句型源自於動詞「来る」的條件形「来たら」而來。用於表達「說話者對前述事項強烈的負面感情與負面評價」，意思是「一提到前面這件事情，就一肚子火」。口氣中充滿說話者不悅的語氣。

・まったくあいつときたら、もっとしっかりして欲しいものだ。
（那傢伙真是的，真希望他再振作一點。）

・うちの会社ときたら、残業したにもかかわらず、残業代を支払ってくれないの。
（講到我們公司我就有氣，明明就有加班，還不支付加班費。）

・このおんぼろパソコンときたら、起動は遅いし、よくクラッシュするし、もう買い換えだね。
（這台破爛電腦實在是，開機慢，又常當機，看來該換新機了。）

・うちのダメ亭主ときたら、朝まで電気付けっぱなしでテレビゲーム。注意したら「家計が苦しくなるほど俺が電気使ったのか」だって。本当にあきれちゃう。
（一講到我家那個無賴丈夫我就火大，玩電動玩到早上電燈還一直開著。念了他一下就說「我是有用電用到家裡沒錢是嗎」，實在傻眼。）

辨析：

「～ときたら」與第 10 項文法「～ってば」、第 11 項文法「～ったら」的第 ① 項用法接近，可替換。但「～ときたら」不可用於呼叫聽話者。

×ねえ、山田君、山田君ときたら！聞いてるの？

○ねえ、山田君、山田君ったら／ってば！聞いてるの？
（喂，山田，你有沒有聽到啊！）

排序練習：

01. うちの子 ＿＿＿ ＿＿＿ ＿＿＿ ＿＿＿ テレビにかじりついているんだから。

1. も　2. 試験の前で　3. きたら　4. と

02. うちの母 ＿＿＿ ＿＿＿ ＿＿＿ ＿＿＿ 言うのよ、まったく嫌になっちゃう。

1. なんて　2. 早く嫁に行け　3. ときたら　4. 会う度に

解01.（4 3 2 1）　02.（3 4 2 1）

55. ～ともなると

接続：名詞／動詞原形＋ともなると
翻訳：一旦到了…的程度，則…。
説明：此句型源自於「～となる」加上副助詞「も」，再配合條件句「～と」(一…就…)，所構成的句型。前方多接續表達時間、年齡、身份或表某狀況的詞彙，表達「一旦到達了此（身份、年齡、時間、狀況）等，自然就會（隨之改變，成為…的狀態）了」。後句不會有命令、邀約等表現。另外，此句型亦可替換為「～ともなれば」的型態，兩者意思相同。

・本来なら土日は休みですが、年末ともなるとそうもいかず、休日返上で仕事しなければならないことが多い。
（原本週末是放假的，但到了年底就不能這樣，常常必須捨棄假期來上班。）

・平社員なら責任を負わなくて済むだろうが、部長ともなると重い責任がのしかかってくるから、今までのように失敗したら上司に尻拭いしてもらうことはできなくなる。
（普通職員的話就可以不用擔責任，但一旦當上了部長就會有很大的重擔壓在你身上，可不能像以前那樣，事情搞砸了還可以叫上司幫你擦屁股。）

・たとえ今子供の教育費を確保していても、慢性的インフレで将来足りるかどうかわからないし、更に海外留学するともなると、準備している教育費だけでは賄えなくなるという事態もあり得る。
（即便現在存夠了小孩的教育費，但在這樣的慢性通膨下，不知道將來這些錢還夠不夠。甚至如果是要到國外去留學的話，光靠現在存的資金，很有可能是不足以供應的小孩讀書的。）

・サラリーマンなら土日は家族でどこかに出かけたり、家でゆっくり過ごすこともできるが、起業するともなると、今までのように家族旅行などゆっくりしてはいられないだろう。
（上班族的話，週末可以跟家人出門去遊玩，或者是在家裡放鬆度過，但一旦你創業了，就沒辦法像現在這樣悠閒地去跟家人旅行了吧。）

其他型態：

～ともなれば

・大学生ともなれば、もう大人と言える歳だから、親元を離れて恋人と同棲するのもそれほど珍しいことではない。

（上了大學，就算是大人了，離開父母去跟情人同居也不是什麼稀奇的事。）

排序練習：

01. 三連休 ＿＿＿ ＿＿＿ ＿＿＿ ＿＿＿ 予想されるので、人手を増やした方がいいかと。

1.混雑が　2.なると　3.かなりの　4.とも

02. まあ、あなたは子供 ＿＿＿ ＿＿＿ ＿＿＿ ＿＿＿ 、経験も深まり、多少のことでは動じなくなる。

1.でしょうが　2.大人ともなれば　3.だから　4.慌てる

解 01.（4 2 3 1）　02.（3 4 1 2）

10 單元小測驗

1. 不動産投資セミナーが無料（　　）、多くの投資家が詰めかけた。
   1　ときたら　　2　とあって　　3　にあって　　4　にして

2. この公園では蛍が見られるので、夏の夜（　　）、蛍を一目見ようとする大人や子供でいつもあふれています。
   1　とあれば　　2　ともなれば　　3　ときたら　　4　と見えて

3. 彼に頼んでみたら？彼は、お金のため（　　）、どんな仕事でも引き受けるから。
   1　とあれば　　2　と見えて　　3　とあって　　4　ときたら

4. 最近の若い親（　　）、子供がレストランで騒いでいても、ちっとも注意しようとしない。
   1　はおろか　　2　はさておき　　3　とあれば　　4　ときたら

5. 彼女は運動が好きだ（　　）、毎朝のランニングは欠かさずにやっている。
   1　となると　　2　ときたら　　3　と見えて　　4　とあれば

6. 航空会社Ａ社の新ファーストクラスキャビンが初めて一般公開される（　　）、航空ファンの私としては、見に行かないわけにはいかない。
   1　と見えて　　2　ときたら　　3　とあっては　　4　になっては

7. 海外の人気歌手が ＿＿＿ ＿＿＿ ＿★＿ ＿＿＿ あっという間に売り切れた。
   1　チケットは　　2　あって　　3　このイベントの　　4　来ると

8. うちの学生と ＿＿＿ ＿★＿ ＿＿＿ ＿＿＿ スマホゲームばかり遊んでいる。
   1　せんで　　2　ろくに　　3　きたら　　4　勉強も

9. 子供の ＿＿＿ ＿★＿ ＿＿＿ ＿＿＿ 悔いはない。
   1　全財産を　　2　ためと　　3　あれば　　4　はたいても

10. 私の家のまわりは、歴史のある ＿＿＿ ＿＿＿ ＿★＿ ＿＿＿ 道路が渋滞する。
    1　休日ともなると　　2　神社やお寺が多く
    3　朝から観光客の車で　　4　海にも近いため

<第二篇>助詞相關表現

11

第 11 單元：「～と言う／思う」

56. ～といえども
57. ～とはいえ
58. ～といったらない
59. ～ったって
60. ～かと思うと

本單元彙整了五個 N1 常見的「～と思う／言う」的接續表現，此處的「と」為表達內容的「と」，因此前方接續比照引用節的接續即可。第 56 項文法「～といえども」受到句型本身語意的影響，前方僅會接續名詞。

第 11 單元：「～と言う／思う」

56. ～といえども

接続：名詞＋といえども
翻訳：① 即使是…也…。雖說…。② 即便這麼微小，也不能…
説明：此句型是由助詞「と」加上動詞「言う」的已然形「言え」、與表示逆接的古典逆接接續助詞「ども」所形成的連語。漢字可以寫作「言えども／雖も」，「も」可以省略。① 用於舉出「極端立場上的人／狀況，或有能力、有資格的人」，再以讓步的敘述方式表示「即便是這樣的人／狀況（以一般人的認知，應該是怎樣怎樣的，但）事實卻不盡然」。後方經常使用否定表現。屬於較生硬的書面表現，與「～であっても／～と言っても」意思接近。② 前方使用「表最小限的數量詞」，如「一つ、一日、一滴、一瞬…」等，後句使用否定表現。以「數量詞＋といえども～ない」的形式，來表達「雖說是這麼微小的事，但也不能…」之意。後方多接續說話者「不願意、不能、不准…」的口氣。

① ・労働条件に関しては、既に労働契約の締結時に決められていますから、たとえ社長といえども、一方的に変えることは許されません。
（關於工作條件，早已在簽訂工作契約時就已經訂好了，即使是社長，也無法單方面地改變。）

・法律では、未成年といえども親権者が本人に代わって労働契約を締結することは、本人の同意を得ていてもできません。
（在法律上，即便是未成年人，就算是經由本人同意，監護人也不可代替未成年人締結勞動契約。）

・最近はお正月といえどもあまり普段と変わらない日々を過ごす方が多くなりましたが、皆様は令和最初のお正月をどのように過ごされたのでしょうか。
（最近即便是新年期間，也過得跟一般日子沒什麼兩樣的人越來越多了，各位朋友們，你們令和第一個新年期間，是怎麼度過的呢？）

・いかなる身分といえども、国王といかに親しき仲といえども、許可のない者は国境を通すわけにはいきません。
（無論是什麼身份，無論你跟國王再怎麼要好，沒有獲得許可的人，不能讓你們越過國界。）

②・「湯水のごとく」というように、日本は昔から水資源が豊富であると言われてきたが、近年の環境破壊に伴い、水はもはや豊富の存在ではなくなり、一滴といえども無駄にすることはできなくなってきた。

（日本有一句諺語說「如水一般盡情用之」，就像這句諺語所說的，日本從以前開始就一直是一個水資源很豐沛的國家，但近年因為環境的破壞，水源早已不是大量存在的資源，即便是一小滴，也不可以浪費。）

・一生愛すると神様の前で誓いを立てたのに、一瞬といえども、妻を裏切った人間には愛情を求めたり受け取ろうとしたりする資格などない。

（你明明就在神明面前發誓要愛我一輩子，即使背叛只是一瞬間，像你這樣背叛妻子的人是沒有資格要求愛情，得到愛情的。）

排序練習：

01. 春 ＿＿＿ ＿＿＿ ＿＿＿ ＿＿＿ もので、今週末は春の嵐再びだとか。

　1. なかなかいい　2. といえども　3. 続かない　4. 天気が

02. 暴力は周囲の人たちの体にも心にも傷を残す問題であり、＿＿＿ ＿＿＿ ＿＿＿ ＿＿＿ 行為ではない。

　1. 決して　2. 認知症高齢者　3. 看過できる　4. といえども

解 01.（2 1 4 3）　02.（2 4 1 3）

57. ～とはいえ

接続：名詞／イ形容詞い／ナ形容詞（だ）／動詞普通形＋とはいえ
翻訳：雖說…是事實，但…。
説明：此句型以「A とはいえ、B」的型態，來表達「A 雖然為事實，但結果卻與 A 所推論出來的預想或期待相反」。後句 B 的部分多為說話者的判斷跟評價。A、B 兩件事多半是兩件對比性質的客觀事實，如例句中的「春天（溫暖）⇄ 寒冷」、「山中（不便）⇄ 商場（方便）」、「考完試（放鬆）⇄ 面試（緊張）」、「年輕（經驗不足）⇄ 專業知識」。

・暦の上では春とはいえ、まだまだ寒い日が続いておりますが、皆様いかがお過ごしでしょうか。
（雖然月曆上已經是春天了，但天氣還是很冷，各位過得如何呢？）

・ここは山の中とはいえ、商業施設のあるところまで歩いていけるし、インターネットや携帯も繋がるから、まあ、車さえあればさほど不便は感じないはずだ。
（這裡雖說是山裡，但走得到有商場的地方，而且網路跟手機也會通，只要有車子，應該是不會感到太不方便。）

・筆記試験が終わったとはいえ、まだ面接試験があるし、むしろこれからが本番なので、遊んでばかりはいられません。
（雖說筆試已經結束，但因為還有面試，反倒是這之後更重要，所以我不能一直玩下去。）

・自宅売却の担当者はとても頼りになる方で、若いとはいえ、取り引きに必要とされる専門的知識は十分にお持ちになられていると思います。
（幫我賣房子的負責業務人員是一位很靠得住的人，雖說他很年輕，但看得出來他充分擁有房產交易所必須的專業知識。）
（※ 註：「お持ちになられている」為實務上經常使用的二重敬語，亦可改為「持たれている」）

其他型態：

。とはいえ、～（接続詞）

・癌治療の効果が見られ、癌細胞は消えています。とはいえ、再発の可能性はゼロではありませんので、年に一度の検診が必要です。

（癌症的治療有了成效，癌細胞都消失了。雖說如此，但也不是完全沒有復發的可能，每年還是需要追蹤檢查。）

辨析：

「～とはいえ」與上個句型「～といえども」的第 ① 項用法是類義表現。「～といえども」多用於一般性的論述（非個別、單一事件）；「～とはいえ」則主要用於論述屬於事實的單一、個別事件。下例這種很明顯指個別、單一事件的句子，就不可使用「～といえども」。

○ 彼は外国人とはいえ、日本語を読む力は普通の日本人以上です。（個別事實）

（雖說他是外國人，但日文的閱讀能力比起一般的日本人還要好。）

× 彼は外国人といえども、日本語を読む力は普通の日本人以上です。

排序練習：

01. 梅雨が ＿＿＿ ＿＿＿ ＿＿＿ ＿＿＿ 少し寒いぐらいです。
　1. 朝夕は　2. 明けた　3. とはいえ　4. 涼しくて

02. 新聞に書いてある ＿＿＿ ＿＿＿ ＿＿＿ ＿＿＿ わかりません。
　1. フェイクニュースの可能性もありますから　2. いいか
　3. どこまで信じて　4. とはいえ

解 01.（2 3 1 4）　02.（4 1 3 2）

58. ～といったらない

接続：名詞／イ形容詞い／ナ形容詞~~だ~~／＋といったらない
翻訳：極其…。實在有夠…。
説明：此句型與用於表達程度之極端。帶有說話者「強烈的感動、吃驚、失望…」等感情，強烈到無法言喻的程度。① 若使用「～といったら～ない」或「～といったらない」的形式，則可使用於正反兩面的評價。② 但若使用於「～といったらありはしない」的形式，則只能使用於負面評價。此外，兩種用法的「～といったら」部分，皆可使用更口語的表現「～ったら」來替代。

①・夫の浮気現場を目撃した時の悔しさといったら、もう口では言い表せません。
（看到我老公的外遇現場時，那氣憤感真的無法言喻。）

・その女性の美しさといったら、まるでこの世の人とは思えないほどだったよ。
（說到那位女性的美貌，實在美若天仙 < 美到不像凡人 >。）

・馬は 100 頭持っているし、自家用ジェットもあるし、あの王子の贅沢ぶりったら半端ないね。
（那個王子還真不是普通的奢華，擁有 100 匹馬，又有私人飛機。）

・念願だった本もついに出版できたことだし、嬉しいといったらなかった。
（我念之在心的書也終於問世了，實在非常開心。）

・毎日同じ時間に起き、同じ時間に職場に着き、似たような仕事の繰り返しで、退屈ったらない。
（每天相同的時間起床，相同的時間到達公司，反覆做著相似的工作，極其無聊。）

其他型態：

～といったら…

・東京駅がプロジェクションマッピングによってこんなにも幻想的になるなんて。初めて見た時の驚きといったら…。
（看到東京車站，用光雕投影變得這麼夢幻。第一次看到時真是有夠驚訝…。）

②・1点差で試合に負けた時の悔しさといったらありはしない（ありゃしない）。
（因為一分之差輸掉了比賽時，那悔恨真的無法言喻。）

・あいつは人の弱みにつけ込んで頼んでくるんだ。憎たらしいといったらありはしない（ありゃしない）。
（那傢伙抓人弱點，求人辦事。真的有夠可恨。）

・金曜の夜12時を過ぎているというのに、あの山手線の混みようといったらありはしない（ありゃしない）。
（星期五晚上都已經過了12點了，那山手線還是擠到爆。）

・夜中に道路整備なんて、うるさいったらありはしない（ありゃしない）。
（半夜裡做什麼道路養護工程，實在有夠吵。）

其他型態：

～（といっ）たらありゃしない（縮約形）

・お前の部屋、マジで汚いったらありゃしない。
（你的房間真他媽的髒！）

排序練習：

01. 雪を初めて見た ＿＿ ＿＿ ＿＿ ＿＿ 。今でも鮮明に覚えている。
1.感動と　2.いったら　3.時の　4.なかった

02. 最近は仕事中心の日常でつまらない ＿＿ ＿＿ ＿＿ ＿＿ ない。
1.し　2.いったら　3.と　4.ありゃ

解01.（3 1 2 4）　02.（3 2 4 1）

59. ～ったって

接続：名詞／イ形容詞い／動詞普通形＋ったって
翻訳：即使說…也…。
說明：此句型「った」部分，為「～と言った」的縮約形，而「～たって」為表逆接接續助詞「ても」的口語講法，因此「ったって」就等同於「～と言ったって／と言っても」。意思是「即便你這麼說／說要去做前述事項…但…」。另外，「なんてったって」為慣用表現，意思等同於「なんと言っても」（總之…）。

・A：ぼうっとしてないで探（さが）すのを手伝（てつだ）ってよ。
（A：不要在那裡發愣，快幫忙找啊。）
B：探（さが）すったって、こんな広（ひろ）い場所（ばしょ）でどうやって探（さが）すんだ。
（B：你說找，這麼大的地方是怎麼找？）

・A：せっかくの日曜日（にちようび）なんだから、どっか出（で）かけようよ。
（A：難得的星期天，我們出門走走啦！）
B：出（で）かけるったって、外（そと）は暑（あつ）いし、どこへ行（い）くって言（い）うんだい？
（B：你說要出門，外面又熱，你說是要去哪啊？）

・家具（かぐ）って、いくら安（やす）いったってそれなりにするし、捨（す）てるのも大変（たいへん）だから、借（か）りるなら家具付（かぐつ）きのマンションを借（か）りたい。
（傢俱再怎麼便宜也便宜不到哪理去，要丟又很麻煩，要租屋的話，還是想要選有附傢俱的房子。）

・いくら新婚旅行（しんこんりょこう）ったって、二人（ふたり）きりじゃつまらないし、それなりにお金（かね）もかかるし、家（いえ）で寝（ね）ている方（ほう）がましだ。
（雖說是蜜月旅行，但兩個人又很無聊，又要花大錢，乾脆在家睡覺還比較好。）

・疲（つか）れた体（からだ）を癒（い）やすには、なんてったって寝（ね）るに限（かぎ）るよ。
（要療癒疲勞的身體，再怎麼樣也比不上睡覺有效。）

進階複合表現：

「～（よ）う（意向形）」＋「ったって」

・A：こんな所つまんない。テレビもないし、インターネットも繫がらない。
早く帰ろうよ。

（A：這裡好無聊。又沒有電視，也沒有網路。我們早點回去啦。）

B：帰ろうったって、こんな夜中じゃもう電車はないよ。

（B：你說要早點回去，現在半夜已經沒有電車了啊。）

排序練習：

01. 暫く仕事を休む ＿＿＿ ＿＿＿ ＿＿＿ ＿＿＿ 、
休んだってどうにもならないよ。
1. だし　2. って　3. った　4. お金が必要

02. 彼に ＿＿＿ ＿＿＿ ＿＿＿ ＿＿＿ 、携帯の番号がわからないから、
無理だね。
1. しよう　2. った　3. って　4. 連絡

解01.（3 2 4 1） 02.（4 1 2 3）

60. ～かと思(おも)うと

接続：① 動詞原形＋かと思うと　② 動詞た形＋かと思うと
翻訳：① 原本想說…結果卻…。② 才剛…就馬上…。
説明：① 前方接續動詞原形，以「～かと思うと／かと思えば／かと思ったら」的形式，來表達「說話者原以為此人應該在做某動作／應該是某種狀態，但現狀卻與說話者的認為完全相反」。② 前方接續動詞た形，以「Aかと思うと／かと思えば／かと思ったら、B」的形式，來表達「AB 兩件對比的事情，在A 發生後的幾乎同時間，立即接連發生 B 這件事」，帶有「狀況轉變之快」的意思，因此口氣中含有說話者的驚訝與意外之情。

①・会社(かいしゃ)にいるかと思(おも)ったら、もう帰(かえ)ってしまったらしい。
（我原以為他還在公司，但似乎是已經回家了。）

・息子(むすこ)は部屋(へや)で勉強(べんきょう)しているかと思(おも)えば、スマホでゲームをしている。
（我以為兒子在房間讀書，沒想到卻是在玩手遊。）

・午後(ごご)出(で)かけるかと思(おも)ったら、家(いえ)にいるんだって。
（以為他下午會出門，但他卻說他會待在家裡。）

②・今日(きょう)は午後(ごご)から雨(あめ)が降(ふ)り出(だ)したかと思(おも)うと、ものすごい強風(きょうふう)が吹(ふ)いてきました。
（今天下午才剛下起了雨，就又刮起了強風。）

・今年(ことし)の長(なが)すぎる夏(なつ)が終(お)わってやっと秋(あき)が来(き)たかと思(おも)ったら、もう冬(ふゆ)は目(め)の前(まえ)ですね。
（今年超長的夏天剛結束，感覺現在才剛入秋，冬天卻已在眼前。）

・今年(ことし)の長(なが)すぎる夏(なつ)が終(お)わってやっと秋(あき)が来(き)たかと思(おも)ったら、今度(こんど)はまた夏(なつ)に逆戻(ぎゃくもど)り。
（今年超長的夏天剛結束，感覺終於要入秋了，但結果又開始熱了起來。）

・さっきまで泣(な)いていたかと思(おも)えば、笑(わら)い出(だ)したり、笑(わら)っていたかと思(おも)えばまた急(きゅう)に怒(おこ)り出(だ)して。子供(こども)の表情(ひょうじょう)って変化(へんか)が早(はや)く、最高(さいこう)の一瞬(いっしゅん)を写真(しゃしん)に収(おさ)めるのは至難(しなん)の業(わざ)ですね。
（剛才還在哭，就馬上又笑了出來。笑了一下後又馬上發起了脾氣。小孩的表情，變化之快，想要拍一張完美瞬間的照片真的很困難。）

其他型態：

そうかと思えば

・うちの猫は突然甘えてきたり、そうかと思えば、呼んでも無視して他の部屋へ逃げていってしまったりする。
（我家的貓咪總是會突然撒起嬌來，但過了一下卻又叫不過來，跑到別的房間去了。）

辨析：

「～かというと／かといえば、～そうではない／そうとは限らない」用於表達說話者描述「從前述事項，應該導出這樣的結論，但實際上卻不是」。兩者請勿搞混。

・アイディアさえあれば誰でもユーチューバーになれるかというと、そうでもないらしいよ。
（要說是不是只要有點子，誰都可以當 YouTuber？似乎也不是這麼容易。）

排序練習：

01. 田中ったら、 ＿＿＿ ＿＿＿ ＿＿＿ ＿＿＿ へ行ってしまった。
　1. どっか　2. 来たか　3. また　4. と思ったら

02. 彼女はパリを飛び立った ＿＿＿ ＿＿＿ ＿＿＿ ＿＿＿ インスタに投稿している。
　1. 自撮りした　2. 写真を　3. もうニューヨークで　4. かと思うと

解 01.（2 4 3 1） 02.（4 3 1 2）

單元小測驗

1. 国際政治の専門家（　　）、日々変化する世界情勢を分析するのは難しい。

1　とあって　　2　と思うと　　3　といえども　　4　ときたら

2. 仕事が山のようにあって、日曜日（　　）、出社しなければならない。

1　といったら　　2　とあれば　　3　とはいえ　　4　となると

3. 「幼稚園に入園するまでの育児は母親がすべきだ」という人もいるが、
子育てをするのが母親で（　　）、必ずしもそうではないと思う。

1　なくてはならないとはいえ　　2　なくてはならないかというと
3　なくたっていうのに　　4　なければならないからといって

4. この本のような試験対策本を作成するのは大変だが、実際に発売され、
完成した本が店頭に並ぶのを見た時のうれしさ（　　）。

1　といったらない　　2　とはいえない　　3　かと思わない　　4　ばかりいられない

5. 店を始める（　　）、お金がないと無理でしょ。

1　ったら　　2　ったって　　3　ってば　　4　って思うと

6. 実は、はじめからユーチューバーになる（　　）、そうじゃないんです。
大学を出て、暫く就職活動をしてもなかなかいい仕事がみつからないから、
だったら暇つぶしに、動画でも撮ろうかと。

1　つもりだったかって言うと　　2　つもりがなかったかって言うと
3　つもりなのかって言われると　　4　つもりじゃなかったのかと思うと

7. 息子は毎日、必ずと言っていいほど忘れ物をする。＿＿＿　＿＿＿　＿★＿　＿＿＿　帰ってくる。

1　すぐ忘れ物を　　2　取りに　　3　出かけた　　4　かと思うと

8. 昇進が決まった時の彼の　＿＿＿　＿＿＿　＿★＿　＿＿＿　。

1　よう　　2　といったら　　3　喜び　　4　なかった

9. これからの時代は、人はお金に関する知識を身につけておかなければならない。
＿＿＿　＿＿＿　＿★＿　＿＿＿　。

1　例外　　2　とはいえ　　3　子供　　4　ではない

10. 睡眠改善サプリは睡眠リズムを整える効果があるが、多く取った　＿＿＿　＿＿＿　＿★＿　＿＿＿　ものでもなく、取り過ぎはかえって眠れなくなる可能性がある。

1　より深く眠れる　　2　かというと　　3　からといって　　4　そういう

<第三篇>名詞相關表現

12

第 12 單元：「～名詞だ」、「～名詞に」

61. ～限りだ
62. ～始末だ
63. ～矢先に
64. ～弾みに
65. ～折に
66. ～末に

本單元將介紹 6 個句型，品詞上都是屬於名詞，因此前方的接續上，基本上就是名詞修飾形。而個別句型又因其本身語意，有些句型前方只能是形容詞（如第 61 項文法），有些句型前方只會是動詞原形（如第 62 項文法），有些句型前方則是可以是名詞、亦可以是動詞た形，但這些仍都屬於是名詞修飾形的一種（詳見用語說明），學習時稍微留意即可。

61. ～限(かぎ)りだ

接続：イ形容詞い／ナ形容詞な＋限りだ
翻訳：極為…。真的很…。
説明：此句型源自於「限り」一詞，用於表達「感情高漲的極限」。前方僅可使用「嬉しい、羨ましい、心細い、残念、恥ずかしい…」等表達說話者自身感情的形容詞，能使用的詞彙非常有限。不可使用於第三人稱身上。另外，「限り／限る」隨著前接的詞彙不同，會有許多不同的意思，請同學參考『穩紮穩打！新日本語能力試驗 N2 文法』一書中的第 28、29 單元。

・戦争(せんそう)の時(とき)に生(い)き別(わか)れになった兄(あに)にまた会(あ)えて、嬉(うれ)しい限(かぎ)りです。
（能夠再次見到戰爭的時候被活活拆散的哥哥，真的很高興。）

・日本人(にほんじん)が羨(うらや)ましい限(かぎ)りだ。リーズナブルな価格(かかく)で住宅(じゅうたく)が買(か)えるなんて、台湾(たいわん)では考(かんが)えられないことだ。
（真的很羨慕日本人，可以以合理的價格買到房子，在台灣根本是不可能的。）

・再開発(さいかいはつ)に伴(ともな)い、昔(むかし)ながらの情緒(じょうちょ)あふれる町並(まちな)みが消(き)えてしまうのは残念(ざんねん)な限(かぎ)りだ。
（隨著都市更新，昔日情懷的街道消失，是極為可惜的。）

・これからは増税(ぞうぜい)やインフレで物価(ぶっか)は上(あ)がっていくかもしれないし、定年(ていねん)になったら収入(しゅうにゅう)がなくなるわけだし、少(すく)ない年金(ねんきん)だけでは老後生活(ろうごせいかつ)は心細(こころぼそ)い限(かぎ)りです。
（今後可能會因為增稅或通膨導致物價上漲，而且等到退休後又會沒有收入，要單靠微薄的年金渡過年老生活，就覺得很擔心。）

排序練習：

01. この年になって、人前でまともに ＿＿ ＿＿ ＿＿ ＿＿ だ。
   1. 恥ずかしい　2. なんて　3. しゃべれない　4. 限り

02. 多くの人が環境について考える ＿＿ ＿＿ ＿＿ ＿＿ 限りだ。
   1. のは　2. なった　3. 嬉しい　4. ように

解01.（3 2 1 4）　02.（4 2 1 3）

62. ～始末だ

接続：動詞原形＋始末だ
翻訳：落得…的下場。
說明：此句型源自於「始末（事情的始末、原委）」一詞，用於敘述「一個持續較長的不好的過程，結果導致一個最差的狀況」。意思是「到最後，搞到這樣子的一個（不好的）局面」、「落到…的地步」。因此也多與 N2 第 103 項的接續表現「～あげく」一起使用。另外，「この始末だ（你看，結果搞得…）」為慣用表現，用於「不好的事情發生之後，說話者用於譴責對方」。

・不景気のあおりで、どこの会社もボーナスゼロだが、A 社に至っては給与カットまでする始末だ。
（受到經濟不景氣的牽連，無論是哪間公司幾乎都沒有獎金，A 社甚至還落到減薪的局面。）

・あの新入社員は日頃から勤務態度が悪かったが、ミスをしたり、仕事をさぼったりして、更に職場の同僚と大喧嘩したあげく、相手を殴って怪我をさせてしまう始末だ。
（那個新進員工平時的工作態度就很差，不是犯錯就是翹班，甚至還跟同事吵架，打了對方，讓對方受傷。）

・会社での人間関係が嫌だと言って、仕事を辞めてからずっと親のすねをかじっていながら、こともあろうに、遊び相手の女性を妊娠させる始末だ。
（他說什麼因為討厭公司的人際關係，辭去了工作，之後就在家啃老，到最後還把女性玩伴的肚子搞大。）

・酒の勢いで告白したが断られて、今度は泣きながらもう生きていけないと言い出し、挙げ句の果てには、自殺するとまで言う始末だった。
（借酒壯膽告白，但卻被拒絕了，然後就在那哭著說活不下去，搞到最後還說要去自殺。）

其他型態：

この始末だ（慣用表現）

・何でも一人で解決しようとして、すぐに上司に報告しないから、この始末だ。
（就是因為你什麼事都想自己獨自解決，沒有馬上跟上司報告，才搞到這個地步。）

この始末では／じゃ（慣用表現）

・またこんな初歩的なミスをしたの？この始末じゃお客さんから信用されないよ。
（你又犯了這麼單純的錯誤？看你這樣怎麼讓客人信賴啊。）

排序練習：

01. あの２人は仲が悪くて、 ＿＿＿ ＿＿＿ ＿＿＿ ＿＿＿ 始末だ。
　1. 口論になる　2. ことでも　3. すぐ　4. ちょっとした

02. 借金に借金を重ねたあげく、ついには家族で ＿＿＿ ＿＿＿ ＿＿＿ ＿＿＿ だ。
　1. 始末　2. しでかす　3. まで　4. 夜逃げ

解01.（4 2 3 1）　02.（4 3 2 1）

63. ～矢先に

接続：動詞た形＋矢先に
翻訳：才剛…就…／正當…就…。
説明：本句型用於表達「說話者剛…／正打算要…時，就發生了後面這件（說話者沒預想到的）事情」。前方多使用「言う、思う」等動詞或「～（よ）うとうした」等表現。

・長らく会ってない友達とそろそろ連絡取ろうかなと思った矢先に、ばったり街中で会いました。
（心中才剛想說要來聯絡久未謀面的朋友，沒想到就在街中巧遇。）

・まったく、あいつときたら、「今後、気をつけます」と言った矢先にまたミスをした。
（說到那傢伙我真服了他，才剛說「今後會注意」，結果又馬上給我出錯。）

・今年の全国ツアーが終わり、次のイベントに動き出そうとした矢先に、バンドのボーカルから「退団したい」という申し出があった。
（今年的全國巡迴演唱會剛結束，正要開始計劃下一次的活動時，樂團的主唱卻說他想要退團。）

・代表選手になってからは、厳しい練習に耐えましたが、なかなか記録が思うように伸びないので、ハードな訓練に取り組もうとした矢先に体調を崩してしまい、医者から「運動禁止！」と言われてしまった。
（自從獲選為代表選手，就忍耐嚴苛的訓練，也因為一直都無法突破紀錄，正想要開始更劇烈的訓練時，就搞壞了身體，被醫生禁止運動。）

排序練習：

01. 帰ろう ＿＿＿ ＿＿＿ ＿＿＿ ＿＿＿ 電話がかかってきた。
 1. から　2. 矢先に　3. とした　4. お客さん

02. これからは頑張って ＿＿＿ ＿＿＿ ＿＿＿ ＿＿＿ 引いてしまった。
 1. と思った　2. 矢先に　3. 風邪を　4. 勉強するぞ

解 01.（3 2 4 1）　02.（4 1 2 3）

64. ～弾みに

接続：名詞の／動詞た形＋弾みに／で
翻訳：在…的時候…。
説明：此句型源自於「弾み（勢頭、勁頭）」一詞，用於表達「某人做了某事（或發生某事後），以那件事情為一個勁頭／反作用力（順…的勢），不小心又引起了後句這件事情」。亦有「～弾みで」的型態。

・転んだ弾みに、ポケットの中のスマホを落としてしまった。
（跌倒的時候，口袋中的智慧型手機掉了出來。）

・衝突の弾みに、自転車は大きく飛び上がった。
（相撞時的作用力，使得腳踏車飛了起來。）

・雷が落ちた弾みに、旅館の屋根が崩落した。
（旅館的屋頂被雷擊中，崩塌了下來。）

辨析：

上述例句「～弾みに」表達因前述動作的「後勁／反作用力」，而連續引發後述這件不好的事。而「～弾みで」則多使用於「不是因為前述動作後勁／反作用力」的情況（而是純粹指出原因）。另外，「ものの弾みで」為慣用表現，意指「順勢（做了、說出…）」。

・酒に酔った弾みで、彼に好きだと言ってしまった。
（因為醉了，而脫口對他說愛他。）

・ちょっとした弾みで、怪我をしてしまった。
（因一時大意，而受了傷。）

・ものの弾みで、彼に「あんたなんて大嫌い！」と言ってしまったが、後悔しています。
（因一時勁頭脫口而出，而對他說出了「我最討厭你了」，現在感到很後悔。）

排序練習：

01. 転んだ ＿＿＿ ＿＿＿ ＿＿＿ ＿＿＿ なってしまった。
    1. きりに　2. 弾みに　3. 寝た　4. 骨折して

02. バスが ＿＿＿ ＿＿＿ ＿＿＿ ＿＿＿ 前の椅子に強く体をぶつけた。
    1. 私たちは　2. 弾みに　3. 急ブレーキを　4. かけた

解01.（2 4 3 1）　02.（3 4 2 1）

65. ～折に

接続：動詞原形／た形／名詞の＋折に
翻訳：…的時候。藉…的機會。
説明：此句型源自於「折（時候、時機）」一詞，用於表達「藉此…機會，來做某事」。且這樣的機會多半不是刻意安排的，而是剛好遇到這個機會。此為「～時に」的敬語表現，多用於書信上。另外，「折から」為慣用表現，意思是「正值…的季節／時節（多用於季節相關的表現）」。

・今度お宅に<u>お伺いする折に</u>、お話しした本をお持ちします。
（下次去貴府拜訪時，再將先前告訴你的那本書帶過去給您。）

・先月京都に<u>行った折に</u>、10 年ぶりに大学の同級生に偶然会った。
（上個月去京都的時候，巧遇 10 年未見的大學同學。）

・昨日の会議の資料は、明日の<u>食事会の折に</u>お渡しします。
（昨日會議的資料，於明天的餐會時交給您。）

・今回、スケジュールの関係で訪問することはできませんが、<u>またの折には</u>どうぞよろしくお願いいたします。
（這次因為行程上的關係無法過去拜訪您，下次有機會時再過去向您請安。）

其他型態：

～折から（慣用表現）

・寒さの<u>折から</u>、お風邪など召しませぬようどうぞ御身大切に。
（正值寒冬，請注意身體別傷風感冒了。）

辨析：

此句型與 N2 第 28 項文法的其他形態「～際に」的意思類似，許多情況下兩者亦可替換。但若為下例這種「針對不特定多數的提醒、命令」時，則不可使用「～折に」。

○ **ご入館の<u>際に</u>、お荷物などをクロークにお預けください。**
（進場時，請將行李等寄放在衣帽間。）

× **ご入館の<u>折に</u>、お荷物などをクロークにお預けください。**

排序練習：

01. 出張で東京に ＿＿ ＿＿ ＿＿ ＿＿ 横浜に寄ってみた。
1. 足を　2. 折に　3. 伸ばして　4. 行った

02. また ＿＿ ＿＿ ＿＿ ＿＿ お立ち寄りください。
1. いずれ　2. 何かの　3. 折に　4. でも

解 01.（4 2 1 3）　02.（1 2 3 4）

66. ～末に

接続：動詞た形／名詞の＋末に
翻訳：經過…到最後…。
説明：此句型源自於「末（末端、結尾）」一詞，以「A 末（に）、B」的形式，表「經達過 A 這樣的長時間動作或狀態，才演變成了 B 這個結果」，多用於書面用語。

・長きにわたる協議の末、両国間に条約が締結され、戦争は終わりを迎えた。
（經過長期的協議，兩國間締結了條約，戰爭終於結束了。）

・彼女は借金までして、さんざんヒモ男に貢いだ末に、振られてしまったそうだ。
（聽說她不惜去借錢供奉小白臉渣男，但到最後卻被甩掉了。）

・ワールドカップ決勝戦で、A 選手は持ち前の精神力の強さで相手の厳しい攻撃に耐え抜いた末に、見事勝利を収めた。
（在世界盃決賽時，A 選手靠著自己本身強大的精神力，在撐過對手猛烈攻擊後，精彩贏得了勝利。）

・直感で投資するなど、あまり褒められることではありません。かと言って直感を否定するのは早計だと思います。私の経験から直感は案外正しいことが多く、反対に熟慮した末に出した結論が間違いだったなんてこともよくあります。
（憑直覺投資，雖然不是什麼值得誇獎的事，但若因此否定直覺，似乎也太輕率。就我的經驗來說，其實直覺還蠻常是正確的，反而深思熟慮後所得到的結論反倒是錯誤的。這樣的事情還蠻常見的。）

辨析：

此句型與 N2 第 103 項文法「～あげく」的意思類似，但「～あげく」可用於日常生活口語當中，而「～末に」則主要用於書面用語以及正式場合。此外，「～あげく」多用於不好的結果，語感上也帶有說話者負面感情的口吻，但「～末に」語感上偏向「說話者以不帶感情、報告式的方式，來客觀陳述一件事情」，因此下列這種生活對話形式、且帶有說話者負面語氣的表達，就不適合使用「～末に」。

・**三浪までした（○あげく／？末に）、またまた不合格だなんて。それでユーチューバーにでもなろうかなんて言い出して、だったら最初から浪人するなっつうの！**
（大學重考三年，到最後還是考不上。然後居然還說出乾脆去當 YouTuber 之類的話，既然這樣，一開始就不應該去重考啊。）

（註：「っつうの」為「と言ってるの」的俗話形式。）

排序練習：

01. トレーラーは ＿＿＿ ＿＿＿ ＿＿＿ ＿＿＿ 爆発し炎上した。
　1. 末　2. に　3. 暴走　4. した

02. ＿＿＿ ＿＿＿ ＿＿＿ ＿＿＿ 婚約に踏み切った。
　1. ようやく　2. 末に　3. 長い間　4. ためらった

解 01.（3 4 1 2） 02.（3 4 2 1）

12 單元小測驗

1．小学校からずっと仲のよかった親友がアメリカ留学に行くのは、寂しい（　　）。
　1　始末だ　　2　限りだ　　3　矢先だ　　4　末だ

2．ダイエットしようとジョギングを始めたが、走りすぎて膝を痛めてしまい、病院に通う（　　）。
　1　一方だ　　2　限りだ　　3　結果だ　　4　始末だ

3．やろうと思った（　　）親にやれと言われて、イラッとした。
　1　矢先に　　2　弾みに　　3　折りに　　4　末に

4．最近は、スマホを見ながら歩く人が増え、画面に気を取られて急に立ち止まったりするせいで、すぐ後ろを歩いている人がぶつかった（　　）、ホームから転落する事故が多発しています。
　1　折りに　　2　限りに　　3　弾みに　　4　始末に

5．お仕事でお近くまでお越しの（　　）、ぜひとも拙宅へお立ち寄りください。
　1　始末には　　2　折りには　　3　矢先には　　4　限りには

6．この度の増税の決定は与野党で1年間に渡って討論した（　　）結論だという。
　1　末の　　2　折りの　　3　始末の　　4　矢先の

7．彼は本当に仕事をする気があるのかどうか、疑いたくなる。遅刻はするし、仕事はミスばかりする。＿＿＿　＿＿＿　＿★＿　＿＿＿　だ。
　1　ついには　　2　始末　　3　怒らせる　　4　お客さんを

8．ぶつかった　＿＿＿　＿＿＿　＿★＿　＿＿＿　に押しつけてしまった。
　1　相手の　　2　胸　　3　弾みで　　4　アイスクリームを

9．3年連続で受験を失敗している　＿＿＿　＿＿＿　＿★＿　＿＿＿　。
　1　親としては　　2　キレやすくなっていて
　3　息子は最近ますます　　4　心配な限りだ

10．10年間本当に　＿＿＿　＿＿＿　＿★＿　＿＿＿　末に仕事を辞めることにしようと決意した。
　1　いろいろ考えた　　2　のですが今回のことで
　3　好きな仕事ができて　　4　充実感も感じていた

13

第13單元：「名詞である／ない」、「名詞に」

67. ～ではあるまいし
68. ～であれ
69. ～でなくて何だろう
70. ～に引き換え
71. ～に言わせれば

本單元介紹三個「名詞＋である／ない」所衍生出來的句型，以及兩個「名詞＋に」所衍生出來的句型，因此前方都是接續名詞。第 70 項文法「～に引き換え」前方若接續其他品詞，也需要加上形式名詞「の」，學習時稍微留意即可。

67. ～ではあるまいし

接続：名詞＋ではあるまいし
翻訳：又不是…。
説明：此句型使用否定助動詞「まい」（參考『穩紮穩打！新日本語能力試驗 N2 文法』第 134 項文法），用於表達說話者認為「因為不是…所以當然…」。後句多接續說話者的主張、判斷，或輕微的責備、告誡的語氣。此句型屬於口語上的表現，亦有縮約型「～じゃあるまいし」的型態。若前方欲接續動詞句或形容詞句，則多以「～のでは（じゃ）あるまいし」、「～わけでは（じゃ）あるまいし」的型態使用。

・子供（こども）ではあるまいし、それぐらい自分（じぶん）でやりなさい。
（你又不是小孩子，那點小事自己做。）

・神様（かみさま）じゃあるまいし、そんなこと知（し）るかよ。
（我又不是神，我怎麼會知道。）

・海外（かいがい）に行（い）くのではあるまいし、国内（こくない）の一泊旅行（いっぱくりょこう）にそんなに荷物（にもつ）をたくさん持（も）って行（い）くことはないでしょう。
（又不是要去國外，只是在國內玩一天一夜，沒必要帶這麼多行李去吧。）

・年号（ねんごう）が変（か）わったからといって、私（わたし）たちの生活（せいかつ）が急（きゅう）に良（よ）くなるわけじゃあるまいし、そんなにはしゃいでどうするの？
（雖說換了年號，但也不是說我們的生活就突然變好，你在那裡興奮個什麼勁？）

・もう一生（いっしょう）会（あ）えないわけじゃあるまいし、そんなに泣（な）くなよ。また夏休（なつやす）みに日本（にほん）に帰（かえ）ってくるからさ。
（又不是說一輩子都見不到面了，別哭成那樣。我暑假就會回來日本了。）

・体（からだ）の具合（ぐあい）が悪（わる）いわけではあるまいし、どうしてみんなと一緒（いっしょ）に旅行（りょこう）に行（い）かないんですか。
（你又不是身體不舒服，為什麼不跟大家一起去旅行呢？）

排序練習：

01. 専門家 ＿＿＿ ＿＿＿ ＿＿＿ ＿＿＿ 、そんな難しいことがわかるわけがないよ。
　1. まい　2. ある　3. し　4. では

02. 盗まれた ＿＿＿ ＿＿＿ ＿＿＿ ＿＿＿ 出てくるでしょう。
　1. 探せば　2. わけ　3. よく　4. ではあるまいし

解01.（4 2 1 3） 02.（2 4 3 1）

68. ～であれ

接続：名詞＋であれ
翻訳：無論…都…。
說明：此句型是從斷定助動詞「だ」的文章體「である」變化而來的，為「～でも」的文言講法。前方經常會有「だれ、何、どんな」…等疑問詞，用於表達「無論是誰、什麼、或怎樣的情況，都（可套用於後述的敘述／都無法影響後述的結果）」。後句多半為說話者的主觀判斷或推測。另，「～であれ」亦可替換為「であろうと」，意思不變。

・イギリスの次期首相が誰であれ、EU 離脱投票の結果を尊重しなければならない。
（無論英國的下一位首相是誰，都必須尊重脫歐公投的結果。）

・どんな国の人であれ、外国を訪問すれば、多少なりともカルチャーショックを経験する。
（無論是哪一國人，只要造訪國外，多少都會感到文化衝擊。）

・如何なる天才であれ、人知れぬ努力はしているものだ。
（無論是怎樣的天才，都付出著不為人知的努力。）

・LGBT が登場する映画やドラマを子供に見せようが見せまいが、それほど意味はないと思います。きっかけは何であれ、同性愛者になる人はいつかなるし、ならない人は何をしてもならない。（註：「～（よ）うが～まいが」⇒ p.329）
（討論要不要讓小孩子看劇中出現性少數族群的電影或影集，其實沒什麼意義。無論契機為何，會變同志的人就是會變，不會變同志的人就是不會變。）

其他型態：

～であろうと

・授かった仕事が何であろうと、常にそれに満足して一生懸命にやるなら衣食は足りる。
（無論被賦予什麼工作，如果知足努力做，就會衣食無缺。）

排序練習：

01. どんな ＿＿＿ ＿＿＿ ＿＿＿ ＿＿＿ 国は発展しない。
1. 教育を　2. 重視しない　3. であれ　4. 国

02. 生まれた国が ＿＿＿ ＿＿＿ ＿＿＿ ＿＿＿ は教育を受ける権利があります。
1. 子供たちに　2. 全ての　3. どこ　4. であろうと

解01.（4 3 1 2）　02.（3 4 2 1）

69. ～でなくて何(なん)だろう

接続：名詞＋でなくて何だろう

翻訳：① 這就是…啊。② 這無非是…。

説明：此句型屬於書面上的用語，多用於小說以及隨筆。① 前方若接續「愛、運命、友情…」等熱烈情感的詞彙，多以「これはＡでなくて何だろう（這不是Ａ，那什麼才是Ａ呢？）」這種反問的方式，來表達說話者的激情以及興奮的感情。② 前方若接續一般抽象名詞，則表達「說話者向聽話者述說」自己的斷定。

① ・彼(かれ)らは、親(おや)の反対(はんたい)をものともせず、死(し)が二人(ふたり)を分(わ)かつまで愛(あい)を貫(つらぬ)いた。これが真実(しんじつ)の愛(あい)でなくて何(なん)だろう。（註：「ものともせず」⇒ p.198）

（他們無視雙親的反對，兩人相愛直到死亡將兩人分開。這就是真實的愛啊！）

・二人(ふたり)は、初(はじ)めて会(あ)った時(とき)から、激(はげ)しく燃(も)え上(あ)がった。二人(ふたり)の出会(であ)いは宿命(しゅくめい)でなくて何(なん)だろう。

（那兩人自從第一次見面時，就激情地熱戀。他們倆的邂逅，就是命運啊！）

・何(なに)があっても二人(ふたり)は互(たが)いに助(たす)け合(あ)い、励(はげ)まし合(あ)って生(い)きてきた。これが真(しん)の友情(ゆうじょう)でなくて何(なん)だろう。

（無論發生什麼事，兩人都互相幫助，互相扶持。這就是真正的友情啊！）

② ・少年犯罪(しょうねんはんざい)やいじめ、これらはこの国(くに)における教育(きょういく)の歪(ひず)みでなくて何(なん)だろう。

（少年犯罪或霸凌，這些就是這個國家的教育上的扭曲。）

・この会社(かいしゃ)がここまで成長(せいちょう)できたのは従業員(じゅうぎょういん)の皆(みな)さんのおかげでなくて何(なん)だろう。

（這個公司能夠成長到這個規模，無非就是員工們努力的結果。）

・これからの高齢化社会(こうれいかしゃかい)を支(ささ)え、下流老人(かりゅうろうじん)の増加(ぞうか)を防(ふせ)ぐ決(き)め手(て)は、年金制度(ねんきんせいど)と医療(いりょう)制度(せいど)の充実(じゅうじつ)でなくて何(なん)だろう。

（要支撐今後高齡化社會、防止下流老人增加的關鍵，就是要有完善的年金制度以及醫療制度。）

辨析：

此句型與 N2 第 54 個句型「～に他ならない」意思接近。但「～に他ならない」主要偏向理性地說明，因此若要表達像第 ① 種用法，帶有說話者強烈感情表現時，就不適合替換為「～に他ならない」。第 ② 種用法則可替換為「～に他ならない」。

○死が二人を分かつまで愛を貫いた。これが真実の愛でなくて何だろう。
（兩人相愛直到死亡將兩人分開。這就是真實的愛啊！）

×死が二人を分かつまで愛を貫いた。これが真実の愛に他ならない。

○少年犯罪やいじめ、これらはこの国における教育の歪みでなくて何だろう。
（少年犯罪或霸凌，這些就是這個國家的教育上的扭曲。）

○少年犯罪やいじめ、これらはこの国における教育の歪みに他ならない。
（少年犯罪或霸凌，這些就是這個國家的教育上的扭曲。）

其他型態：

～でなくて何であろう

・コントロールセンターが出した間違った命令で、電車が衝突し、大勢の命が失われた。これが悲劇でなくて何であろうか。
（行控中心所發出的錯誤命令導致電車相撞，許多人因此而死亡。這真是悲劇啊。）

排序練習：

01. モーツァルトの曲はどれも素晴らしい。彼は ＿＿＿ ＿＿＿ ＿＿＿ ＿＿＿ 。
1. だろう　2. なくて　3. 何　4. 天才で

02. 2000 年代のあの ＿＿＿ ＿＿＿ ＿＿＿ ＿＿＿ だろう。
1. 無差別殺人事件　2. マンション耐震強度偽装事件は　3. でなくて　4. 何

解 01.（4 2 3 1）　02.（2 1 3 4）

70. ～に引き換え

接続：① 名詞／名詞句であるの／動詞普通形の／ナ形容詞なの＋に引き換え
② 名詞＋と引き換えに
翻訳：① 與…相反。② 取而代之的，是…。
説明：此句型源自於「引き換える（交換）」一詞。① 若以「Aに引き換え、B」的形式，則表達「與A相比較，B是完全相反，大大不同的」。② 若以「Aと引き換えに、B」的形式，則表達「A是拿B交換而來的／因為A，所付出的代價為B」。

①・勇敢な兄に引き換え、弟は臆病だった。
（與勇敢的哥哥相反，弟弟很膽小。）

・花婿は金持ちで、華族であるのに引き換え、花嫁は地位も財産もないただの庶民だ。
（新郎很有錢、又是貴族，相較之下，新娘只是個既沒地位也沒財產的一般老百姓。）

・兄が社交的なのに引き換え、弟はおとなしい性格だ。
（哥哥善於交際，但弟弟卻很文靜。）

・中国ではスマホの需要が拡大したのに引き換え、デジタルカメラなどカメラの市場が縮小した。
（在中國，智慧型手機的需求增多，但相反地，數位相機等照相機的市場卻縮小了。）

辨析：

「～に引き換え」的語意與『穩紮穩打！新日本語能力試驗 N3 文法』第 08 項句型「～に対して」的第 ① 種表對比的用法相近。但「～に引き換え」一定要是兩個完全相反的極端。

○ 姉が色白で、美しいのに対して、妹はキュートで可愛い。
（姊姊白皙美麗，而妹妹活潑可愛。）

× 姉が色白で、美しいのに引き換え、妹はキュートで可愛い。

○ **どちらも美人だが、姉が色白なのに対して、妹は色黒だ。**

（兩姐妹都很美，姊姊白皙，相對地，妹妹黝黑。）

○ **どちらも美人だが、姉が色白なのに引き換え、妹は色黒だ。**

（兩姐妹都很美，姊姊白皙，相反地，妹妹黝黑。）

②・技術の進歩で世の中は便利になったが、便利さと引き換えに、失ったものも少なくないのではないだろうか。

（隨著技術的進步，世界變得更方便了，但是這也是犧牲了很多東西所換來的。）

・来月の協議では、A国がB国製品への関税の一部を撤回することと引き換えに、B国がより多くのA国産農産物を購入する計画について話し合う見込みだ。

（下個月的協議，預計是要針對A國撤回對B國部分商品的關稅，條件是B國必須進口更多A國的農產品一事的計畫來進行討論。）

・ランサムウェアとは、感染したパソコンを使えない状態にして（＝人質にする）、元に戻すことと引き換えに身代金を要求する不正プログラムのことです。

（所謂的勒索病毒，指的就是「讓中毒的電腦無法使用<挾持人質>，並藉此要脅回復原狀的贖金」的惡意程式。）

排序練習：

01. 頭の回転が速い ＿＿＿ ＿＿＿ ＿＿＿ ＿＿＿ した性格だ。
　1. 夫は　2. 妻に　3. 引き換え　4. のんびり

02. わずかな ＿＿＿ ＿＿＿ ＿＿＿ ＿＿＿ は友達を裏切ってしまった。
　1. 彼　2. に　3. お金と　4. 引き換え

解 01.（2 3 1 4）　02.（3 4 2 1）

71. ～に言わせれば

接続：人＋に言わせれば

翻訳：① 依我看…。② 依（他）看…。

説明：此句型前接表示「人」的名詞。① 若此人為第一人稱，也就是「私」（說話者）的情況，則後句為說話者的「意見、觀點」。② 若此人為第三人稱（非說話者）的情況，則後句為「說話者從此人所聽到的意見、觀點、說法」。另外，亦可使用「～に言わせると」、「～に言わせたら」的形式。

①・素人には素晴らしい絵かもしれないが、私に言わせれば、この絵は小学生レベルだ。

（對於業餘的人而言，這幅畫或許不錯，但依我看，這就是小學生程度而已。）

・自己啓発セミナーを洗脳と言う人も多いでしょうが、私に言わせたら、私も含め、全ての人がある種の洗脳をされています。例えば、今の学校教育や会社という組織のあり方がまさに洗脳と言えるでしょう。

（有很多人說自我啟發講座課程就是洗腦，但就我看來，包含我在內，所有的人類都處於某種被洗腦的狀態下。例如，現在的學校教育以及現在被稱作是「社會」的組織，不就是一種洗腦嗎？）

②・旅行好きの 妹 に言わせれば、クルーズ旅行は楽しんでいろんな国を回れるからいいらしいよ。

（我那個喜歡旅行的妹妹說，郵輪旅遊就是可以很輕鬆地造訪許多國家，好像不錯喔。）

・外国人在留資格の新設はそれほど大きなニュースになっていませんが、専門家に言わせたら「ベルリンの壁崩壊」級の一大事だそうです。

（增設外國人居留資格一事，並沒有造成太大的新聞迴響，但就專家來說，這是「柏林圍牆崩壞」等級的大事。）

排序練習：

01. 私に ＿＿＿ ＿＿＿ ＿＿＿ ＿＿＿ 金利操作で乗り越えられるものではない。
  1. 今回の不況は　2. と　3. 単に増税や　4. 言わせる

02. 親孝行 ＿＿＿ ＿＿＿ ＿＿＿ ＿＿＿ 人為的に作り出された家族に関する虚像だという。
  1. 言わせれば　2. それは　3. 学者に　4. というのは

解01.（4 2 1 3） 02.（4 3 1 2）

13 單元小測驗

1. 彼の年収は 1500 万円だ。それ（　　）私の給料はなんと安いことか。
　1　に引き換え　　2　に即して　　3　にも増して　　4　にまつわり

2. （　　）じゃあるまいし、自分の机は自分で拭きなさい。
　1　会社　　2　世間　　3　子供　　4　大人

3. テロ攻撃で多くの人が殺されているなんて、これが悲劇（　　）。
　1　ではあるまいし　　2　でなくて何だろう
　3　だと言えばそれまでだ　　4　だと言っているんじゃない

4. 専門家に（　　）、過度の運動は百害あって一利なしとのことである。
　1　言わせれば　　2　言われれば　　3　言ってみれば　　4　言わずもがな

5. 初めてのところに行く時ってどんな場所（　　）緊張や不安な気持ちは多少あるものです。
　1　すら　　2　にあって　　3　ではあるまいし　　4　であれ

6. いい口コミの投稿（　　）引き換えに、商品券を配る業者もいるようです。
　1　を　　2　と　　3　で　　4　に

7. 航空関連の企業が新卒に人気があるという。海外旅行が珍しい ＿＿＿ ＿＿＿ ＿★＿ ＿＿＿ のだろうか。
　1　若者はそういった　　2　時代ではあるまいし
　3　どうして　　4　企業に行きたがる

8. 家族の興奮 ＿＿＿ ＿＿＿ ＿★＿ ＿＿＿ 冷静だ。
　1　至って　　2　本人は　　3　に引き換え　　4　賞をもらった

9. 10 年前に ＿＿＿ ＿＿＿ ＿★＿ ＿＿＿ なんて、運命でなくて何だろう。
　1　別れた元彼と　　2　些細な誤解で　　3　再会できる　　4　異国の地で

10. お前が、 ＿＿＿ ＿＿＿ ＿★＿ ＿＿＿ 答えは同じだ。断る！
　1　誰で　　2　あろう　　3　どこの　　4　と

< 第三篇 > 名詞相關表現

14

第 14 單元：「ところ」

72. ～たところ
73. ～たところで
74. ～ところを
75. ～というところだ

本單元延續『穩紮穩打！新日本語能力試驗 N3 文法』第 19 單元，介紹與形式名詞「ところ」相關的表現。學習時請注意第 72 項文法「～たところ」與第 73 項文法「～たところで」的差異。

第 14 單元：「ところ」

72. ～たところ

接続：動詞た形＋ところ（が）
翻訳：做了…之後，結果（出乎意料）。
説明：此句型用於表達說話者描述「做了某事之後，其結果為…」。後句多半帶有說話者感到意外、出乎意料的口吻。後句多為「た」形。此句型意思接近『穩紮穩打！新日本語能力試驗 N3 文法』第 75 項文法「～たら～た」，但「～たところ」較偏重於「事實說明」，而 N3 的「～たら～た」較偏重於「新發現」的語感。此外，若使用「～たところが」的型態，則後述的結果，多為「與說話者的期待相反」的結果。

・友人（ゆうじん）の結婚式（けっこんしき）で一時帰国（いちじきこく）するため、休暇願（きゅうかねが）いを出（だ）したところ、部長（ぶちょう）にだめだと言（い）われた。
（為了要暫時回國參加朋友的婚禮，提出了請假單，但卻被部長說不行。）

・何年（なんねん）も愛用（あいよう）していたノートパソコンが故障（こしょう）して、業者（ぎょうしゃ）に修理（しゅうり）をお願（ねが）いしたところ、もう部品（ぶひん）は生産（せいさん）されていないから修理（しゅうり）はできないということでした。
（愛用多年的筆記型電腦故障了，拿去修理，業者卻說零件已經停產了，無法修理。）

・遺言書（ゆいごんしょ）を作（つく）ろうと思（おも）い、知人（ちじん）に相談（そうだん）したところ、「自筆証書（じひつしょうしょ）だと、書式（しょしき）を間違（まちが）えたら無効（むこう）になるらしいよ」と言（い）われ弁護士（べんごし）を薦（すす）められた。
（我想說要寫遺書，去問了朋友，結果朋友說「親筆字據如果弄錯格式，聽說是無效的喔」，因而推薦了律師給我。）

・先日（せんじつ）、訪問販売（ほうもんはんばい）で来（き）た営業（えいぎょう）マンの携帯（けいたい）に電話（でんわ）しても出（で）てくれないから、会社（かいしゃ）に電話（でんわ）したところ「そのような名前（なまえ）の人（ひと）はうちにはいない」と言（い）われた。
（打電話給上次跑來我家推銷的業務員的手機，他都不接，因此直接打去公司，結果公司卻表示「我們公司沒有這個人」。）

其他型態：

～たところが

・生まれた故郷を訪ねたところが、全く様子が変わっていて道がわからなかった。
（我去了趟我出生的故鄉，結果城市的樣貌已經改變，認不得路了。）

辨析：

此句型的後句為說話者對於已發生的事實陳述，故不可有意志表現。

× **部長と相談したところ、休暇を取ることにした。(意志決定)**

○ **部長と相談したところ、休暇を取ってもいいと言われた。(陳述事實)**
（和部長商量之後，部長說要請假也可以。）

排序練習：

01. スマホが壊れたので、買った店に ＿＿＿ ＿＿＿ ＿＿＿ ＿＿＿ 言われた。
1. 連絡するように　2. 問い合わせた　3. 直接メーカーに　4. ところ

02. 品質がいい ＿＿＿ ＿＿＿ ＿＿＿ ＿＿＿ 、すぐだめになった。
1. のを　2. 買ったところ　3. 高い　4. と言われ

解01.（2 4 3 1）　02.（4 3 1 2）

73. ～たところで

接続：た形＋ところで

翻訳：即便…也…。

説明：此句型用於表達說話者的判斷。說話者認為「就算去做了前面的事情／就算前面的事情成真，後述的結果仍然會與期待相反」。意思接近「～ても」。此句型用於表達說話者的判斷、預測，因此後句多半使用「主觀的推測」、「推量」的口吻居多，如「～だろう」。也因為都是推測的語氣，因此後句不會使用過去式。另，若前方接續動詞時，亦可使用「～たって」這種口語的表達方式。

・今から走っていったところで、終電には間に合いそうもないし、ホテルに泊まった方がよさそうだ。

（就算現在跑去，也來不及搭末班電車，看樣子乾脆去住飯店比較實際。）

・いくら安かったところで、こんな品質じゃ誰も買ってくれないよ。

（再怎麼便宜，這種品質沒人會買喔。）

・悲しいことに、どんなにイケメンだったところで、金持ちには勝てないというのがこの世の現実だ。彼女のことは諦めなさい。

（令人遺憾的是，就算你長得再帥，也贏不了有錢人，這就是這個世界的現實。你還是放棄她吧。）

・一生懸命働いたところで、それだけの見返りがあるとは限らないから、金持ちになりたければ、働かずともお金が入ってくる仕組み、つまり不労所得を構築することが重要だ。（註：「～ずとも」⇒ p.365）

（再怎麼拚命工作，也不見得就會有相對應的報酬。如果你想當有錢人，就應該要打造一個就算不工作也會有收入的系統，也就是建構被動收入是很重要的。）

・結婚して家族が増えたり、住宅ローンを返済したり、暮らしにかかるお金も増えていきます。そうなると、お給料が増えたところで、それはそれで貯蓄をするのは意外と難しくなるのです。

（結婚後家人會增多，還要繳房貸，生活費也會增加。這樣的話，即便薪水變多了，要存錢還是很困難的。）

其他型態：

～たって（口語）

・今から走っていったって、終電には間に合いそうもないし、ホテルに泊まった方がよさそうだ。
（就算現在跑去，也來不及搭末班電車，看樣子乾脆去住飯店比較實際。）

進階複合表現：

「～を～にする」＋「～たところで」

・金持ちを貧乏人にしたところで、貧乏人が金持ちになるわけではない。
（就算你把有錢人都變窮人，窮人也不會因而變富有。＃柴契爾夫人。）

辨析：

第 72 項句型「～たところ」用於「事實說明」，意思接近「～たら～た」，後句多為過去式。本項句型「～たところで」用於「主觀推測」，意思接近「～ても」後句多為非過去。兩者不可替換。

排序練習：

01. こういう類の本は、 ＿＿＿ ＿＿＿ ＿＿＿ ＿＿＿ 5000 冊だろう。
　1. せいぜい　2. どんなに　3. ところで　4. 売れた

02. 電車で行くかバスで行くか、 ＿＿＿ ＿＿＿ ＿＿＿ ＿＿＿ 大して変わらない。
　1. 時間は　2. した　3. ところで　4. どちらに

解 01.（2 4 3 1）　02.（4 2 3 1）

74. ～ところを

接続：名詞の／イ形容詞い＋ところを
翻訳：在您做…的時候（還打擾）…。
說明：此句型用於「說話者在對方（忙碌、不方便）之際，還給對方添麻煩／還讓對方做某事」時的開場白。因此前方接續的詞彙多為「お忙しい、お疲れ、ご多忙、お取り込み中、お休み中」…等表達對方處於不方便狀況的詞彙。多用於商業場合以及正式場合，口氣中帶有說話者的歉意或感謝之情。

・お忙しいところをお時間頂戴し／お忙しいところ、お時間を頂戴し、ありがとうございました。
（感謝您在百忙之中還撥空給我。）

・お休み中のところをお電話してすみませんでした。
（在您休息的時候還打電話給您，不好意思。）

・せっかくお楽しみのところをお時間取らせてしまって失礼いたしました。
（在您享樂之際還浪費了您寶貴的時間，真的很抱歉。）

・ご多忙のところを恐れ入りますが、何卒ご対応のほどよろしくお願い申し上げます。
（在您繁忙之際很抱歉，再麻煩您多多幫忙了。）

辨析：

此句型為『穩紮穩打！新日本語能力試驗 N3 文法』第 103 項文法當中的「～ところを」的延伸用法，一樣是表達一個場面，且含有「前述動作／狀態被打斷」的語意。N3 的「～ところを」前方多接續動詞ている／た形，且不含有說話者的感謝以及歉意；N1 的「～ところを」前方多接續固定形式的敬語表現，且帶有說話者的感謝以及歉意。（以下例句為 N3 的「～ところを」）。

・**素敵な男性と歩いているところを友人に見られてしまった。**
（我跟帥哥走在一起的時候，被朋友撞見了。）

・**帰ろうとしたところを課長に呼び戻された。**
（當我要離開的時候，被課長叫了回來。）

排序練習：

01. お取り込み ＿＿＿ ＿＿＿ ＿＿＿ ＿＿＿ 失礼します。
1. を　2. 中　3. の　4. ところ

02. お忙しい ＿＿＿ ＿＿＿ ＿＿＿ ＿＿＿ 、恐縮しております。
1. わざわざ　2. おいで　3. くださり　4. ところを

解01.（2 3 4 1）　02.（4 1 2 3）

75. ～というところだ

接続：名詞／動詞普通形＋というところだ

翻訳：也大概就是…。

説明：此句型前接表示「程度」、「數量」或是「事情進行到某階段」等表現，用於表達說話者「認為大概就是這樣的程度、數量、大概就是這個進度」。多用於對方詢問說話者狀況、程度、進度時，說話者所給的回答。有時帶有說話者感到數量不多、程度不高的口氣。亦可使用「～といったところだ」的形式。

・東京のワンルームの家賃？そんなに高くないよ。せいぜい5、6万というところですね。

（東京套房的房租？沒有多貴喔。頂多就是 5、6 萬日圓左右吧。）

・A：山田さんの英語、どうですか。

（A：山田先生的英文，如何呢？）

B：そうですね。まあまあというところでしょうね。

（B：嗯，大概就普通程度吧。）

・進み具合ですか。あと2、3日で終わるというところです。

（進展狀況嗎？大概再兩、三天就會結束吧。）

・新製品の開発ですか。今度のテストで何の問題もなければ、ゴーサインが出るというところじゃないでしょうか。

（新產品的開發狀況嗎？下次的測試如果沒什麼問題的話，上級應該就會允許開始生產了吧。）

其他型態：

～といったところだ

・雇われ社長は自社の株を持っていないのなら、いくら頑張ったって大して金持ちにはなれないね。もらえる年収の手取りはせいぜい 1000 万や 2000 万といったところだから。

（被公司雇用的社長，如果他沒有持有公司的股票，那無論他怎麼努力，也不會變有錢人。因為他領得到的完稅後年薪，頂多就一、兩千萬日圓而已。）

～ってとこだ（口語）

・この頃？午前中は新作の執筆、午後は読書ってとこだね。

（最近啊？我大概就是上午在寫新書，下午在讀書吧。）

辨析：

「～ということだ」、「～というものだ」與「～というところだ」的整理：

「～ということだ」用於表達「傳聞」或「結論」；

N2 的第 74 項文法「～というものだ」用於表達「說話者的客觀感想或批判」；

本句型「～というところだ」用於表達「說話者回覆進度、程度等」，三者皆不可替換。

・今はビルが乱立しているが、昔この辺りは田んぼだったということだ。（伝聞）

（現在這裡亂蓋了一堆大樓，但聽說以前這附近全部都是田。）

・先生は病気で今日は学校に来られません。つまり今日の試験は延期ということです。（結論）

（老師生病了，今天不會來學校。也就是說，今天的考試延期。）

・専門家の話を鵜呑みにして、安易に投資を始めてしまうのは無知というものだ。（感想、批判）

（隨意聽信專家的話，而開始亂投資，這就叫做無知啊。）

排序練習：

01. 毎日の睡眠時間？ ＿＿＿ ＿＿＿ ＿＿＿ ＿＿＿です。

1. といった　2. 6 時間　3. 大体　4. ところ

02. 新規プロジェクトの進度ですか。今の ＿＿＿ ＿＿＿ ＿＿＿ ＿＿＿ところです。

1. 集まった　2. という　3. ところ　4. 資金だけは

解 01.（3 2 1 4）　02.（3 4 1 2）

14 單元小測驗

1．A：頂上まで、どのぐらいかかりますか。
B：成人男性の私で2時間といった（　　）でしたから、お子さん連れなら、倍はかかるかもしれませんね。
1　こと　2　ところ　3　はず　4　ばかり

2．あの企業が相手では、マンション建設の反対運動をしたところで、建設計画は中止に（　　）。
1　なるだろう　2　ならないだろう
3　なる始末だ　4　ならない限りだ

3．お忙しい＿＿＿恐れ入りますが、どうかよろしくお願い申し上げます。
1　ところを　2　ところで　3　ところが　4　ところに

4．このスマホは、新品だと10万円するが、中古ならせいぜい5万円（　　）。
1　に下らない　2　に上る
3　とみたところだ　4　といったところだ

5．歯が痛くてネットで調べた（　　）、駅前の歯医者さんの評判が良かったので行こうと思って電話をかけた（　　）、当日の予約は受け付けていないとのことでした。
1　ところ／ところ　2　ところで／ところ
3　ところ／ところで　4　ところで／ところで

6．課長がたまたま確認してくれたからよかったものの、もう少しでお客様に不良品を（　　）。
1　出したところで　2　出したところ
3　出すところだ　4　出すところだった

7．日本滞在経験のある ＿＿＿ ＿＿＿ ＿★＿ ＿＿＿ といったところだ。
1　日本語でできる　2　彼だが　3　あいさつ　4　のは

8. いつの頃からか物忘れがひどくなった。心配になり医者に診て

＿＿＿ ＿＿＿ ＿★＿ ＿＿＿ 診断結果を告げられた。

1　思いもよらぬ　2　アルツハイマー　3　もらったところ　4　という

9. 大金持ちになった ＿＿＿ ＿＿＿ ＿★＿ ＿＿＿ 惨めになるだけだ。

1　にしてしまうと　2　ところで

3　お金よりも　4　大切なものを犠牲

10. お忙しい ＿＿＿ ＿★＿ ＿＿＿ ＿＿＿ よろしくお願いいたします。

1　ご協力を何卒　2　恐れ入りますが

3　アンケートへの　4　ところを

<第三篇>名詞相關表現

15

第 15 單元：「もの」

76. ～ないものか
77. ～ないものでもない
78. ～ものを
79. ～ものとする
80. ～ものともせず

本單元與下一單元前半部分，為延續『穩紮穩打！新日本語能力試驗 N2 文法』第 14、15 單元，介紹 N1 級別與形式名詞「もの」相關的表現。若學習者對於形式名詞「もの」的基本用法不熟悉，建議可先複習 N2 這兩單元，再繼續研讀本單元。

第 15 單元：「もの」

76. ～ないものか

接続：動詞ない形＋ものか
翻訳：難道不能…嗎？
説明：此句型前接動詞的否定形，用以表達說話者的「期望」。意思是「說話者很強烈地、很期望地能夠實現這件事情」。多半用於難以實現的事情上。另外，「どうしたものか」為慣用表現，用於表達「說話者不知道應該怎麼處理眼前的狀況」，口氣中帶有說話者困惑的心情。

・自分の力ではもうどうにもならないよ。誰か助けてくれないものかなあ。
（光靠自己的力量實在沒辦法，有誰可以幫幫我啊。）

・五月病で体がだるい。ああ、早く連休にならないものか。
（因為五月病全身倦懶。唉，怎麼連續假日不趕快到來啊。）

・貯金どころか、今の生活を維持するのに必死で、宝くじでも当たらないものか、どこかからおいしい儲け話が降ってこないものかと期待してしまう。
（談什麼存錢，我連現在要生活都很吃緊了，真期待可以中個樂透啊，或者有可以輕鬆賺錢的機會啊。）

・京都は観光客で溢れていて、住民はバスにさえ乗れなくなっている状態になっています。この混雑ぶりをどうにかできないものかと住民たちは頭を悩ませている。
（京都因為觀光客太多，導致居民連公車都上不了。許多居民都很頭痛，希望這樣的擁擠能得到改善。）

・昔から国の王様とか、隆盛を極めた人が最終的にのめり込むのが「不老長寿」だそうです。始皇帝もそうですが、億万長者も最後の最後になると「なんとか長生きできないものか」とそれこそ億万単位のお金をつぎ込む人もいるそうです。
（從以前，國王或者是極其昌隆的人，到最後都會沈迷於長生不老之術。秦始王亦然，也聽說有許多億萬富翁到死前也都耗費數上億萬元，想辦法要獲得長生。）

・与えた課題に対して「できない」を繰り返す新入社員に不満を抱える課長が、この社員を異動できないものか、と人事部に相談したら、担当者も、どうしたものかと頭を悩ませている。
（那新進員工對於課長給自己交辦的任務總是說「做不到」，課長因此而感到非常不滿，叫人事部想辦法將他調走，而人事部負責的人則是煩惱著應該如何是好。）

其他型態：

～ないものでしょうか

・なんとか御社の社長さんにお会いできないものでしょうか、直接お伝えしたいことがございまして。
（我真誠希望能與貴社社長見面，有事情想當面向他傳達。）

辨析：

『穩紮穩打！新日本語能力試驗 N2 文法』第 79 項文法「～ものか」前接名詞修飾形，用於表達說話者強硬的否定口吻，與此句型的用法與口吻截然不同，請勿搞混。

・あんなやつに負けるものか。
（我才不會輸給那樣的傢伙。）

排序練習：

01. なんとか父の病気が ＿＿＿ ＿＿＿ ＿＿＿ ＿＿＿みんな願っている。
1. 家族は　2. かと　3. もの　4. 治らない

02. 友達から映画のチケットをもらったが、仕事で忙しく、 ＿＿＿ ＿＿＿ ＿＿＿ ＿＿＿ 悩んでいる。
1. ないので　2. どうした　3. ものかと　4. 行けそうに

解 01.（4 3 2 1）　02.（4 1 2 3）

77. ～ないものでもない

接続：動詞ない形＋ものでもない
翻訳：也並非不…。
説明：本句型用於表達「消極肯定」。意思是「（對於看似可能性不高的事情）因為狀況，也許會…／或許有可能…」。多半都是說話者個人的判斷、推量。

・皆で一緒に頑張れば、来週までに完成できないものでもない。
（大家一起努力的話，下個星期前應該就可以完成了。）

・山田さんはフランス語ができないものでもありませんよ。三年もパリに住んでいたんだからね。
（山田先生會法文喔，他之前住過巴黎三年啊。）

・高いけど、マイルが貯まって、アップグレードしてもらえれば、ファーストクラスにだって乗れないものでもないよ。
（頭等艙雖然很貴，但只要累積夠了里程，再拿里程來升等，就可以搭上頭等艙喔。）

・量的緩和で景気が回復しないものでもないが、国民がお金を貯め込まないで、財布のひもを緩めてはじめて可能なことだろう。
（雖然說靠量化寬鬆可以讓景氣回溫，但先決條件是國民們要先打開錢包，不能光是存錢，量化寬鬆才會有效果。）

排序練習：

01. 食事 ＿＿＿ ＿＿＿ ＿＿＿ ＿＿＿ でもないわ。その代わり、おごってね。
1. 付き合って　2. あげない　3. だけなら　4. もの

02. それは手に入らない ＿＿＿ ＿＿＿ ＿＿＿ ＿＿＿ 入手するには困難が伴うよ。
1. 限定品　2. だから　3. もの　4. でもないが

解 01.（3 1 2 4）　02.（3 4 1 2）

78. ～ものを

接続：動詞普通形／イ形容詞普通形＋ものを

翻訳：如果…就好了，可是卻…。

説明：此句型多以「～ば／たら、～ものを」的型態，來表達「反事實的條件」。意思相當於「のに」，但口氣較強。多用於「事情的發展與說話者的期待、期望落差太大，以致於說話者不滿」。口吻中多帶有說話者「不滿、悔恨、責罵、後悔…」等語氣。若像第四句使用「～てくれたら／くれれば～ものを」，則為說話者對於熟識的朋友表達「別這麼見外，如果你說的話，我就…」的口吻

・インスタに上げなければ浮気のことを知られないで済むものを、どこへ行っても投稿するからこんな羽目になるんだ。
（如果你不在 IG 上貼文，根本不會被發現你外遇，你就是走到哪裡都想發文才會陷入這樣的窘境。）

・休んでいれば治るものを、病院なんかに行って、何時間も待たされたから、かえって長引いてしまった。
（如果好好在家休息，自然就會痊癒了，就是因為跑去醫院看病，又等了好幾個小時，反而病情變得更嚴重，拖更久。）

・アベノミクスの前に家を買っておけばよかったものを、今はもう高くて手が出せなくなっている。
（如果安倍經濟學開始之前就買房子就好了，現在已經貴到買不下手了。）

・来るなら来るって言ってくれたら、駅まで迎えに行ったものを。水くさいな。
（你要來也跟我講一聲啊，我就去車站接你了。怎麼這麼見外啊。）

辨析：

『穩紮穩打！新日本語能力試驗 N2 文法』第 80 項文法「～ものの」用於表達「逆接」，置於句中，用法類似「～が／～けれども」，前述的事情為「確實已發生的事實」。
本項文法「～ば、～ものを」用於表達「反事實」，亦可置於句末，用法類似「～のに」，意思是「只要做，就…了（但卻沒）」，描述的事情「實際上沒發生」。兩者不可替換。

・**仕事を頼まれたものの、忙しくて引き受けることができなかった。**
（雖然我被請託做這件工作，但因為繁忙而無法答應。）

・**もっと早く健康診断を受けていれば、病気が早期発見できたものを。**
（如果早點去健康檢查，就可以早點發現疾病了。）

排序練習：

01. あの時、薬を買うお金さえ ＿＿＿ ＿＿＿ ＿＿＿ ＿＿＿ 。
1. ものを　2. 助かった　3. 母の命は　4. あれば

02. 勝とう ＿＿＿ ＿＿＿ ＿＿＿ ＿＿＿ 出しきらないから負けたのだ。
1. 勝てた　2. と思えば　3. 全力を　4. ものを

解01.（4 3 2 1）　02.（2 1 4 3）

79. ～ものとする

接続：名詞修飾形＋ものとする

翻訳：視為…、理解為…、認定為…。

説明：此句型用於表達「說話者會將某一狀況，視為／理解為／認定為是…的狀況」。可用於：① 應做動作方在無作為的情況時，說話者將此無作為的行為視為「同意／不同意」。或 ② 某種特定的狀況之下，說話者將此狀況視為…。

①・意見書(いけんしょ)を提出(ていしゅつ)しない者(もの)は賛成(さんせい)しているものとする。

（沒有提出意見書的人，視為贊成。）

・一週間(いっしゅうかん)経(た)っても、お返事(へんじ)がない場合(ばあい)は出席(しゅっせき)されないものといたします。

（經過一星期仍無回信的話，視為不參加。）

②・会員登録(かいいんとうろく)を行(おこな)い、その後当社(ごとうしゃ)より承認(しょうにん)を受(う)けた方(かた)は、本規約(ほんきやく)に同意(どうい)したものとします。

（會員登錄後，並經本公司承認會籍者，視同同意本規約。）

・N1 コースに申(もう)し込(こ)んだ学生(がくせい)は能力試験(のうりょくしけん) N2 に合格(ごうかく)しているものとして扱(あつか)います。

（報名 N1 課程的學生，我們會當作你有考過 N2 的程度，進行教學。）

排序練習：

01. 誰からも意見がないので、 ＿＿ ＿＿ ＿＿ ＿＿ 。
    1. とする　2. 賛成した　3. 全員が　4. もの

02. 前金を支払った ＿＿ ＿＿ ＿＿ ＿＿ とします。
    1. 契約事項に　2. 同意した　3. 場合は　4. もの

解 01.（3 2 4 1） 02.（3 1 2 4）

80. ～ものともせず

接続：名詞／普通形の＋をものともせず（に）
翻訳：不畏…。不把…放在眼裡。不當回事。
説明：此句型前接含有「困難、嚴峻或障礙」語意的名詞或是句子，以「～を（は）＋ものともせず」的型態表達「毫不畏懼此困難、嚴峻或障礙，勇於應付、解決問題」之意。由於此句型多用於稱讚他人的行動，因此不用於說話者本身的行為。

・彼は人の嘲笑をものともせず、タイムトラベルの研究に励んだ。
（他不把別人的嘲笑當一回事，努力研究時間旅行。）

・彼女は周りの反対をものともせず、知り合って三日目の男と駆け落ちした。
（她不顧周遭反對，和認識三天的男人私奔了。）

・炎が降りかかってくるのをものともせず、消防士は火の中へ飛び込んで幼い子供の命を救った。
（消防隊員不畏火勢，衝入火場，救了小孩一命。）

・あのレストランは不祥事や噂などはものともせず、依然と変わらず行列ができる店として大人気だ。
（那間餐廳不畏醜聞或者謠言，仍是間大排長龍的人氣名店。）

其他型態：

そんなことはものともせず

・試合当日は朝から雨が降るという悪天候でしたが、そんなことはものともせず、選手たちは一生懸命試合をした。
（比賽當天天氣很差，從早上就一直下雨，但選手們不將其當一回事，仍然努力比賽。）

辨析：

第 39 項文法「～を余所に」的第 ① 種用法，意思為「無視於周遭的感情或評價」；本句型「～をものともせず」則是「不畏懼某種困難，勇於去做」。若使用的名詞為感情或評價的字眼，則「～をものともせず」亦可替換為「～を余所に」，但語感上會有些許差異。

○ **登山隊（とざんたい）は、大雪（おおゆき）をものともせず、山頂（さんちょう）を目指（めざ）して登（のぼ）り続（つづ）けた。**
（登山隊不畏風雪，朝著山頂努力向上。）

× **登山隊（とざんたい）は、大雪（おおゆき）を余所（よそ）に、山頂（さんちょう）を目指（めざ）して登（のぼ）り続（つづ）けた。**

○ **親（おや）の反対（はんたい）をものともせず、二人（ふたり）は結婚（けっこん）した。**
（不顧父母親反對，兩人結了婚。）

○ **親（おや）の反対（はんたい）を余所（よそ）に、二人（ふたり）は結婚（けっこん）した。**
（不理會父母親反對，兩人結了婚。）

排序練習：

01. 吹き付ける ＿＿＿ ＿＿＿ ＿＿＿ ＿＿＿ せず、彼は自転車をこぎ続けた。
1. を　2. も　3. ものと　4. 強風

02. 彼は ＿＿＿ ＿＿＿ ＿＿＿ ＿＿＿ 、ただひたすら自分のできる事を一生懸命にやっていた。
1. ものとも　2. 度重なる　3. 困難を　4. せず

解 01.（4 1 3 2）　02.（2 3 1 4）

15 單元小測驗

1. 悪いことをしたら素直に（　　）、息子はそれができなくて言い訳ばかりする。
   1　謝ればいいところを　　2　謝ればいいものを
   3　謝らないものでもない　　4　謝ったところで

2. N1 試験は難しいが、君が本気を出せば半年で合格もできない（　　）。
   1　ものでもない　　2　ものを　　3　ものとする　　4　ものか

3. 親の反対（　　）、兄はいつも自分の意志を通してきた。
   1　に引き換え　　2　であれ
   3　をものとして　　4　をものともせず

4. 契約解除の際、解約月の末日を経過しても物件内に残置してある物について、賃借人はその所有権を放棄する（　　）。
   1　わけになる　　2　ようにする　　3　ものとする　　4　こととなる

5. ああ、日曜日が早く来ない（　　）。最新の映画を観るのが楽しみだ。
   1　ことか　　2　ものか　　3　ことに　　4　ものを

6. 救助隊は、風雨を（　　）被災地へ赴いた。
   1　ものとして　　2　ものともせずに
   3　ものでもなく　　4　よそに

7. そんなに頼むのなら、その仕事を ＿＿ ＿＿ ★＿＿ ＿＿ 今晩ご馳走してね。
   1　やらない　　2　ものでも　　3　代わって　　4　ないが

8. 発症当初、すぐに ＿＿ ＿＿ ★＿＿ ＿＿ からひどくなったんだ。
   1　病院へ行かない　　2　病院へ行けば　　3　痛みを我慢して　　4　治ったものを

9. 彼は ＿＿ ＿＿ ★＿＿ ＿＿ 進んでいった。
   1　前に　　2　困難を　　3　度重なる　　4　ものともせず

10. 使用者は、購入契約に署名 ＿＿ ＿＿ ★＿＿ ＿＿ ものとする。
   1　本契約の全ての条項に合意した　　2　ことで
   3　ソフトウェアを使用する　　4　する

< 第三篇 > 名詞相關表現

16

第 16 單元：「もの」&「こと」

81. ～てからというもの
82. ～からいいようなものの
83. ～てのことだ
84. ～こととて

本單元延續上一單元的形式名詞「もの」，以及介紹兩個使用到形式名詞「こと」的相關表現。關於形式名詞「こと」的基本用法，可參考『穩紮穩打！新日本語能力試驗 N3 文法』第 17 單元；延伸用法可參考『穩紮穩打！新日本語能力試驗 N2 文法』第 12、13 單元單元。

第 16 單元：「もの」&「こと」

81. ～てからというもの

接続：動詞て形＋からというもの

翻訳：自從…就（變成…的狀態）。

説明：此句型以「A てからというもの、B」的型態，來表達「A 這個事件，為轉變為 B 這個狀態的契機」。口氣中帶有「說話者覺得之前跟之後的轉變很大」的語氣在。

・あの有名なインフルエンサーは、Facebook を始めてからというもの、ブログの更新をすっかりしなくなってしまいました。
（那個有名的意見領袖，自從開始使用臉書之後，就完全不再更新部落格了。）

・結婚するまでは何不自由なく楽しく過ごしてきたのに、結婚してからというもの、精神的に経済的に安定せず、生きていて楽しいという感覚が薄らいでしまったようです。
（結婚之前，我過得既快樂又充裕的生活，但自從結婚以後，無論是精神層面上的，還是經濟層面上的，都很不安定，我覺得快樂的感覺已經逐漸變得稀薄。）

・アメリカはクレジットカード社会だと言われていますが、私もアメリカに来てからというもの、ほとんど現金を使わずにカード決済を多用する生活をしています。
（大家都說美國是信用卡的社會，我也是自從來了美國之後，幾乎都不用現金，過著使用信用卡付款的生活。）

・私は数年前に大きな病気をしてからというもの、普段の食生活を一から見直さなければいけなくなり、それからというもの三食きちんと野菜を摂取するようになりました。
（我自從前幾年大病一場後，不得不重新檢討我平日的飲食生活，自此之後，我三餐都盡量攝取蔬菜。）

辨析：

「～てからというもの」亦可替換為「てから（は）」。但並不是所有的「～てから」例句都可以替換為「～てからというもの」。由於「～てからというもの」帶有說話者認為轉變之大的心境，因此下列「單純陳述事實、不帶說話者心境」的例句，則不可使用「～てからというもの」。

× **日本に来てからというもの、日本語を勉強しました。**

○ **日本に来てから、日本語を勉強しました。**
（來了日本後，學了日文。）

辨析：

『穩紮穩打！新日本語能力試驗 N2 文法』第 76 項文法「期間名詞＋というもの」，前面使用的詞彙為「一段期間」；而「～てからというもの」前面加的則是一個「動作發生的時間點」。兩者不可替換。

○ **ここ一週間というもの、ろくに睡眠を取っていません。**
（這一星期來，我都沒有好好睡過一覺。）

○ **彼がアメリカへ行ってからというもの、ろくに睡眠を取っていません。**
（他自從去了美國，都沒有好好睡過一覺。）

排序練習：

01. 事業に ＿＿＿ ＿＿＿ ＿＿＿ ＿＿＿ 、彼はすっかり人が変わってしまった。
1. という　2. から　3. 失敗して　4. もの

02. 僕は筋トレを ＿＿＿ ＿＿＿ ＿＿＿ ＿＿＿ ことは一度もない。
1. 高熱を出して　2. 始めてから　3. 寝込んだ　4. というもの

解 01.（3 2 1 4）　02.（2 4 1 3）

82. ～からいいようなものの

接続：普通形＋からいいようなものの

翻訳：因為…才幸好…，但…。

説明：此句型中的「から」為接續助詞，意思是「因為」。而「ものの」則表達逆接，意思與「～が／～けれども」相當（參考『穩紮穩打！新日本語能力試驗 N2 文法』第 80 項文法）。因此本句型的意思是「因為（前句的理由）…所以看似無礙／沒有造成太大的損害／避免了最糟的情況，但是…（仍然好不到哪裡去）」。多帶有責備的語氣。

・今回は無事に助かったからいいようなものの、あれだけの悪天候だとまず救助は難しいでしょう。

（這次幸好平安獲救沒造成憾事，像這次這樣的壞天氣，救援本身就是一件難事。）

・今回は幸い大事に至らなかったからいいようなものの、子供を乗せている時はもっと慎重に運転してくださいね。

（幸好這次沒有釀成大禍，你下次開車載小孩的時候要更慎重啊。）

・今のところ、氾濫は地下に留まっているからいいようなものの、やがて１階部分を侵蝕し、階段を伝って２階にまでせり上がってくると、本当に「大惨事」となる。

（目前，幸好氾濫僅止於地下室，到時候如果連一樓都被腐蝕了，還沿著樓梯蔓延上來到二樓，可就真的慘了。）

・政府の借金は増える一方だ。今はゼロ金利だからいいようなものの、金利が上昇し始めたら、支払い金利が増えて、財政難になってしまうでしょう。

（政府的負債一直在增加。所幸現在零利率，如果利率開始上升，政府可能會因為要支付的利息增加而陷入財政困難。）

排序練習：

01. 何も ____ ____ ____ ____ ものの、一歩間違ったら死んでたわよ。

 1. いい　2. から　3. なかった　4. ような

02. 大事な試験なのに、準備したはずの筆記用具がない。 ____ ____ ____ ____ のやら。

 1. 誰もいなかったら　2. 知り合いがいたから　3. どうなっていた
 4. いいようなものの

解01.（3 2 1 4）　02.（2 4 1 3）

83. ～てのことだ

接続：動詞て形＋のことだ
翻訳：之所以…是因為…。
説明：此句型以「A は B てのことだ」的形式，來表達「之所以會做Ａ／能做Ａ，是因為有Ｂ這個先決條件／因素」。

・ボーナスだと？利益があってのことだ。
（什麼，你要獎金？也要公司有賺錢啊。）

・私が仕事や趣味に専念できるのは、家族の協力があってのことだ。
（我之所以能夠專心於工作和興趣，全都是因為有家人的幫助。）

・近年、企業側が社員にマイホーム取得を促す傾向にあるという。年金制度が破綻し退職金もままならない今、定年退職後の生活を考慮してのことだろう。
（近幾年，企業傾向於呼籲員工購買自住屋。這也是因為現在年金制度面臨崩盤，退休金亦不夠稱心如意地使用，因此企業考慮到員工們退休後生活的種種所致。）

・S 社は、同社系列独自のコード決済サービス「Ｓペイ」を廃止すると発表した。サービス開始直後に発生したハッキング被害対策に伴い、サービスの再開と立て直しが困難と判断してのことだ。
（S 公司發表了終止自家公司獨自研發的手機條碼行動支付服務「S pay」。這是因為服務開始後發生了駭客事件，其相應而生的防範對策，已經難以讓此服務再度上線、重啟，因此做出這樣的決定。）

其他型態：

～てからのことだ

・彼はタピオカミルクティーの店を始めるつもりだ。しかし、それは資金調達がうまくいってからのことだ。
（他打算開一間珍奶店。但也要資金調度順利才行。）

～た上でのことだ

・今回の人事異動は君の将来を考えた上でのことだ。不満もあるだろうが、後できっと感謝する時が来る。
（這次之所以有這樣的人員調動，是因為考慮到你將來。雖然你現在一定不甚滿意，但總有一天你會感謝這樣的調動。）

排序練習：

01. 彼が大学を卒業してすぐ起業できた ＿＿＿ ＿＿＿ ＿＿＿ ＿＿＿ ことだ。
1. あっての　2. 親の　3. 援助が　4. のは

02. 航空会社が 10 年ぶりの運賃値上げに踏み切ったのは、増税や原油の高騰で支出が増え、経営努力だけでは対応しきれないと判断 ＿＿＿ ＿＿＿ ＿＿＿ ＿＿＿ 。
1. ことだ　2. の　3. という　4. して

解 01.（4 2 3 1）　02.（4 2 1 3）

84. ～こととて

接続：名詞修飾形＋こととて
翻訳：因為…。
説明：此句型為較文言且生硬的表達方式，用於「向對方致歉時，陳述理由」。另外，「知らぬこととて（由於不知情）」、「慣れぬこととて（由於生疏）」則為使用動詞文言否定助動詞「ぬ」的慣用用法。

・子供のしたこととて、どうかお許しください。
（小孩子不懂事，請您多多見諒。）

・山奥の宿のこととて、ろくにおもてなしもできませんが…。
（由於我們是深山內的旅館，招待或許有不足之處。）

・初めてのこととて、失礼がありましたらお許しください。
（我這是第一次，若有失禮還請多包涵。）

・何も知らぬこととて、ご迷惑をお掛けして申し訳ございません。
（由於我不知情，給您添麻煩了，真抱歉。）

排序練習：

01. 慣れ ＿＿ ＿＿ ＿＿ ＿＿ 、失礼いたしました。
1. て　2. と　3. ぬ　4. こと

02. 山田さん宛の手紙が会社に届いたが、 ＿＿ ＿＿ ＿＿ ＿＿ がなかった。
1. 連絡の　2. こととて　3. 長期休暇中の　4. 取りよう

解 01.（3 4 2 1） 02.（3 2 1 4）

16 單元小測驗

1．A 社のスマホを一度（　　）、すっかり虜になってしまい、機種変更の際もA 社の製品しか買わなくなった。

1　使ってからというもの　　2　使ったからいいようなものの
3　使わないにしろ　　4　使っただけあって

2．連絡もなしにお客様がいらっしゃったが、急なこととて、（　　）。

1　何のおもてなしもできなかった　　2　たくさんのお土産をいただいた
3　お客様にはご馳走を作って差し上げた　　4　家には入れてもらえなかった

3．治ったから（　　）、一歩間違えれば死んでいたのかもしれない。

1　といえども　　2　にあって
3　かと思うと　　4　いいようなものの

4．A 社が港区に新しいホテルを建てる（　　）、言うまでもなく東京オリンピックがらみの需要を見込んでのことだ。

1　とは　　2　のは　　3　とて　　4　のに

5．彼女に一言でも（　　）、あっという間に噂が広がってしまうだろう。

1　話さないものか　　2　話さぬこととて
3　話そうものなら　　4　話すものを

6．部屋を借りている住人が突然（　　）法律で保護する必要がある。

1　追い出されるからいいようなものの　　2　追い出されることのないよう
3　追い出されないものか　　4　追い出されることとて

7．新人の ＿＿＿ ＿＿＿ ＿★＿ ＿＿＿ ください。

1　お許し　　2　ありましたら　　3　こととて　　4　失礼が

8．IT 大手 S 社が不動産会社を約２兆円で買収する ＿＿＿ ＿＿＿ ＿★＿ ＿＿＿ のことだ。

1　都内のオフィスの　　2　向上すると判断して
3　のは　　4　収益性が今後

16 單元小測驗

9．もともと友達の輪の中心にいた ＿＿＿ ＿＿＿ ＿★＿ ＿＿＿ 、誘いを全て断るようになりました。

1　自分は足手まといになるだけだと　　2　目が見えなくなってからというもの

3　鈴木さんですが　　4　卑屈になり

10. 見知らぬ人が来たらドアを開けてはいけないんです。 ＿＿＿ ＿＿＿ ＿★＿ ＿＿＿ 襲われていたかもしれないよ。

1　そのまま部屋に侵入されて　　2　いいようなものの

3　何事もなく帰ったから　　4　今回は黙って

< 第四篇 > 其他重要表現

17

第 17 單元： 文末表現「に～。」

85. ～には及ばない
86. ～には当たらない
87. ～に越したことはない
88. ～に難くない
89. ～にたえない
90. ～にも程がある

本單元延續『穩紮穩打！新日本語能力試驗 N2 文法』第 10 單元，介紹以「に～。」形式結尾的「文末表現」。原則上，格助詞「に」的前方應該要接續名詞，若欲接續動詞時，則需插入形式名詞「の」來將動詞句名詞化。但這裡介紹的句型多為文言表現，故多可直接接續動詞，不需再插入形式名詞「の」，學習時稍微留意即可。

第 17 單元： 文末表現「に～。」

85. ～には及ばない

接続：① 名詞＋には及ばない　② 名詞／動詞原形＋には及ばない

翻訳：①（遠）不及…。② 用不著…。不需要…。

説明：此句型源自於動詞「及ぶ（及於）」的否定型「及ばない」。有兩種意思：①表示「程度上遠不及前接名詞」。② 若前接動詞原形或者動作性名詞，則意思為「不需要，用不著」。表示說話者認為「前述事項不是什麼大不了的事，不需特地去做」。雖然是屬於慎重的用語，但有時口氣中卻含有「雖然禮貌、但卻無禮（輕視對方）」的口氣，因此有時在對話時，要透過情境跟口氣才可辨別說話者是在「客氣地說明不必做」（前兩例）還是在「高傲地叫對方別做」（後兩例）。「それには及ばない（不必那樣）」則為慣用表現。

①・今のところ、人間の技術は自然界の力には及ばないようであるが、そのうち追いついて、更に追い越す時代が来ることを期待したいものである。

（至目前為止，人類的技術似乎還不及自然界的力量，但遲早會追趕上，甚至我期待終有一天，超越自然的時代將會來臨。）

・残念ながら興収は前作には及ばなかったものの、本国では 10 週連続 1 位の記録を残すほど、あの監督の新作は素晴らしかった。

（很可惜，票房雖然不及上一部作品，但那位導演的新作品真的很棒，還可以在國內本土創下連續 10 週票房第一名的紀錄。）

進階複合表現：

「～には及ばない」＋「遠く（副詞）」＋「～にしろ（にしても）」

・大学の教え子たちが新しい技術を使ったソーラーカーの開発に成功した。実用化が近いとされている X 社が開発したものには遠く及ばないにしろ、それなりに効率よく走らせることができたと思う。

（我大學所教導的學生成功開發了使用新技術的太陽能汽車。雖然還遠不及 X 公司所開發的，即將量產的產品，但還算是能有效率地運行。）

②・メールで送ってくれればいいよ、わざわざ来るには及ばないよ。
（你用 E-mail 寄給我就可以了喔，用不著特地過來喔。）

・ちょっと気になるところがあるので、簡単な検査をするだけです。
ご心配には及びません。
（只是有些部分有疑慮，做個簡單的檢查而已，不需要擔心。）

・まあ、それぐらい子供でも知っていますから、わざわざ説明するには及びません。
（那點事就連小孩都懂，用不著你特地說明。）

・あんな男をかばうには及ばない。初めての浮気じゃないんだから。
（那種男人，不需要去包庇他。他已經不是第一次外遇了。）

排序練習：

01. こんな小さな間違い、気にしなくていい。＿＿＿ ＿＿＿ ＿＿＿ ＿＿＿ 。
1. は　2. に　3. やり直す　4. 及ばない

02. X 社のビジネスクラスは個室タイプで ＿＿＿ ＿＿＿ ＿＿＿ ＿＿＿
シートの幅も広く、ゆったりと過ごすことができます。
1. ファーストクラス　2. には　3. ものの　4. 及ばない

解01.（3 2 1 4）　02.（1 2 4 3）

86. ～には当たらない

接続：① 名詞＋に当たる／には当たらない
　　　② 動詞原形＋には当たらない
翻訳：① 相當於…。／等用於…。不能算是…。② 不值得…用不著…。
説明：此句型源自於動詞「当たる（相當於…）」的否定型「当たらない」。
　　　① 此句型若使用肯定型「AはBに当たる」的講法，則意思是「A相當於B」。若使用否定型「AはBに（は）当たらない」則意思是「A不能算是B」。② 前面多接續「驚く、嘆く、感心する」等表感情的字彙、或「非難する、責める、褒める」等表評價的字彙，用於表達「說話者認為這價值不高／不是什麼大不了的事，用不著因為…等理由，而感到驚訝、佩服、悲嘆／或給予責備、稱讚」。

①・アルバイトなどの収入は給与所得に当たりますので、確定申告が必要です。
（打工之類的工資也算是薪資所得，一定要去申報所得稅。）

・台湾の与党は、日本の官房長官に当たる総統府秘書長に X 氏を起用すると発表した。
（台灣的執政黨宣布任用 X 氏為總統府秘書長，此職相當於日本的官房長官。）

・不動産の家賃収入は給与所得には当たらないので、年金減額の対象にはなりません。
（房屋的租金所得不算是薪資所得，不會因此而被調降年金。）

・不倫は、民事上は不法行為に該当するが、刑事上の犯罪には当たりません。
（外遇，在民事上屬於不法行為，但在刑事上不算是犯罪。）

②・彼の歌はうまいと言えばうまいのだが、感情が込められていないので、感心するには当たりません。
（他的歌聲還算是不錯啦，但是完全沒有融入感情，不值讚許佩服。）

・住宅価格は不思議なほどに高くなりすぎたから、今回の暴落はこのまま 10 年前の水準にまで下落したとしても、さほど驚くには当たらないだろう。
（房價高到不可思議，就算這次暴跌跌回 10 年前的水準，也用不著太吃驚。）

・カッとなって、つい暴言を吐いてしまったことは、責めるには当たらないと思う。彼の立場からすれば、怒るのは当たり前だ。
（一時控制不住生氣的情緒，而說出了粗暴的話，我覺得用不著過度苛責。你站在他的立場來想就知道，生氣也是正常。）

・うちの上司が部下を褒めないのは、仕事を完璧にこなすことは当たり前のことで、わざわざ褒めるには当たらないと考えているからだ。
（我們的上司從來不誇獎下屬，是因為他認為將事情做到完美是理所當然的事，用不著特意去誇獎。）

辨析：

「～には当たらない」的第②項用法，與上一個句型「～には及ばない」的第②項用法為類義表現，替換之後語感會不同。「Aには当たらない」用於強調「前述事項的價值不高，因此不需要特地去做A」；「Aには及ばない」用於強調「客氣或高傲地告訴對方，不需要做到這樣的地步」。

○ **この小説は評価するには当たらない駄作だ。**
（這部小說爛到不值得去評論。）

× **この小説は評価するには及ばない駄作だ。**

上例表達「這本小說價值不高，連給評價都不值」。因此這種語境下適合使用「～には当たらない」。

○ **ただの風邪ですから、大丈夫ですよ。ご心配には及びません。**
（這只是感冒而已，沒怎樣。不需要太擔心。）

× **ただの風邪ですから、大丈夫ですよ。ご心配には当たりません。**

上例表達「客氣地告訴對方，僅是普通的感冒而已，不需要擔心」（跟價值高不高無關）。因此這種語境下適合使用「～には及ばない」。

排序練習：

01. 通常の耳掃除は ＿＿＿ ＿＿＿ ＿＿＿ ＿＿＿ 行うことも可能です。
　1. 介護職員が　2. 当たらない　3. 医療行為には　4. ため

02. 今回いい結果を出すことができなかったが、一生懸命やった ＿＿＿ ＿＿＿ ＿＿＿ ＿＿＿ 当たらない。
　1. には　2. 非難する　3. だから　4. の

解01.（3 2 4 1）　02.（4 3 2 1）

87. ～に越したことはない

接続：動詞原形／イ形容詞い／ナ形容詞（である）＋に越したことはない
翻訳：…是最好的。莫過於…。
説明：此句型源自於動詞「越す（超過）」，用於表達「前述事項是最好的、最安全的」。語意中帶有「此為依照說話者長年累積下來的人生經驗、常識，所得出的最佳建議」，因此多半為成年人士、經驗豐富人士使用。年輕人或小孩使用有時會讓人有「老成、傲慢、自大」的感覺。

・鬱病と診断されたなら、暫く会社を休んで静養するに越したことはないよ。
（既然你被診斷為憂鬱症，那暫時請假在家休養是最好的。）

・マンションを買うなら、駅直結のあのタワーマンションにした方がいいよ。1階にスーパーも入っているし、便利（である）に越したことはないから。
（如果要買華廈大樓的話，最好是買那個跟捷運共構的超高層住宅。而且它一樓也有超市，方便是最好的。）

・家は広いに越したことはないと考える人が多いかもしれませんが、経済的なことを考えるとなかなかそうも言っていられないのが現実です。
（很多人都覺得房子大是最好的，但想到自己的荷包，現實上還蠻難實現的。）

・友達は多いに越したことはないが、果たしてインスタのフォロワーとか、LINE で繋がっている人は友人と呼べる存在なのだろうか。
（雖然說朋友越多越好，但究竟你 IG 上的跟隨者、訂閱者或者只是加了 Line 的人，可以稱作是朋友嗎。）

進階複合表現：

「～に越したことはない」＋「～ものの」

・メイクは、上手にできるに越したことはないものの、女性と親密になった男性のなかには、スッピンとのギャップに驚いてしまい騙されたと憤りを感じる人もいるようだ。
（雖然說，會化妝是最好的，但有些和這些女性親密的男性，看到她們素顏與化妝之後的落差，驚覺被騙，而感到憤慨的人也有。）

排序練習：

01. 何事も慎重にやる ＿＿＿ ＿＿＿ ＿＿＿ ＿＿＿ ない。

1. に　2. は　3. 越した　4. こと

02. 明日の会議は重要だから、約束の時間 ＿＿＿ ＿＿＿ ＿＿＿ ＿＿＿ に越したことはない。

1. 着く　2. より　3. に　4. 早め

解01.（1 3 4 2）　02.（2 4 3 1）

88. ～に難くない

接続：動詞原形／名詞＋に難くない

翻訳：不難（想像、理解）。

説明：此句型源自於「難い（難）」一詞，漢字可寫成「～に難くない」。用於表達「從現在的狀況來判斷，是很容易就想像出來，很容易就可以理解的」之意。屬於非常生硬的表現。前方能夠使用的詞彙非常少，只能使用「想像、理解」…等語意的詞彙。

・このまま二酸化炭素の排出量を抑制できなければ、50 年後の地球がどうなるかは、ここ数年の気温の変化を見れば想像に難くないはずだ。

（照這情形，如果二氧化碳的排放量無法抑制，50 年後的地球會變成怎樣，光看這幾年的氣溫變化應該就不難想像了。）

・なぜ会社の経営陣はあのような経営方針をとったのか、自分が役員になったつもりで考えてみれば、理解に難くないだろう。

（公司的經營團隊為什麼會做出那樣的經營方針，你想像自己是董事，換位思考，應該就不難理解為什麼了。）

・海外で暮らすにあたり、遠い異国への移住が大変なことは想像するに難くないが、隣国へ移住すれば少しは楽かもしれない。

（要在海外生活，移居至遙遠國度的辛勞不難想像，但如果只是移居至鄰國，或許會稍微容易些。）

・成功を目前にしながら、部下の裏切りにより全てを失ってしまった彼の心情は察するに難くない。

（不難體會他勝券在握，卻因為部下的背叛而失去一切的心情。）

其他型態：

～に難いことではない

・人々は彼女の言ったことを批判するが、彼女の置かれた立場を考えれば、決して理解に難いことではない。

（人們都批評她所講的話，但站在她所處的立場思考，絕對不是難以理解的事。）

排序練習：

01. テロ集団に息子の命を奪われた ＿＿＿ ＿＿＿ ＿＿＿ ＿＿＿ 。

1. 心の痛みは　2. 親たちの　3. 想像　4. に難くない

02. 彼の家庭の事情を知って ＿＿＿ ＿＿＿ ＿＿＿ ＿＿＿ に難くない。

1. 憎しみは　2. 彼が親に対する　3. 理解する　4. さえいれば

解01.（2 1 3 4）　02.（4 2 1 3）

89. ～にたえない

接続：名詞＋にたえない

翻訳：（感激、懊悔）不絕、不盡。

説明：此句型可寫作漢字「～に堪えない」。用於表達說話者強烈的感情，能夠使用的語彙以及場合很少，僅能使用「感謝、感激、同情、悲しみ、喜び、怒り」等表達感情的名詞。多使用於生硬的演講致詞、客套話上。

・この度、大変お世話になったことは感謝の念にたえません。
（這次承蒙您鼎力相助，感激不盡。）

・この度、本会の会長にご選任いただきましたことは、誠に身に余る光栄であり感激にたえない次第でございます。
（這次獲選為本會的會長，深感光榮，感激不盡。）

・社長の社員に対する恫喝行為は、ようやく築かれつつある労使の信頼関係を無視し破壊する行為で、怒りにたえません。
（社長恐嚇社員的行為，是無視於、並破壞了好不容易才逐漸建立起來的勞資雙方信賴關係的行為，令我感到憤怒不止。）

・本年の数次にわたる豪雨と台風は、各地にかつてない災害をもたらし、このため幾多の人々が生命を失い、病気や怪我をし、財産に多大なる損害を被ったことは、誠に同情にたえないところであります。
（今年多達數回的豪雨以及颱風，為各地帶來了前所未見的災害，因而導致許多人喪失了性命、生病受了重傷、財產蒙受巨大的損失，令我感到同情不已。）

辨析：

『穩紮穩打！新日本語能力試驗 N2 文法』第 53 項句型「～に耐えない」前面接續的詞彙為「見る、聴く」等感官動詞；此項文法「～に堪えない」則是接續表達感情的名詞。兩者前接的詞彙不同、意思也不同。請留意勿將兩者搞混。

排序練習：

01. このようなお言葉を ＿＿＿ ＿＿＿ ＿＿＿ ＿＿＿ 。

1. たえません　2. 念に　3. 感謝の　4. いただき

02. 人生百年の命を全うすることができずに、君が冥土へ ＿＿＿ ＿＿＿ ＿＿＿ ＿＿＿ にたえない。

1. 悲しみ　2. のは　3. 旅立たれた　4. 誠に

解01.（4 3 2 1）　02.（3 2 4 1）

90. ～にも程がある

接続：動詞原形／名詞／イ形容詞い／ナ形容詞語幹＋にも程がある
翻訳：實在有夠…。做…也不要太過分。
説明：此句型用於表達「說話者覺得對方做的事情已經超過一般限度、或者行為上太過份，致使自己感到不滿」。因此只能用於表達負面、不滿的情緒。屬於口語上的表現。

・A：鈴木さんは本当に犬が好きなんだね。今日のＴシャツも犬の絵柄だし。
（A：鈴木小姐，你真的很喜歡小狗耶。今天的Ｔ恤上也是小狗的圖案。）
B：うん。でもあまりにも持ち物が犬柄ばかりなんで、彼氏に「犬好きにも程があるだろう」って言われた。
（B：是啊。但因為我的東西太多都是小狗的圖案，我還被男朋友唸說「愛狗也不要愛得太超過」。）

・大変そうだったから手伝ってあげただけなのに、私があなたのことが好きだなんて言いふらして。誰もあなたなんかに興味ないし、勘違いするにも程があるわ。
（我只是因為看你好像做得很累才幫你的，你居然跑去到處去說什麼我喜歡你。誰對你這種人有興趣啊，亂想也不要想得那麼離譜！）

・人のうちに突然押しかけてきて、「恋人も一緒に一晩泊めて」なんて、ずうずうしいにも程がある。
（突然跑到人家家裡來，還說什麼「讓我跟我女朋友一起在你這裡住一晚」，不要臉也要有個限度。）

・「愛している」ですって？あなたは既婚者でしょう？冗談にも程があるわ。
（說什麼愛我？你結婚了不是嗎？開玩笑也不要開得太過分。）

排序練習：

01. こんな初歩的なミスをするなんて、 ＿＿＿ ＿＿＿ ＿＿＿ ＿＿＿ ある。
    1. にも　2. 程が　3. いい　4. 加減

02. お客様がまだいるのに「食事の時間だから、ご飯行くね」 ＿＿＿ ＿＿＿ ＿＿＿ ＿＿＿ 程がある。
    1. にも　2. 言って　3. 無責任　4. なんて

解01.（3 4 1 2） 02.（4 2 3 1）

單元小測驗

1．A：日本語教育能力検定試験にまだ合格していないのですが、
日本語教師として働けますか。
B：合格している（　　）が、情熱さえあれば誰でも日本語の先生になれますよ。
1　にも程があります　　2　に越したことはありません
3　には及びません　　4　には当たりません

2．現代のデジタル時代に生まれた子供が、上の世代よりかなり異なる
コミュニケーションの習慣を持っているという事実は、それほど驚く（　　）だろう。
1　に難くない　　2　にたえない
3　には当たらない　　4　に越したことはない

3．読者たちが彼の新作を読んで、その面白さに驚いたことは、想像（　　）。
1　に難くない　　2　にたえない
3　には当たらない　　4　に越したことはない

4．古文や擬古文などを読まなければ、古典文法などを勉強する（　　）でしょう。
1　には当たらない　　2　には及ばない　　3　にたえない　　4　に難くない

5．クラスぐるみでカンニングをするとは、誠に怒り（　　）。
(註：「～ぐるみ」⇒ p.311)
1　には及ばない　　2　に難くない　　3　にも程がある　　4　にたえない

6．パジャマで学校に来るなんてちょっとだらしない（　　）わ。
1　には当たらない　　2　にも程がある
3　にたえない　　4　に越したことはない

7．大都市などに比べると非常に治安の良い街ですが、22 時以降は駅の周辺では
少し注意が必要です。＿＿＿　＿＿＿　＿★＿　＿＿＿　ないと思います。
1　用心する　　2　際は　　3　に越したことは　　4　外出する

8. 目が痛くなり始めた頃に、すぐに息子を大きい病院へ連れて行って ＿＿＿ ＿＿＿ ＿★＿ ＿＿＿ たえません。

1　のではないかと　　2　やったら
3　後悔の念に　　4　失明には至らなかった

9. 台湾の政治制度は、 ＿＿＿ ＿＿＿ ＿★＿ ＿＿＿ 五つの院（行政院、立法院、司法院、考試院、監察院）が置かれている。

1　となっており　　2　総統が中心　　3　大統領に当たる　　4　その周辺に

10. A 社は今期、収益が過去最高を ＿＿＿ ＿★＿ ＿＿＿ ＿＿＿ 、売上高は初めて 1000 億円を超えた前期に続き大台を突破した。

1　及ばなかった　　2　前期には　　3　ものの　　4　更新した

18

第 18 單元： 文末表現「～ない。」

91. ～ないではおかない
92. ～ないでは済まない
93. ～なくもない
94. ～てやまない
95. ～んじゃない
96. ～ではないか

本單元延續『穩紮穩打！新日本語能力試驗 N2 文法』第 27 單元，介紹以「～ない。」形式結尾的六個「文末表現」。這些句型接續上相對單純，多為固定形式，但用法卻都有兩種以上。建議學習時僅需稍微留意各種用法的意思即可，不必花心思於用法的分門別類上。

第 18 單元：文末表現「～ない。」

91. ～ないではおかない

接続：動詞ない形＋ないではおかない
翻訳：① 一定要…。② 一定會…。
説明：此句型源自於動詞「置く（放置）」的否定形「置かない」。除了有「～ないではおかない」的型態以外，亦可使用文言否定助動詞「～ずにはおかない」的型態。① 前接意志性動作，表示此人「一定要去做這件事情的強烈意志」。主語多為人。② 前接無意志動作，表示「某事一定會引發…的狀況」。主語多為事物。若前接表達感情的自動詞使役形，則為「某事誘發…的情緒」。

①・あの探偵は、この殺人事件の真犯人を見つけ出さないではおかないと公言している。
（那個偵探公開表示，他一定會竭盡所能找出這宗殺人事件的真犯人。）

・あんな気障な奴、この学校から追い出してやらないではおかない。
（那裝模作樣的傢伙，我一定要把他逐出校門！）

・彼は几帳面で、細かいことも注意しないではおかないので、一緒にいると疲れる。
（他一絲不苟，就連一點小事都要碎碎念，跟他在一起真的很累。）

・汚職事件がバレたら、今度の選挙戦で野党はそこを攻めずにはおかないだろう。
（如果貪污形跡敗露，這次的選戰，在野黨一定會猛攻這一點吧。）

② **狀況的引發**

・大統領の心ない一言は、波紋を呼ばずにはおかなかった。
（總統無心的一句話，引起了軒然大波。）

・米中貿易戦の長期化は世界中の国々に影響を与えずにはおかない。
（美中貿易戰的長期化，必會為世界各國帶來影響。）

- 与党と野党の争いは、国民全体を不幸にせずにはおかないだろう。
（執政黨與在野黨的爭執，必會為全體國民帶來不幸。）

情緒的誘發

- あの子猫を描いた映画はまさに傑作で、見る人を感動させずにはおかない。
（那部描寫小貓的電影，真的是傑作，讓人看了不禁感動。）

- 最近起きた連続殺人事件は、近所に住んでいる人々を不安にさせないではおかなかった。
（最近發生的連續殺人事件，讓住在周遭的居民感到非常不安。）

- 友情とは何か、思いやるとはどういうことか、生きるとは何と素晴らしいことかを、この本は読む人に深く感じさせないではおかなかった。
（這本書，讓讀者確切體會到友情究竟是什麼？體貼關懷是怎麼一回事？活著這件事情有多麼地美好！）

辨析：

本句型第 ② 項用法當中，用於表「情緒誘發」的情況，與『穩紮穩打！新日本語能力試驗 N2 文法』第 146 項句型「～ないではいられない」為類義表現。但由於「～ないではおかない」使用「情緒誘發」時，會使用使役形，因此兩者要表達同一語境時，會使用的句型構造不同。如下：

- **あの映画を見て、私は感動せずにはいられなかった。(主語為我 < 人 >)**
（看了那部電影，我感到非常感動。）

- **あの映画は私を感動させずにはおかなかった。(主語為電影 < 外在因素 >)**
（那部電影讓我感到非常感動。）

「～ないではいられない」的主語為「我」；而「～ないではおかない」的主語則為「外在因素」。

排序練習：

01. 校則に反した者には、 ____ ____ ____ ____ 。

1. 与えないで　2. おかない　3. は　4. 罰を

02. 昼夜を問わず被災者のために ____ ____ ____ ____ はおかなかった。

1. 彼女の姿は　2. 動かさずに　3. 人々の心を　4. 尽くしている

解01.（4 1 3 2）　02.（4 1 3 2）

92. ～ないでは済まない

接続：動詞ない形＋ないでは済まない

翻訳：① 說不過、逃不過、躲不掉。② 非…不可。

説明：此句型源自於動詞「済む（結束）」的否定形「済まない」。除了有「～ないでは済まない」的型態以外，亦可使用文言否定助動詞「～ずには済まない」的型態。① 用於表達「以現在的狀況看來，這個事態可避免不了／這個藉口可說不過去」。多用於做了不好的事情等負面的情況。「知らぬ存ぜぬでは済まされない」為慣用表現。② 用於表達「如果不去做前述事項，則道義上就過意不去／自己心理上會過不去」。

①・手抜き工事でこれだけ被害者が出たのだから、社長が刑事責任を問われないでは済まないだろう。

（因為偷工減料導致這麼多人受害，社長大概躲不掉刑事責任。）

・保証人として判を押した以上、責任を取らずには済まない。

（既然你幫人作保蓋了印章，這責任你是躲不掉的。）

・それぐらい任しとけと胸を叩いて引き受けたのだから、今更できないでは済まない。

（當初講大話說什麼包在你身上，你以為現在說聲辦不到就沒事嗎？）

・今回の問題は犯罪に加担したようなものだ。知らぬ存ぜぬでは済まされないぞ。

（這次的問題等同於協助犯罪。你說你不知道，這可說不過去。）

②・親友から借りたものをなくしたのだから、新しいのを買って返さないでは済まない。

（我把好朋友借我的東西搞丟了，不買個新的還他，我會過意不去。）

・自分の不注意で、相手を怪我させたのなら、謝りに行かずには済まないだろう。

（因為自己的疏忽，而讓對方受傷的話，就一定要去道歉。）

・せっかくパリまで来たんだから、エッフェル塔に登らないでは済まない。

（難得來到了巴黎，沒有爬上艾菲爾鐵塔我怎麼甘心。）

・兄は何をやっても、最後までやり遂げずには済まない人だ。
（我哥是一個無論做什麼事，都一定要貫徹到底的人。）

辨析：

『穩紮穩打！新日本語能力試驗 N2 文法』第 146 項句型「～ないではいられない」用於表達「說話者情不自禁，無法用自己的意志力克制去做某事情」。而本句型「～ないでは済まない」第 ② 項用法則是用於表達「說話者不去做，心理上會過意不去」，兩者意思不同，不可替換。下列酒癮的例子，僅可使用表「情不自禁」的「ないではいられない」。

○ 毎晩帰宅後、ビールを飲まないではいられない。
（每天晚上回家後，我都忍不住要喝啤酒。）

× 毎晩帰宅後、ビールを飲まないでは済まない。

排序練習：

01. 人から借りたお金 ＿＿＿ ＿＿＿ ＿＿＿ ＿＿＿ ぞ。
1. では　2. 返せない　3. なんだから　4. 済まない

02. 人生を左右する重大な問題を、親 ＿＿＿ ＿＿＿ ＿＿＿ ＿＿＿ でしょう。
1. には　2. に　3. 済まない　4. 相談せず

解 01.（3 2 1 4）　02.（2 4 1 3）

93. ～なくもない

接続：① 動詞ない形＋なくもない
　　　② 名詞が＋なくもない

翻訳：① 也不是說不做…啦，只不過…。總覺得…。
　　　② 也不是說沒有…啦，只不過…。

説明：此句型以雙重否定的形式來表達「消極肯定」的語氣。① 使用「動詞ない形＋なくもない」的形式，來表達「並不是完全不做前述事項，也有可能在某些情況下會做」之意。若使用「感じる、言う、思う、気がする」…等思考、知覺動詞，則表示「（雖不強烈），但總覺得有那樣的心情、想法」。使用「～なくもないが」形式時，意思與『穩紮穩打！新日本語能力試驗 N2 文法』第 68 項文法「～ないことはないが」的第② 項用法相同。② 使用「名詞＋が＋なくもない」的形式時，前方多為表達「意志」或「心情」的名詞，如：「気持ち、つもり」…等，來表達「並不是完全沒有那樣的心態或想法」。

①・A：鈴木さんって、クラシック音楽聴きます？
（A：鈴木先生，你聽古典音樂嗎？）
B：聴かなくもないですよ。
（B：有時候會聽。）

・市内観光は、一人で行けなくもないが、地元を知っている人と行くと結構面白いし、効率よく回れる。
（市區觀光，也不是說自己一個人就沒辦法去啦，只不過是如果和當地認識的人一起去，會很有趣，而且玩起來很有效率。）

・彼と付き合ってもう 10 年。将来的に結婚しようと考えなくもないのですが、なんだか頼りなくて、本当に彼でいいのかと迷ってしまいます。
（跟他交往了十年。也不是沒有想過將來要跟他結婚，只不過總覺得他靠不住，所以我一直煩惱著到底是不是要嫁給他。）

・タピオカの次には、台湾のタロイモが流行りそうな気がしなくもない。
（繼珍珠奶茶之後，總覺得下個流行的會是台灣的芋圓。）

・少子化の中、教育委員会が正規教員の採用数を抑えたいことは理解できなくもないが、採用試験で不採用とした人を、非正規教員として平然と雇用することに矛盾を感じざるを得ない。
（在少子化的浪潮當中，我也不是不能理解教育委員會想要減少正式教職錄用的心理，但另一方面卻又大剌剌地把這些錄用考試不及格的人，雇用進來兼職，真是令人感到矛盾。）

②・「昼間も外で働かなきゃならないのに、なんで子供の世話までやらなきゃいけないの」という気持ちがなくもないが、妻の大変さを考えると、そうも言ってはいられない。
（「我白天還得外出工作，為甚麼還得顧孩子」，雖然我不是沒有這樣的想法，但一想到妻子的辛勞，就也吞了下去。）

・A：山田さんは結婚しているのに、まだ奥さんと実家に住んでいますね。マイホームを買うつもりはないのでしょうか。
（A：山田明明就結婚了，怎麼還跟老婆待在爸媽家裡。是不打算買房子嗎。）
B：そのつもりがなくもないようですが、今のところはたぶん買えそうもないと思いますね。
（B：也不是說沒有這個想法啦，只不過看樣子他們目前大概也還買不起。）

・再婚するつもりがなくもない。
（也不是說不打算再婚。）

・あの人を恨む気持ちがなくもない。
（並不是說我不恨他。）

其他型態：

～もなくはない

・フリーターなので、仕事が入らないと食べていけないから、もっと仕事を増やしたいという気持ちもなくはないですが、それより今はいただいているご縁を大事にしたいです。
（因為我是飛特族，沒有接到工作就無法生活，雖然說我也想要多接一些工作，但比起接新的工作，我現在比較珍惜與老客戶的緣分。）

排序練習：

01. 言いたいことは ＿＿＿ ＿＿＿ ＿＿＿ ＿＿＿ 、
ちょっと抽象的すぎますね。
1. も　2. が　3. わからなく　4. ありません

02. お酒をやめようという ＿＿＿ ＿＿＿ ＿＿＿ ＿＿＿ が、なかなかやめられない。
1. なく　2. は　3. 考えも　4. ない

解01.（3 1 4 2）　02.（3 1 2 4）

94. ～てやまない

接続：動詞て形＋やまない

翻訳：不已…。不止…

説明：此句型源自於動詞「止む（停止）」的否定形「やまない」。前接表感情的動詞，如：「祈る、願う、愛する…」等，用於表達「此種感情一直持續著，且無法克制」。多用於小說或文章，不太使用於對話當中。

・日台の友好関係が、今後とも続いていきますよう、願ってやみません。
（真心期望今後日台之間的友好關係能夠持續下去。）

・彼女が愛してやまない子供たちは、やがて彼女から離れ、独立していった。
（她所深愛不已的孩子們，最終還是離開了她，獨立了。）

・ご卒業後も、本学で学んだことを生かし、あらゆる分野でのご活躍を願ってやみません。
（我深深期望各位畢業後，也能發揮在本校所學，活躍於各個領域。）

・どうしてリーマンショックで不動産が暴落した時に、家を買っておかなかったのかと彼は後悔してやまなかった。
（為什麼在雷曼風暴導致房地產大跌的時候，沒有買房呢，他後悔不已。）

辨析：

就有如從字面上得知的，「やまない（止まない）」為「不止」之意，故只能用於帶有持續性、長期性語意的感情動詞，不可使用瞬間性、一次性的動詞。

× **君には失望してやまない。**

排序練習：

01. これからの ＿＿＿ ＿＿＿ ＿＿＿ ＿＿＿ 。
　1. ご成功を　2. やみません　3. 願って　4. 皆さまの

02. 震災地の ＿＿＿ ＿＿＿ ＿＿＿ ＿＿＿ やみません。
　1. 祈って　2. 復興を　3. 一日も　4. 早い

解01.（4 1 3 2）　02.（3 4 2 1）

95. ～んじゃない

接続：① 動詞原形＋んじゃない　② 動詞原形＋んじゃなかった
翻訳：① 不要做…。不准做…。② 當初不該做…。
説明：① 前接動詞原形，用以表達「說話者強烈禁止聽話者做這件事」。屬於口語上的形式。常體形式多為男性使用，女性使用時可使用敬體「～んじゃありません」。另外，「～んじゃねえ」則屬於粗鄙的口氣。② 若使用過去式「～んじゃなかった」的形式，則並非禁止他人做某事，而是「說話者切身反省，自己當初不該做此行為」，口氣中帶有後悔、懊悔之情。意思與『穩紮穩打！新日本語能力試驗 N2 文法』第 160 項文法「～べきではなかった」接近，但「～んじゃなかった」多用於口語的場景。

①・こらっ、行った行った！子供はここで遊ぶんじゃない。
（喂，快走開！小孩子別在這裡玩！）

・静かに歩きなさい！廊下を走るんじゃありません。
（你走路安靜點！別在走道上跑。）

・尻を触るんじゃねえよ、この変態！
（不要摸我的屁股，你這個變態！）

・人の苦労を知りもしないで、軽率な気持ちで「頑張れ」なんて言うんじゃないよ。
（你不知道別人的辛苦，別用那種隨便的心態叫人要「加油」。）

辨析：

使用本項文法「～んじゃない」形式的禁止，多用於「說話者看到聽話者做了這個動作後」給予的禁止。而 N4 時所學習過的禁止形「～な」，則除了可使用於「說話者看到聽話者做了這個動作後」給予的禁止外，亦可在「聽話者在做此動作前」即預先給予禁止的情況。

○ いい？明日遙香ちゃんの家に行ったら、勝手に人の物に触るなよ。
（有沒有聽到，明天去遙香家時，別亂摸別人的東西喔。）

× いい？明日遙香ちゃんの家に行ったら、勝手に人の物に触るんじゃありませんよ。

②・浮気はするし、家事や子育ても手伝ってくれないし、あんな奴と結婚するんじゃなかった。
（他外遇，又不幫忙做家事跟帶小孩，當初真不該跟那傢伙結婚的。）

・眠いのにぜんぜん眠れません。寝る前にあんなにお茶を飲むんじゃありませんでした。
（很睏，但卻睡不著。我睡前不該喝這麼多茶的。）

・面接の時に何回も「うちの業務に博士はいりません」って言われて、なかなか仕事が決まらない。こんなことなら大学院なんて行くんじゃなかった。
（面試的時候，好幾次都被說「我們公司的業務不需要博士」，一直找不到工作。早知如此，就別去唸研究所了。）

・マイホームを買う時は、損得にこだわりすぎない事が大事です。「家賃を払うくらいなら家を買った方が…」と損得をベースに考えてしまうと、のちに金銭的な損をした時に、「家を買うんじゃなかった」と後悔することになりがちです。
（買自住屋的時候，不要太拘泥於賺錢或賠錢。如果你以划算不划算的心態買房，想著說「與其付租金倒不如買…」，這樣如果到時賠錢，就很容易會後悔說「早知道就不要買房」。）

排序練習：

01. 一日中動画 ＿＿＿ ＿＿＿ ＿＿＿ ＿＿＿ ありません。
早く勉強しなさい。
1. じゃ　2. 見る　3. ん　4. ばかり

02. このろくでなし。 ＿＿＿ ＿＿＿ ＿＿＿ ＿＿＿ なかった。
1. 生む　2. なんか　3. んじゃ　4. あんた

解 01.（4 2 3 1）　02.（4 2 1 3）

96. ～ではないか

接続：① 名詞／イ形容詞普通形／動詞普通形＋ではないか
　　　② 名詞な／イ形容詞い／ナ形容詞な／動詞原形＋のではないか

翻訳：① 這不是…。這不就…。② 會不會…。有可能…。

説明：「～でなはいか」在 N3 時，我們學習過表達「驚訝」、「責罵」、「提醒」三種用法。請參考本書姊妹書『穩紮穩打！新日本語能力試驗 N3 文法』第 88 項句型。這裡介紹的用法為：①「說話者在當場所發現的事，並帶有自己感情地論述」。多用於說話者內心的陳述或自言自語的情況。②：表「推測」。用來表達「說話者對某事情的推測，但說話者自己的肯定度很低，自己沒辦法完全斷定」。此用法經常會與「～のだ／～んです」配合使用，以「～のではないか／んじゃないか」的形式出現。

①・何だ、こんな所にあるじゃないか。
（什麼啊，害我找半天，阿不就在這裡嗎。）

・ベストセラーだというから期待してたのに、ちっとも面白くないじゃないか。
（因為說這是暢銷書，所以我很期待，但根本也不有趣啊。）

・その日、私はホームに入ってきた電車に飛び乗った。ところが、電車は反対方向に走り始めたではないか。私は電車の行き先を確かめなかったことを後悔した。
（那天，我衝進去剛進站的電車。但是，疑？電車怎麼從朝反方向開去啊。實在很後悔沒有先確認好電車的方向。）

・A：見て見て、レストランの無料券もらっちゃった。
（A：你看，我拿到了餐廳的免費卷喔。）
B：いいなあ。ちょっと見せて。何だ。無料なのはデザートだけじゃないか。
（B：好好喔，我看看。什麼啊，只有甜點免費而已嘛！）

②・あれ？あの人、もしかして芸能人なんじゃないか。テレビとかで見たことがあるような気がします。
（疑？那個人會不會是藝人啊？總覺得很像在電視上看過他。）

・もしかしたら、彼はあかねのことが好きなのではないか。
（他會不會喜歡阿茜啊。）

・このまま生きていくと小さな世界で小さな自分のままで終わるのではないか、という不安を感じる事があります。

（如果這樣繼續過活下去，總覺得自己會不會就一直在這個小小的圈圈，就這樣無所成地終其一生。我有時會感到這樣的不安。）

・英國の EU 離脱は、これから外資法人によるイギリスに対する投資額が減るのではないかという見方からポンド安になっています。

（英國脫歐，今後有可能會導致外資法人對英國的投資金額減少。就是出於這樣的觀點才導致現在英鎊下跌。）

・外国法人専門の税理士事務所とはいえ、この先生の税理士報酬が世間相場に比べると、あまりにも高いのではないか。

（雖說這間會計師事務所是專門針對外國法人的，但這位會計師的費用跟市場行情相比，會不會太貴了啊。）

排序練習：

01. アラジンは薄汚いランプをこすった。すると、______ ______ ______ ______ か。
　1. 現れた　2. ない　3. じゃ　4. ランプの精が

02. 消費税引き上げに伴っての ______ ______ ______ ______ のではないか。
　1. 景気は　2. 悪化していく　3. 更に　4. 消費減で

解01.（4 1 3 2）　02.（4 1 3 2）

18 單元小測驗

1．上司：君、困る（　）！データが古いものだったぞ。君のせいで社長に叱られたよ。
部下：申し訳ございません。うっかりしていまして…。
1　のではないか　2　じゃないか　3　のではないのか　4　じゃないのか

2．今日は朝から胃の調子がおかしい。夜中に刺身なんか（　　）。
1　食べるんじゃなかった　2　食べようじゃないか
3　食べたんじゃなかった　4　食べたじゃないか

3．このドラマは評判が高く、見る者を感動させずには（　　）だろう。
1　ならない　2　当たらない　3　おかない　4　及ばない

4．結婚する2人の今後の幸せを願って（　　）。
1　済まない　2　やまない　3　たえない　4　おかない

5．大切なものを壊したのだから、弁償せずには（　　）。
1　ならない　2　おかない　3　やまない　4　済まない

6．コンビニでは売れ残った弁当をすべて廃棄されるそうです。もったいないと（　　）が、これも仕方のないことだ。
1　思わなくもない　2　思いたくもない
3　思ってはない　4　思ったんじゃない

7．多くの困難にも負けず、努力を続けている彼はすばらしい。私は ＿＿＿ ＿＿＿ ＿★＿ ＿＿＿ 。
1　彼の　2　願って　3　やまない　4　成功を

8．人を見下す ＿＿＿ ＿＿＿ ＿★＿ ＿＿＿ んじゃねえよ。
1　目で　2　見る　3　俺を　4　ような

9．ロシア通貨の暴落により、新興国の株価が下がる ＿＿＿ ＿＿＿ ＿★＿ ＿＿＿ 、日経平均株価は一時 17,000 円を割り込んでいました。
1　との懸念　2　のでは　3　から　4　ないか

10．何が ＿＿＿ ＿★＿ ＿＿＿ ＿＿＿ 日々の努力のモチベーションとなるのです。
1　意思が　2　何でも
3　という　4　達成せずにはおかない

19

第 19 單元： 文末表現「は～。／と～。／を～。」

97. ～は否めない
98. ～と言っても過言ではない
99. ～を禁じ得ない
100. ～を余儀なくされる／させる

本單元介紹四個固定形式的文末表現，多以一定的形式出現。學習上需要稍微留意的，是第 100 項文法的「～を余儀なくされる／余儀なくさせる」。使用其被動型態或使役型態，將會影響前方助詞上的使用，以及是否需要點出「動作者」。

97. ～は否めない

接続：名詞＋は否めない

翻訳：(這件事情)，是不可否認的。

説明：此句型源自於動詞「否む（否定、否認）」的可能形否定「否めない」。用於表達「說話者認同前方的敘述，認為此事為不可否認的」。若使用動詞句時，需使用形式名詞「～こと」來將動詞句名詞化。

・もっとも、その趣旨は宇宙専門家、メディア、政治家には理解されるが、一般社会へは今ひとつわかりにくいことは否めない。

（當然，宇宙專家以及媒體、政治家們可以理解那宗旨，但不可否認的是，對於社會一般大眾來說，還是稍難理解。）

・今回の新型コロナウイルスに関して、政府の対応が遅れていることは否めない事実である。

（關於這次的武漢肺炎新型冠狀病毒，政府的對應慢了半拍，是不可否認的事實。）

・今年 35 歳になるサッカー日本代表の田中選手について、監督は「確かに体力が落ちてきたことは否めないが、高い技術力に期待している」と述べた。

（針對今年即將 35 歲的足球日本代表選手田中，教練說「不可否認他體力衰退，但我對於他高超的技巧還是非常期待」。）

・最近建てられたマンションは、人材不足や資材高騰により手抜き工事や施工ミスは否めないと思いますが、このマンションならデベロッパーが財閥系ですし、スーパーゼネコンによる施工なので手抜き工事や施工ミスの可能性は限りなくゼロに近いと個人的には思います。

（最近新建的住宅大樓，不可否認地，很多都因為人力不足以及建材高漲，而導致偷工減料以及施工不良的情況。但這棟大樓的建商是財閥集團，而且又是號稱超級營造商所施工的，因此我個人認為偷工減料以及施工不良的機率應該接近於零。）

排序練習：

01. この成績を ＿＿＿ ＿＿＿ ＿＿＿ ＿＿＿ ね。
　　1. 否めない　2. 見ても　3. は　4. 勉強不足

02. これだけ ＿＿＿ ＿＿＿ ＿＿＿ ＿＿＿ 否めない。
　　1. 彼が犯人だ　2. という　3. 証拠が揃えば　4. 説は

解01.（2 4 3 1）　02.（3 1 2 4）

98. ～と言っても過言ではない

接続：普通形＋と言っても過言ではない
翻訳：這麼說，也不為過。
説明：此句型用一種較為極端、誇大的方式來論述、表達說話者強烈的主張。口氣中帶有「說話者認為即便以這樣（稍微極端）的方式來表達、形容，也不會太誇張」的語感。

・スマホの発明は世界を変えたと言っても過言ではないでしょう。
（智慧型手機的發明，改變了世界，這麼說也不為過。）

・台湾は食文化が豊かなところで、台北にいれば世界中の美味しい食べ物が食べられると言っても過言ではない。
（台灣是個飲食文化很豐富的地方，說是在台北，即可品嚐全世界美味的食物也不為過。）

・現在の選挙戦は SNS が主戦場だと言っても過言ではないほど、選挙戦における SNS の役割は、大きくなる一方だ。
（現在的選戰，說網路社群才是主戰場也不為過，可見網路社群在選戰中所扮演的角色越來越重要。）

・今や世界で最も影響力のある投資家の一人となった彼の発言は、市場関係者の注目を集め、世界の投資トレンドにもインパクトをもたらすと言っても過言ではないだろう。
（現在已經是世界上最具影響力的投資家之一的他，任何發言都會受到市場相關人員的注目，說是會對於世界投資趨勢帶來衝擊也不為過。）

其他型態：

～と言っても言い過ぎではない

・僕が日本語能力試験の N1 に合格できたのは、すべて TiN 先生が書いたこの本のおかげだと言っても言い過ぎではない。
（我能考過日本語能力試驗的 N1 級數，全部都是拜 TiN 老師所寫的書所賜，這麼說一點也不為過。）

排序練習：

01. 彼女は、まさしく私の理想の ＿＿＿ ＿＿＿ ＿＿＿ ＿＿＿ ではない。
    1. 過言　2. 女性　3. だと　4. 言っても

02. このデパートは、 ＿＿＿ ＿＿＿ ＿＿＿ ＿＿＿ です。
    1. 品揃えが豊富　2. ほど　3. と言っても過言ではない　4. 何でも買える

解01.（2 3 4 1）　02.（4 3 2 1）

99. ～を禁じ得ない

接続：名詞＋を禁じ得ない
翻訳：不禁…。
説明：前方接續表感情的名詞，如：「同情、怒り、涙、喜び…」等，用於表達「說話者面對某種情境時，情不自禁、油然而生的情感」，且此種感情多半是說話者無法克制的。

・今回の震災で、お亡くなりになられたご遺族の方々には、心からの同情を禁じ得ません。
（這次的大地震，我對於失去親人的人們，心中不禁感到同情。）（※ 註：「お亡くなりになられた」為實務上經常使用的二重敬語，亦可改為「亡くなられた」）

・お子さんを若くして亡くされた友人の気持ちを思うと同情の涙を禁じ得ない。
（我朋友在他兒子還年輕時就過世，一想到他的心情我就不禁流下同情的眼淚。）

・退院した患者から感謝の手紙が送られてきた時、私は喜びを禁じ得なかった。
（收到出院患者寫給我的感謝信時，我感到非常開心。）

・本町議会は、これまでも相次ぐ米軍機の事故やトラブル等に対し、原因究明と再発防止策の徹底を再三再四強く申し入れているにもかかわらず、効果のある防止策が講じられず、またしてもこのような重大事故が起きたことに対し、激しい怒りを禁じ得ない。
（本鎮議會，對於截至目前為止美軍飛機的事故以及糾紛，多次請求調查真相以及防止再度發生，但美軍卻無提出有效地防範案，以致於又再度發生這樣的重大事故一事，不禁感到激烈的憤怒。）

辨析：

本項文法與第 89 項的「～にたえない」意思很接近。不過「～にたえない」使用的場景多為演講，因此很明顯不是演講的場景，就不太適合使用「～にたえない」。

○ テレビに映し出された、あの大統領にへつらうような大臣の態度に思わず失笑を禁じ得なかった。
（對於電視上那大臣對於總統阿諛奉承的態度，不禁令人發笑。）

× テレビに映し出された、あの大統領にへつらうような大臣の態度に思わず<u>失笑にたえなかった。</u>

排序練習：

01. そのドラマの最終回は涙を ＿＿＿ ＿＿＿ ＿＿＿ ＿＿＿ 。
1. だった　2. 感動的な　3. 話　4. 禁じ得ない

02. あのカリスマ政治家の脱税のニュースを ＿＿＿ ＿＿＿ ＿＿＿ ＿＿＿ 禁じ得ない。
1. 驚きと　2. 怒りを　3. 聞いて　4. ともに

解01.（4 2 3 1）　02.（3 1 4 2）

100. ～を余儀なくされる／させる

接続：名詞＋を余儀なくされる／させる

翻訳：① 只能…。不得不…。② 迫使…不得不…。

説明：此句型源自於形容詞「余儀ない（不得已、無奈）」的副詞形「余儀なく」，前方接續動作性名詞。① 若使用被動的形式「～を余儀なくされる」，則用於表達「某人不得已，被迫做了這樣的選擇」。而引發此不得已狀態的原因，多是「某些外在因素或自然、環境」致使，因此即便此為被動句，也不會有強迫者「～に」的出現。② 若使用使役的形式「～を余儀なくさせる」，則用於表達「某件事情（外在因素或自然、環境），迫使某人做了這樣的動作／或引發了這樣的狀況」。若講述「迫使某人做了這樣的動作」時，則可將被役者（動作者）「～に」講明出來。

①・ずっと住むつもりで購入したマイホームも、転勤やライフスタイルの変化により売却を余儀なくされることがあります。

（買來打算自己一直住下去的房子，也有可能會因為調職或者是生活型態的改變，不得不賣掉。）

・膨大な財源を確保するために政府は増税を余儀なくされるが、国民に負担を課すことになり、結果的に国民はますます貧乏になる。

（為了確保龐大的財源，政府不得不增稅，但這就是要人民負擔，結果只會導致人民越來越貧窮。）

・経済的事情により、高校に進学できない、進学しても途中で退学を余儀なくされる子供たちが急増している。

（因為經濟因素而無法上高中，或即便上了高中也只好中途休學的學生，越來越多。）

・日本を取り巻く社会経済情勢が大きく変化し、従来の社会の仕組みも改革を余儀なくされる中、私たちの暮らしも大きく様変わりしています。

（日本的經濟情勢發生了巨大的變化，在不得不改革舊有社會體制的當下，我們的生活也產生了巨大的改變。）

②・あの献金スキャンダルは、彼に辞任を余儀なくさせた。
（那個政治獻金的醜聞，逼得他不得不辭職。）

・国王の残酷な搾取は、人民に反抗の旗を上げることを余儀なくさせた。
（國王殘酷的壓榨，迫使人民不得不舉旗反抗。）

・戦争が、この計画の中断を余儀なくさせた。
（戰爭迫使了這個計劃中斷。）

・香港証券市場の混乱と低迷は、中国資本の香港での上場延期を余儀なくさせた。
（香港證券市場的混亂與低迷，迫使中資在香港上市上櫃的計畫延期。）

辨析：

「～を余儀なくされる」與「～を余儀なくさせる」的不同點，就在於句子構造上。前者為被動句、後者為使役句。「Aは～動作を余儀なくされる」，A為「動作者」；「AはBに～動作を余儀なくさせる」，A為「原因」B為「動作者」，是A這個原因引發了B這個人去做了某個動作的。（註：此種使役的用法稱為「原因主語使役」，請參考『穩紮穩打！新日本語能力試驗 N3 文法』第 59 項文法的第 ③ 項用法。）

・スキャンダルで、彼は辞任を余儀なくされた。
（因為醜聞，他不得不辭職。）

/

・スキャンダルは、彼に辞任を余儀なくさせた。
（醜聞迫使他不得不辭職。）

排序練習：

01. 今度の大統領選挙の失敗で、党は政策の ＿＿ ＿＿ ＿＿ ＿＿ 。
1. 余儀なく　2. いる　3. されて　4. 見直しを

02. 不意に ＿＿ ＿＿ ＿＿ ＿＿ 。
1. 起こった　2. 雪崩が　3. 登山計画の中止を　4. 余儀なくさせた

解01.（4 1 3 2）　02.（1 2 3 4）

19 單元小測驗

1. 日本のインバウンド市場を牽引してきたのは中国人だ（　　）だろう。
   1　と言ってもありはしない　　2　と言っても過言ではない
   3　ということを余儀なくされる　　4　ということを禁じ得ない

2. お盆の時期の週末というピーク期にも関わらず、大阪行きの列車があまりに閑散としていることに戸惑いを（　　）。
   1　余儀なくされた　　2　禁じ得なかった
   3　否めなかった　　4　過言ではなかった

3. 再開発のため、この周辺の人々は引っ越しを（　　）。
   1　余儀なくされた　　2　余儀なくさせた
   3　余儀なくできた　　4　余儀なくさせてもらった

4. 建設費の高騰が行政側に再開発計画の中止を（　　）。
   1　余儀なくされた　　2　余儀なくさせた
   3　余儀なくした　　4　余儀なくさせられた

5. 仮想通貨の投資で大損をしていても、それは自己責任（　　）否めない。
   1　にあるとしか　　2　とあるだけは　　3　であることは　　4　があるとは

6. 大学時代の成績がどれほど優秀であっても、彼は実務経験が足りず、まだまだ使えるレベルではないこと（　　）。
   1　は否めない　　2　には及ばない
   3　を禁じ得ない　　4　を余儀なくされる

7. 夏祭りの ＿＿＿ ＿＿＿ ＿★＿ ＿＿＿ 余儀なくされた。
   1　ため　　2　計画は　　3　予算不足の　　4　変更を

8. 今、若い世代でも癌になる ＿＿＿ ＿＿＿ ＿★＿ ＿＿＿ だと言っても過言ではないのです。
   1　私達の小さい頃から　　2　の多い食事が原因
   3　人が増えているのは　　4　の動物性食品

9. テロリストが罪のない ＿＿＿ ＿＿＿ ＿★＿ ＿＿＿ 。
   1　禁じ得ない　　2　動画で公開するという
   3　人々の殺害現場を　　4　残虐な行為に憤りを

10. この写真を見ると、 ＿＿＿ ＿＿＿ ＿★＿ ＿＿＿ 事実である。
   1　ということは　　2　事件当時
   3　否めない　　4　彼が現場にいた

20

第 20 單元：並立表現 I

101. ～であれ～であれ
102. ～といい～といい
103. ～につけ～につけ
104. ～にしろ～にしろ
105. ～というか～というか
106. ～も～なら～も

本單元前五項文法需同時列出 A、B 兩項（以上）的表現，用來表達舉例的對象。雖然意思都非常接近，但使用的狀況都不同，學習時建議稍微留意一下辨析的部分。

第 20 單元：並立表現 I

101. ～であれ～であれ

接続：名詞＋であれ
翻訳：A 也好，B 也罷。無論是 A 還是 B。
説明：此句型以「A であれ、B であれ」的型態，來表達「無論是 A 還是 B 的狀況，都（可套用於後述的敘述／都無法影響後述的結果）」。A 與 B 多為相反或者相對的名詞。

・株であれ仮想通貨であれ、投資で利益を出した場合には税金がかかります。
（無論是股票也好，虛擬貨幣也罷，只要投資有獲利，都會被課稅。）

・あの国の人々に愛国心はなく、富裕層であれ貧困層であれ、国民のほとんどはできれば外国に移住したいと考えている。
（那個國家的人民沒有愛國之心，無論是富裕階層還是貧困階層，大部分的國民都想著只要有機會，就會全家移民到國外去。）

・男であれ女であれ、権力を得てキャリアでの成功をつかむためには、誰もがある程度の犠牲を払わなくてはならないのだ。
（無論男女，為了取得權力，獲得在職業上的成就，無論是誰都必須付出相當程度的犧牲。）

・飛行機であれ、鉄道であれ、船であれ、旅行の時は必ずビジネスクラスを利用します。
（無論是飛機、鐵路還是船，我旅行的時候一定是搭乘商務艙。）

其他型態：

～であろうと、～であろうと

・来たからには雨であろうと雪であろうと楽しむしかないと覚悟はしていた。
（我已經覺悟了，既然來了，管他下雨還下雪，都只好盡情享受。）

~だろうと、~だろうと

・新幹線の車内で乗客三人を殺傷した罪などに問われた男の裁判で、男は「男だろうと女だろうと、老人であろうと、殺すつもりでした」などと語った。
（在新幹線的車廂內殺害三名乘客而被問罪的男人，在法庭上說：「我就是打算殺人，管他是男是女還是老人。）

辨析：

此項文法與68項文法「~であれ」用法相似。第68項的「~であれ」多與疑問詞併用，表示「所有的情況都…」。本項文法「~であれ、~であれ」則舉出兩個以上的情況，表示「這兩者（以上）的情況都…」，故不會與疑問詞併用。

・誰であれ、自分の所得を確実に申告しなければならない。
（無論是誰，都必須確實申報自己的所得。）

・大臣であれ、一市民であれ、自分の所得を確実に申告しなければならない。
（無論是大臣還是小老百姓，都必須確實申報自己的所得。）

排序練習：

01. 海であれ ＿＿＿ ＿＿＿ ＿＿＿ ＿＿＿ どこでも楽しいと思います。
　1. 家族みんなで　2. であれ　3. 行けば　4. 山

02. 首相であろうと ＿＿＿ ＿＿＿ ＿＿＿ ＿＿＿ 権利は無い。
　1. 大臣で　2. 奪う　3. 他人の命を　4. あろうと

解01.（4 2 1 3） 02.（1 4 3 2）

102. ～といい～といい

接続：名詞＋といい
翻訳：論 A 還是論 B，都很…。
説明：此句型源自於動詞「言う」，以「A といい、B といい」的型態，來表達「無論是從 A 這一點來看，還是從 B 這一點來看，都很…」。後半段加上說話者的「評價」、「批評」等表現。口氣中多半帶有說話者厭煩、欽佩、無奈等心情。

・接客といい、食事といい、最高のホテルでした。さすが一流ホテルだけのことはあります。
（無論接待客人還是餐點，這間飯店真的很棒。真不愧為一流飯店。）

・うちは父といい、母といい、ノックもなしに勝手に私の部屋に入ってくる。
（我家無論是爸爸還是媽媽，都直接闖進我的房間不敲門的。）

・建物全体の重厚感といい、正面全体にほどこされた装飾といい、申し分のないマンションです。
（無論是建築物整體的沈穩感，還是正面全體施作的裝飾，這間住宅華廈實在沒得挑惕地棒。）

・A社が生み出した商品は、性能といい、デザインといい、それを持っていること自体がステイタスでしたが、今のA社にはかつての輝きはありません。
（A 公司所出產的商品，無論性能還是設計，以前只要擁有了他們的產品，就代表著身份地位，但現在 A 公司已經沒有以前的光芒了。）

辨析：

第 101 項文的「～であれ～であれ」後句接續「一個狀況、不會因Ａ或Ｂ的不同而改變的事實」。本項文法「～といい～といい」後句則是接續「說話者從Ａ與Ｂ所得到的，對於某事物的評價或批評」。兩者使用的情況不同，不可替換。

排序練習：

01. 首相といい、 ＿＿＿ ＿＿＿ ＿＿＿ ＿＿＿ 頭の持ち主ばかりだ。
　1. この国のトップは　2. 大臣　3. 古くさい　4. といい

02. 値段といい ＿＿＿ ＿＿＿ ＿＿＿ ＿＿＿ です。
　1. 満足できる　2. 商品　3. 非常に　4. 品質といい

解01.（2 4 1 3）　02.（4 3 1 2）

103. ～につけ～につけ

接続：イ形容詞い／動詞普通形＋につけ

翻訳：A 也好，B 也罷…。

説明：此句型以「A につけ、B につけ」的型態，來表達「無論是 A 還是 B 的狀況，都是…」。A 與 B 多為相反或者相對的詞彙。與第 77 項文法「～であれ～であれ」用法類似，但「～であれ～であれ」前方只能接續名詞，而本項文法「～につけ～につけ」則前方主要接續形容詞與動詞，且多為「いいにつけ、悪いにつけ」、或者「同一個動詞的肯定形與否定形」或「語意相反的動詞」等慣用形式，能使用的情況較少。

・あの事件は、いいにつけ悪いにつけ、障害を持った人の存在意義を多くの人に考えさせるきっかけになりました。
（那個事件，無論好壞，都成為了一個契機，讓更多的人能夠思考殘障者的存在意義。）

・暑いにつけ寒いにつけ寝汗をかく体質だから、連日のように布団乾燥機は稼動させている。
（無論天氣冷熱，我的體質就是很容易在睡覺時盜汗，所以連續好幾天都開著棉被乾燥機。）

・オリンピックの生中継を見るにつけ見ないにつけ、試合の結果が気になることでしょう。
（無論有沒有看奧運的實況轉播，都會很在意比賽的結果吧。）

・成功するにつけ、失敗するにつけ、そこから教訓をちゃんと学べば、それは結論として自分の人生にプラスになっているってことなのではないかと思っています。
（無論成功還是失敗，如果能夠從中獲取教訓，就結論而言，都是對自己人生的一種正面助益，不是嗎？）

辨析：

若單獨使用一個「～につけ」，則表示「每當…就…」。前方僅限接續「見る、聞く、思う、考える」等少數幾個固定動詞。與本項句型意思完全不同，請留意。

・この写真を見るにつけ、楽しかったあの時のことが思い出される。
（每當看到這個照片，我就會回想起當時快樂的時光。）

排序練習：

01. この 30 年間で、いいにつけ、 ＿＿＿ ＿＿＿ ＿＿＿ ＿＿＿ 大きく変化しました。

1．全体は　2．社会　3．につけ　4．悪い

02. 話がまとまるにつけ、 ＿＿＿ ＿＿＿ ＿＿＿ ＿＿＿ なりません。

1．支払わなければ　2．につけ　3．まとまらない　4．仲介手数料は

解01.（4 3 2 1）　02.（3 2 4 1）

104. ～にしろ～にしろ

接続：名詞／イ形容詞い／動詞普通形＋にしろ
翻訳：不管是…還是…。
説明：此句型以「A にしろ、B にしろ」的型態，來表達「無論是 A 還是 B 的狀況，都…」。A與B多為相對或者相反的名詞。

・ドイツ語にしろ、フランス語にしろ、何か英語以外の外国語を身につけたいと思います。
（德文也好，法文也可，想要學一些英文以外的外語。）

・高いにしろ、安いにしろ、勉強に必要なら買わなければならない。
（不管便宜還是貴，如果是讀書上需要的話就必須要買。）

・修学旅行に行くにしろ、行かないにしろ、私に聞かないで自分で決めなさい。
（你要不要去修學旅行，不要問我，自己決定。）

・大学院に進学するにしろ、就職するにしろ、早めに決めておいた方がいい。
（你要去讀研究所，還是就職，都建議你儘早決定。）

其他型態：

～にせよ～にせよ

・出席するにせよ、しないにせよ、必ず日曜日までにお知らせください。
（不管你要不要出席，都請星期天之前通知我。）

辨析：

本項文法「～にしろ～にしろ」與上一項文法「～につけ～につけ」意思很接近。兩者之間的差異為：「～にしろ～にしろ」多用於尚未發生（假定）的事；「～につけ～につけ」多用於已發生、已開始進行的事、或已反覆發生的狀況。

○**勝つにしろ負けるにしろ、とにかく精一杯やるしかない。**
（無論輸贏，總之努力做就對了 。）

×**勝つにつけ負けるにつけ、とにかく精一杯やるしかない。**

・**暑いにしろ、寒いにしろ、オフィスの温度を極端に設定するのはだめよ。（未發生）**
（辦公室的溫度，調太熱或太冷等極端溫度都不行。）

・**暑いにつけ、寒いにつけ、寝汗をかく体質だから、連日のように布団乾燥機は稼動させている。（正進行）**
（無論天氣冷熱，我的體質就是很容易在睡覺時盜汗，所以連續好幾天都開著棉被乾燥機。）

排序練習：

01. 嘘にしろ ＿＿ ＿＿ ＿＿ ＿＿ 確かめてみたい。
1. 自分の目で　2. だけじゃなくて　3. 本当にしろ　4. 彼の言い分

02. この仕事を引き受けるにしろ、引き受けない ＿＿ ＿＿ ＿＿ ＿＿ 決められない。
1. でないと　2. 聞いてから　3. まず詳しい話を　4. にしろ

解01.（3 4 2 1）　02.（4 3 2 1）

105. ～というか～というか

接続：イ形容詞い／ナ形容詞~~だ~~／ある／ない（ず）＋というか

翻訳：應該說你Ａ，還是說你Ｂ。真不知道該怎麼說你…。

説明：此句型用於表達「說話者對於某人的行為或者某件事，不知道應該以何種形容詞來表達自己所感受到的印象以及評價」時，因此列舉出兩項以上的形容詞來敘述。多半用於說話者感到「傻眼、無言、喜悅、難以言喻」時。

・お客様にあんなことを言うなんて、無神経というか、無知というか、あきれてものも言えない。

（你居然對客人說那樣的話，真不知道應該說你神經大條還是說你無知，實在無言。）

・突き放しても突き放しても、うるうるした目で追いかけてくる子犬は無邪気というか素直というか、抱きしめずにはいられない。

（無論怎麼趕，都還是用水汪汪的大眼追了過來的小狗，應該說牠天真無邪，還是說牠純真，讓人忍不住想要抱緊牠。）

・久しぶりに小学校のクラスメイトに会った。みんな当時の私のあだなとか覚えてくれていて、嬉しいというか恥ずかしいというか、複雑な気持ちでした。

（隔了許久，再度跟小學同學見面。大家都還記得我當時的綽號，真不知該說是開心還是難為情，心情非常複雜。）

・取材のために一人で戦地へ赴くなんて、命知らずというか、度胸があるというか、とにかく私には彼の仕事に対する情熱が理解できない。

（為了採訪新聞而一個人隻身前往戰場，真不知道要說他不要命還是該說他膽子大，總之，我無法理解他對於工作的熱情。）

排序練習：

01. あんな風に _____ _____ _____ _____ わ。

1.もう話にならない　2.バカというか単純というか　3.なんて　4.考える

02. 自信満々というか自信過剰というか、彼は何事も _____ _____ _____ _____ やっちゃう。

1.すぐに　2.思いついたら　3.いつも何か　4.迷いがなく

解01.（4 3 2 1）　02.（4 3 2 1）

106. ～も～なら～も

接続：名詞＋も、ナ形容詞／名詞＋なら、名詞＋も

翻訳：① 既…又…。② 都很糟…。

説明：① 以「A も B なら C も D」的形式，將兩件類似的事情串連起來，用於表達「這兩件都…」。(詳細用法請參考『穩紮穩打！新日本語能力試驗 N3 文法』第 155 項句型的第 ② 種用法。) ② 若以「A も A なら B も B」的形式，則用於表達「A 跟 B 這兩個都非常糟糕」之意。此用法只能用於批判語氣，且 A 與 B 多為立場上相對的角色，說話者認為兩方都不好，都該罵。

①・あのデベロッパーのマンションは値段も手ごろなら、造りもしっかりしていて、ファミリー層に大変人気だ。

（那間建商的分售華廈價錢既適當，建築品質又很實在，因此受到家庭購屋層的歡迎。）

・長い歴史を持ち、茶葉の品種も豊富なら、茶器の種類もさまざまな中国茶は、どのように入れれば美味しく味わえるのでしょうか。

（中國茶擁有很長的歷史，茶葉的品種也很豐富，茶具的種類也很多，它究竟要怎麼泡才會好喝呢？）

②・甘やかして何でも買ってやる親も親なら、何でも欲しがる子も子だ。

（老爸老媽過分寵他，什麼都買給他，小孩子就會什麼都想要。有怎樣的雙親就有怎樣的小孩。）

・パワハラをする上司も上司なら、それを見て見ぬふりをする会社も会社だ。

（上司權力霸凌，公司也裝作沒看見，兩者都很糟。）

・やるべき政策より自分の当選が第一の政治家も政治家なら、そういった政治家、政党の存在を許し、選挙で支持する有権者も有権者だ。

（有些政治家將自己的當選擺在首位，而該做的政策不做，但居然還有那樣的選民願意支持這樣的政治家跟政黨，兩者實在都很糟糕。）

・画素数が多いから高画質だ、という宣伝をするメーカーもメーカーなら、他の条件や性能を全部無視して「画素数の多い方がいい」と喜んで買う消費者も消費者だと思います。
（有些廠商宣稱因為是高像素，所以高畫質，但居然也有消費者完全無視於相機其他條件與性能，就只想著「高像素比較好」，而買得很開心。我覺得兩者都很糟。）

辨析：

此用法亦可只使用一個名詞。先是在前方敘述關於Ａ，再以「Ｂ も Ｂ だ」的形式，來表示「對Ｂ的輕微責罵」的語氣。

・**確かに相手の言葉使いはよくないと思いますが、あなたもあなたですね。**
（對方的用語的確不太好，但你也真是的。）

排序練習：

01. 今度のプロジェクトは予算も ＿＿＿ ＿＿＿ ＿＿＿ ＿＿＿ 。
1．足りません　2．不足　3．なら　4．人手も

02. 平気で ＿＿＿ ＿＿＿ ＿＿＿ ＿＿＿ 市民も市民だ。
1．彼を選んだ　2．嘘をつく　3．市長なら　4．市長も

解01.（2 3 4 1）　02.（2 4 3 1）

20 單元小測驗

1. もちろん悪いのはふざけた彼だけど、それくらいのことで怒った君（　　）君だよ。
   1　が　　2　も　　3　という　　4　なら

2. 彼はジョギングがよほど好きらしい。（　　）、毎日欠かさず公園で走っている。
   1　雨といい雪といい　　2　雨だろうと雪だろうと
   3　雨というか雪というか　　4　雨につけ雪につけ

3. あのデザイナーが設計した服は、品質（　　）色使い（　　）申し分ない。
   1　といい／といい　　2　につけ／につけ　　3　も／なら　　4　なら／も

4. 一人で戦争真っ最中の国に行くとは、無謀（　　）、無茶（　　）、私には理解できません。
   1　であれ／であれ　　2　につけ／につけ
   3　といい／といい　　4　というか／というか

5. いい（　　）悪い（　　）、習慣というものはそう簡単には変えられない。
   1　であれ／であれ　　2　につけ／につけ
   3　といい／といい　　4　というか／というか

6. 都会から田舎に移り住んだ人の話を聞く（　　）、「自然には人を癒やす力がある」とつくづく感じる。
   1　につき　　2　につけ　　3　といい　　4　なり

7. 人に ＿＿＿ ＿＿＿ ＿★＿ ＿＿＿ 初めて勉強したことになります。
   1　それを自分で考えて　　2　解答集を見るにせよ
   3　理解して　　4　聞くにせよ

8. 国会議員だろうが、 ＿＿＿ ＿★＿ ＿＿＿ ＿＿＿ ならない。
   1　税金は　　2　総理大臣　　3　納めなければ　　4　だろうが

9. 独身の時は、 ＿＿＿ ＿★＿ ＿＿＿ ＿＿＿ 責任もなかった。
   1　家族に　　2　対する　　3　行動も　　4　自由なら

10. どうやらあの夫妻は２人とも浮気をしているみたいだ。まったく ＿＿＿ ＿＿＿ ＿★＿ ＿＿＿ 。
   1　妻も　　2　夫も　　3　妻だ　　4　夫なら

21

第 21 單元：並立表現 II

107. ～なり～なり
108. ～だの～だの
109. ～わ～わ
110. ～つ～つ
111. ～かれ～かれ
112. ～も～も

本單元延續上一單元，學習六項需同時列出 A、B 兩項（以上）的表現，用來表達舉例的對象。第 110 項文法「～つ～つ」與第 111 項文法「～かれ～かれ」能夠使用的詞彙非常有限，與其當作句型學習，倒不如可以把這兩項當作是慣用表現記住即可。

第 21 單元：並立表現 II

107. ～なり～なり

接続：名詞／動詞原形＋なり
翻訳：要做Ａ，要做Ｂ都可以。
説明：此句型與以「Ａなり、Ｂなり」的形式，來表達「說話者告訴對方，做出任一項選擇都行」。後句多使用「催促、建議、請求、義務、期望…」等語氣。前接動詞時，Ａ與Ｂ有時會使用同一動詞的肯定及否定、或語意相反的詞語。另，「煮るなり焼くなり」為慣用表現，意指「要殺要剮（隨便你）」之意。

・解散は 17 時ごろ東京駅を予定しています。その後は飲みに行くなり、帰るなり、好きにしていただいて結構です。
（我們預計於 17 點左右在東京車站解散，之後你們要去喝酒還是要回家都可以。）

・これは去年の雑誌ですから、もう要りません。人にあげるなり、捨てるなりしてください。
（這是去年的雜誌，已經不需要了。看你是要拿去送人還是丟掉都可以。）

・もう１時間考えたでしょう。買うなり、買わないなり早く決めてくれないかな。待ちくたびれたよ。
（妳已經想了一小時了耶，能不能快點決定到底要買還是不買，我等到很累了。）

・限定品のため、売り切れることもありますので、前もってお伝えいただければお取り置きなどもできます。その際はメールなり、LINE なりでお知らせくださいませ。
（因為這是限定品，有可能會完售，如果您提前告知我們，我們可以幫您保留。屆時請看您要用 E-mail 還是 Line 來告訴我們。）

・仕事のことでわからないことがあれば、課長なり、先輩なりに聞いてください。
（如果工作上有什麼不懂的地方，去問課長或是前輩都可以。）

・煮るなり焼くなり好きにしろ。
（要殺要剮隨便你！）

辨析：

「～なり～なり」前方接續名詞時，亦可與格助詞併用。原則上，格助詞置於「なり」後方，例如：「～なり～なりに」（僅需於最後一個「なり」後方接續格助詞）。若使用的格助詞為「に、て、と」，則亦可置於「なり」前方，例如：「～になり～になり」（此時兩個「なり」前方都必須接續格助詞）。

・**仕事のことでわからないことがあれば、課長になり、先輩になり聞いてください。**
（如果工作上有什麼不懂的地方，去問課長或是前輩都可以。）

排序練習：

01. 来るなり ＿＿＿ ＿＿＿ ＿＿＿ ＿＿＿ 困ります。
1. 連絡して　2. きちんと　3. もらわなければ　4. 来ないなり

02. 進学のことは先生になり ＿＿＿ ＿＿＿ ＿＿＿ ＿＿＿ どうですか。
1. 相談して　2. 先輩に　3. なり　4. みたら

解 01.（4 2 1 3）　02.（2 3 1 4）

108. ～だの～だの

接続：名詞／イ形容詞い／動詞常體＋だの
翻訳：又是…又是…。
説明：此句型以「Ａだの、Ｂだの」的形式，來列舉事物。語意接近「～とか、～とか」。但「だの」多半使用於否定、負面的語意表達上，且有時含有說話者認為「繁雜、撈叨」的語氣在。若與格助詞並用時，格助詞置於第二個「だの」的後方。

・あの人はネックレスだのイヤリングだの、アクセサリーをいっぱい身に付けていて、まるでバブル時代の女性みたい。
（那個人全身配戴著一堆飾品，又是項鍊又是耳環的，看起來就像是泡沫時代的女性。）

・私がアメリカに留学している間、母は海苔だのせんべいだのと、頻繁に送ってくれていた。
（我在美國留學的期間，母親常常寄了一堆東西給我，又是海苔又是煎餅之類的。）

・彼は詐欺で得た金をパチンコだの、キャバクラだのに使っていたようだ。
（他好像把詐欺騙來的錢，拿去花在打小鋼珠跟酒家。）

・部屋を片付けろだの、勉強しろだのと親にしつこく言われて、気が滅入った。
（爸媽一天到晚都在那裡唸，叫我要整理房間，叫我要讀書，實在聽了很煩。）

・食事が冷たいだの、熱いだの、くだらないことを言うでない。
（不要在那裡說一些無聊的事，講什麼飯菜很冰冷、很熱之類的。）

・疲れただの眠いだの言わずにやるべきことは今日中にやってしまいなさい。
（別在那裡說什麼很累很想睡，應該做的事就趕快在今天做完。）

排序練習：

01. 妹は、結婚相手の条件にルックスだの ＿＿＿ ＿＿＿ ＿＿＿ ＿＿＿ 希望ばかりを言っている。

1. 贅沢な　2. だの　3. 年収　4. と

02. 彼女は買い物に ＿＿＿ ＿＿＿ ＿＿＿ ＿＿＿ 買ってくる。

1. 服だの化粧品だの　2. ほど　3. 持ちきれない　4. 出かけると

解01.（3 2 4 1）　02.（4 1 3 2）

109. ～わ～わ

接続：①イ形容詞い／動詞普通形＋わ　② 動詞原形＋わ
翻訳：① 又是…又是…。② 一直重複Ａ／除了Ａ，還是Ａ。
説明：① 此句型以「Ａわ、Ｂわ、（Ｃわ）」的形式，來列舉出不好的事情同時發生。口氣中帶有「說話者的抱怨、感到很衰」的語氣，且暗示「不只Ａ、Ｂ兩事，還有其他不好的事發生，僅是列舉出兩個來說明」的語感。② 若以相同動詞「Ａわ、Ａわ」的形式，則強調「同樣的一件事一直重複發生，且程度頻繁到讓說話者感到驚訝」。

①・昨日、会議で課長に叱られるわ、事はうまくいかないわで、さんざんな一日だった。
（昨天，在會議上被課長罵，然後事情又不順利，實在是悲慘的一天。）

・今週は、海外出張が急に決まるわ、取引先との契約はあるわで、大変な一週間だった。
（這個星期，突然要海外出差，又要和客戶簽約，實在是忙碌的一週。）

・何だ、このタピオカミルクティーは！ミルクティーの味は薄いわ、タピオカは硬いわ、とても飲めたもんじゃない。
（這珍奶是什麼鬼啊，奶茶的味道太淡，珍珠又很硬，這能喝嗎？）

・あいつは派遣社員のくせに、仕事はサボるわ、無断欠勤はするわ、言い訳はするわ、やる気はないわで、絶対に本採用してやるものか。
（那傢伙明明就只是個派遣社員，居然又是翹班、又是無故缺勤、又愛找藉口、又沒幹勁，絕對不會採用他當正式員工。）

②・断捨離できずにいて、部屋に品物が溜まるわ溜まるわ、気付けば床が見えなくなってしまった。
（我一直無法斷捨離丟東西，導致房間的物品越堆越多，不知不覺中已經看不到地板了。）

・ハロウィーンに渋谷に出かけたら、仮装した人がいるわいるわの大騒ぎ。
（萬聖節去了澀谷，看到了一堆變裝的人，好不熱鬧。）

・初めて連れてこられた彼女の家で、父親相手に飲むわ飲むわ。勧められるままに、何の遠慮もなく、あきれる程つぶれるまで飲んでしまったのでした。

（第一次被帶去女朋友家時，跟她的父親一直喝酒，任憑她父親勸酒，我不客氣地一直喝，喝到煩，喝到攤掉。）

・偽札を作っているとの通報を受け、捜査当局は工場を捜索した。すると出るわ出るわ、偽の 10000 円札が床にずらりと。

（搜查當局接獲印製假鈔的報案，搜索了工廠。然後果然找到了一堆假的一萬元鈔票，排滿了地板。）

排序練習：

01. 今週は社内研修があるわ、確定申告の締め切り ＿＿ ＿＿ ＿＿ ＿＿ 、寝る間もない。
　1．わ　2．で　3．近い　4．は

02. あいつを ＿＿ ＿＿ ＿＿ ＿＿ 出てくるわ、恐喝、詐欺、暴行など、数え切れない罪の数々が。
　1．出て　2．みたら　3．くるわ　4．調べて

解 01.（4 3 1 2） 02.（4 2 1 3）

110. ～つ～つ

接続：動詞~~ます~~＋つ

翻訳：互相…。交替…。

説明：此句型以「～つ～つ」的型態來表達「動作交替進行」。使用的動詞都會是「語意正反的兩個詞彙」或者「一為主動、一為被動」。如：「浮きつ沈みつ（浮浮沈沈）」、「押しつ押されつ（你推我擠）」…等。能使用的詞彙非常有限，除了上述以外，僅有「行きつ戻りつ、持ちつ持たれつ、抜きつ抜かれつ、追いつ追われつ」等數種約定俗成的慣用形式。

・我々はお互いに持ちつ持たれつの関係にある。
（我們兩個是魚幫水、水幫魚，互相扶持的關係。）

・カウンター席もあり、一人でふらっと飲みに行くもよし、二人で差しつ差されつ飲むもよし。
（這間店有吧台座位，一個人順道晃過去喝也可以，兩個人互相倒酒聊天也行。）

・携帯電話キャリアを比較すると、累計加入者数こそA社が群を抜いているものの、毎月の純増数では、A、B両社が抜きつ抜かれつの競争を繰り広げている。
（比較了行動電信公司，在累計總簽約客戶的人數，A 公司雖然遙遙領先群雄，但如果是每個月客戶淨增加人數的話，AB 兩間公司處於你追我趕的激烈競爭當中。）

・寒さが行きつ戻りつしている最近の気候ですが、皆さんいかがお過ごしでしょうか。
（最近的天氣一下變冷一下回溫，各位別來無恙？）

排序練習：

01. 世論調査を見ると、両候補の支持率は、＿＿＿ ＿＿＿ ＿＿＿ ＿＿＿ 大接戦だった。

1．つ　2．の　3．追い　4．追われつ

02. 人生は自然という川の中で ＿＿＿ ＿＿＿ ＿＿＿ ＿＿＿ のようなものだ。

1．している　2．うたかた　3．沈みつ　4．浮きつ

解01.（3 1 4 2）　02.（4 3 1 2）

111. かれ～かれ

接続：イ形容詞~~い~~＋かれ
翻訳：多少…。遲早…。無論好壞…。
説明：此句型源自於文言形容詞。現代文中，只會使用「多かれ少なかれ（多少）」、「遅かれ早かれ（遲早）」、「良かれ悪しかれ（無論好壞）」三組而已。請將其看作是副詞，當作慣用表現記住即可。

・外国での生活は、多かれ少なかれ、カルチャーショックを感じるものだ。
（在國外生活，多少都會感到文化衝擊。）

・仕事を辞めてからしばらく無職を満喫するのもありだとは思いますが、大半の人はお金を稼がないと生活ができない為、遅かれ早かれ就職活動を始めると思います。
（辭掉工作後，暫時享受一下沒有工作的生活倒也不為過，但大多數的人只要不賺錢，就無法生活，遲早都得開始找工作的。）

・スマホの OS がアップデートされ、外観や操作性が大きく変わりました。私はデジタル機器が大好きなので良かれ悪しかれ、変化そのものを楽しむことができますが、誰もが変化を受け入れられるわけではありません。
（智慧型手機的作業系統更新升級了，外觀跟操作性能上改變了許多。因為我還蠻喜歡數位機器的，因此無論好壞，我都很享樂於它的改變，但並不是所有的人都能夠接受改變。）

排序練習：

01. 人間は誰しも、 ＿＿＿ ＿＿＿ ＿＿＿ ＿＿＿ 。
　1. 持っている　2. 少なかれ　3. 心に闇を　4. 多かれ

02. 会社を辞める時、上司から ＿＿＿ ＿＿＿ ＿＿＿ ＿＿＿ 全然驚かないと言われた。
　1. ので　2. と思ってた　3. 辞める　4. 遅かれ早かれ

解 01.（4 2 3 1）　02.（4 3 2 1）

112. ～も～も

接続：動詞原形／ない形＋も
翻訳：要不要／會怎樣，全憑…。
説明：此句型使用「～も、～も」的形式，來表達「無論如何，全憑…」。多半使用「同一動詞的肯定與否定形」或「兩個相反的詞彙」。後方經常伴隨著「～次第だ、～にかかっている」等表現，來表達「要不要？怎麼做？全部取決於你」。

・就職するも進学するもあなた次第ですから、よく考えた上で結論を出してください。
（要就職還是要繼續升學，全憑你自己的意思，請你仔細思考後再提出結論。）

・マンションでしたら、転勤の場合は売るも賃貸に出すも二つの選択肢がありますが、戸建ての場合はなかなか借り手や買い手が見つかりません。
（如果是華廈大樓的話，如果你要調職，看是要賣掉還是要出租，兩個選項都可以。但如果是透天的話，要找到買方或租客都很不容易。）

・このプロジェクトが成功するもしないも、リーダーの君にかかっていると課長に言われ、かなりプレッシャーを感じた。
（我被課長說「這個企劃案會不會成功，全看作為領導的你了」。壓力超大阿。）

・私が軍隊にいた頃は、教育期間中は、朝昼晩の三食を必ず食べなければならないというルールでしたが、部隊配属されてからは食べるも食べないも個人の自由でした。
（當我在軍隊時，訓練期間中，有規定一定要吃三餐，但一旦下了部隊後，吃不吃就是個人的自由了。）

辨析：

若以「A（肯定）も、A（否定）もない」或「A（肯定）も、何もない」的型態，則用於對話文中，告知對方「沒有做不做這件事的問題」、「問題根本不在這」。

A：お疲れ様です。まだお帰りにならないのですか。
（A：辛苦了。你還不回家嗎？）
B：ま、自宅が店の上なので、帰るも帰らないもないですけどね。
（B：我家就在店面樓上，也沒有回不回家的問題。）

A：お正月には地元にお帰りになりますか。

（A：你新年的時候會回去鄉下嗎？）

B：私は地元が東京なので帰るも何もないんですよ。

（B：我是東京出身的，也沒有回不回去的問題。）

辨析：

若單以一個「動詞原形＋も」，則表達逆接，意思相當於「～が」。

- **花粉飛散量は昨年より減少するも（＝減少したが）、症状は昨年と同程度という人がアンケートの調査で半数を超えた。**

  （雖然花粉飛散量比起去年還少，但在問卷調查中，卻有超過一半以上的人回答其症狀跟去年程度相當。）

排序練習：

01. 投票に ＿＿＿ ＿＿＿ ＿＿＿ ＿＿＿ 、他人がどうこう言うものじゃありません。

  1. 自由だから　2. 本人の　3. 行かないも　4. 行くも

02. 勝つも ＿＿＿ ＿＿＿ ＿＿＿ ＿＿＿ 。また来年頑張ればいい。

  1. 運だ　2. 時の　3. 負ける　4. も

解01.（4 3 2 1）　02.（3 4 2 1）

21 單元小測驗

1．優勝候補のあの二人は、ゴール直前で（　　）の大接戦となった。

1　抜きつ抜かれつ　　2　抜くわ抜かれるわ
3　抜くなり抜かれるなり　　4　抜くも抜かれるも

2．そんなに暇なら、漫画を（　　）テレビを（　　）したらどう？

1　読むわ／見るわ　　2　読むなり／見るなり
3　読みつ／読まれつ　　4　読むだの／見るだの

3．あなたのその病気は、（　　）手術しなければいけないんでしょう？だったら早く日程を決めちゃえば心の準備もできるのに。

1　遅くも早くも　　2　遅いわ早いわ
3　遅かれ早かれ　　4　遅ければ早ければ

4．子供の頃に母にピアノ（　　）、英語（　　）、いろいろ習わされたが、殆ど覚えていない。

1　といい／といい　2　につけ／につけ　3　なり／なり　4　だの／だの

5．朝からバスに乗り遅れる（　　）、スマホは落とす（　　）、まったくろくなことはない。

1　も／も　2　わ／わ　3　なり／なり　4　だの／だの

6．どんなに地元が好きでも、一度は大都会に出て、外から住み慣れた町を見ることを若い方達にはお勧めします。その上で、地元に帰る（　　）帰らない（　　）本人次第です。

1　も／も　　2　わ／わ
3　だの／だの　　4　というか／というか

7．彼は彼女の ＿＿＿ ＿＿＿ ★＿＿＿ ＿＿＿ 考えていた。

1　家の前を　　2　行きつ戻りつ
3　しながら　　4　プロポースの言葉を

8. もし ＿＿ ＿＿ ＿★＿ ＿＿ ください。
   1　わからないこと　　2　に聞いて
   3　があれば　　4　同僚なり先輩なり

9. 別に、 ＿＿ ＿＿ ＿★＿ ＿＿ わ。彼のせいじゃないんだから。
   1　許さないも　　2　彼を　　3　ない　　4　許すも

10. 同性愛者の方たちは多かれ ＿＿ ＿＿ ＿★＿ ＿＿ ではないかという、生涯解消できないであろう苦悩を抱えている。
   1　周囲の人間が理解してくれても　　2　少なかれ
   3　社会的には自分たちは異端者　　4　自分の性向についてどんなに

< 第五篇 > 其他重要品詞

22

第 22 單元：連語 I

113. ～なくしては
114. ～なしに（は）
115. ～ならでは
116. ～ながら
117. ～あっての

本單元介紹五個 N1 常考的連語。所謂的連語，指的就是將兩個字詞以固定形式合併使用。同學們只要當它當作是固定句型記憶即可。

第 22 單元： 連語 I

113. ～なくしては

接続：名詞／動詞原形こと＋なくして（は）
翻訳：如果沒有…就…。
説明：此為「假定表現」，用於表達「如果沒有前面這件事（少掉了前面這件事），後句則無法成立／難以實現」。後句多接續否定含義的詞彙。屬於文言、生硬的表現。

・企業は、株主からの承認なくしては会社運営を進めることができません。
（企業如果沒有獲得股東的承認，就無法推行營運。）

・弊社の業務におきまして、ビジネスパートナー様のご支援なくしては成り立ちません。皆様に深く感謝申し上げます。
（在敝公司的業務上，若沒有各位生意夥伴的支援，是無法做下去的。在此向各位表達深深的謝意。）

・人間は愛なくしては生きられないものです。
（人類沒有了愛，是活不下去的。）

・1950 年代から 60 年代というジャズ黄金期は、彼なくしては存在し得なかったと言っても過言ではない。
（如果沒有他，則從 1950 到 60 年代的爵士黃金期就不會存在。這麼說一點也不會言過其實。）

・何をするにしても、努力することなくして成し得ることはない。
（無論做什麼，只要不努力，什麼都辦不到。）

辨析：

本句型為『穩紮穩打！新日本語能力試驗 N2 文法』第 63 項文法「～ことなしに～」的類義表現。前者「～ことなしに」較為口語，本項「～なくして」較為生硬。使用動作性名詞時，可互相替換，但替換後語意不太一樣。「～なくして」為「～失くす」這個字來的，因此語意比較接近「少掉了」；而「～ことなしに」語意為「～ないで」，因此語意比較接近「不做 A…就不會」。

○ **努力なくして成功はあり得ない。**
（如果少掉了「努力」這個要素，是不可能成功的 。）

○ **努力することなしに成功はあり得ない。**
（如果不做「努力」這個動作，是不可能成功的 。）

○ **好奇心なくして成功はあり得ない。**
（如果少掉了「好奇心」這個要素，是不可能成功的 。）

× **好奇心することなしに成功はあり得ない。**
（「好奇心」非動作性名詞，不可使用「ことなしに」。）

排序練習：

01. スタッフ達の ＿＿ ＿＿ ＿＿ ＿＿ 成り立たないのです。
 1. 努力　2. なくしては　3. ぬかりない　4. この事業は

02. 「大学に行きたい」 ＿＿ ＿＿ ＿＿ ＿＿ 耐えられません。
 1. なくしては　2. という　3. 強い意志　4. 受験勉強の辛さには

解01.（3 1 2 4）　02.（2 3 1 4）

114. ～なしに（は）

接続：名詞／動詞原形こと＋なしに（は）

翻訳：不做…就…。

説明：① 以「A なしに、B」的型態，來表達「不做前項動作，就做後項動作」、「在沒有做前項動作的狀況之下，就做後項動作」。而前面接的事情，大多是「正常情況下會做的」、「義務上、常識上理所當然要做的」。因此此用法也常用於責罵對方「這應該要做的是，你卻沒做…」。② 以「A なしには、B ない」的型態，來表達「如果沒有前面這件事（少掉了前面這件事），後句則無法成立／難以實現」。此用法與第 113 項文法「～なくしては」意思相同，兩者可替換。「涙なしには～ない」則為慣用表現，意指某作品／故事很感人、催淚。亦可替換為「涙なくして～ない」。

①・断りなしに、いきなり人の家に行くのは非常識だ。
（不事先講一聲，突然跑到人家家裡去，是很沒常識的。）

・ノックなしに、私の部屋に入らないでください。
（不要沒敲門就進來我的房間。）

・当社は、本サービスを当社の判断により、事前の連絡なしに中断する場合があります。
（在經由本公司的判斷後，本公司有可能在沒有事先知會的情況下，就中斷本服務。）

・「写真結婚」というのは、一度も相手に会うことなしに写真だけを頼りに、相手を決めて結婚することだ。
（所謂的「照片結婚」，指的就是在沒有當面見到對方，光憑相片，就決定結婚的對象。）

②・企業は、株主からの承認なしには、会社運営を進めることができません。
（企業在沒有獲得股東承認的情況下，是無法推行營運的。）

・人間は愛なしには生きられないものです。
（人類沒有愛是活不下去的。）

・もちろん才能は必要でしょうが、その才能も努力なしには開花しません。
（當然才能很重要，但就算空有才能，不努力還是無法開花結果。）

・あの監督の新作映画は、<u>涙なしには</u>／<u>涙なくしては</u>見られ<u>ない</u>。
（那個導演的新電影，看了一定會淚流滿面。）

排序練習：

01. ＿＿＿ ＿＿＿ ＿＿＿ ＿＿＿ に入ってはいけません。
　1. に　2. なし　3. この部屋　4. 許可

02. 先生方のご指導や ＿＿＿ ＿＿＿ ＿＿＿ ＿＿＿ 、論文を書き上げられなかっただろう。
　1. なし　2. には　3. 助け　4. 友人の

解01.（4 2 1 3）　02.（4 3 1 2）

115. ～ならでは

接続：名詞＋ならでは
翻訳：只有…才有的。獨特的。
説明：① 以「Aならではの＋名詞」的形式，來表達「此名詞為A獨有的」。意思是「只有A，才會有的」。「正因為是A，才會這麼好」。② 以「Aならでは、動詞ない」的形式，來表達「如果不是A，就無法達到…的動作」。兩種用法當中，A 可以是「一流レストランのシェフ／子供」等特指某一群體的名詞，亦可以是「あのシェフ／うちの子」等特指某一特定人物的名詞。口氣中也多帶有說話者給予的高度正面評價。常用於商家的廣告或宣傳。

①・美味(おい)しいね。さすがミシュラン三(み)つ星(ぼし)レストランのシェフならではの味(あじ)だ。
（真好吃。真不愧是米其林三星餐廳的主廚才有的好味道。）

・この絵(え)には子供(こども)ならではの無邪気(むじゃき)さがある。
（這幅畫，有著小孩獨特的天真無邪感。）

・この湖(みずうみ)でとれる魚(さかな)を使(つか)った、この地方(ちほう)ならではの料理(りょうり)の数々(かずかず)をご賞味(しょうみ)ください。
（請品嚐使用在這個湖所釣到的魚所做的，這地方獨特的各種料理。）

・それは外国人(がいこくじん)ならではの発想(はっそう)だね。すごいですね。
（那個點子只有外國人才想得到。真厲害。）

其他型態：

～ならではだ

・そういうものの見方(みかた)は、外国人(がいこくじん)ならではだね。さすがです。
（那樣看事情的角度，只有外國人才有的。真厲害。）

②・美味(おい)しいね。さすがミシュラン三(み)つ星(ぼし)レストランのシェフならでは出(だ)せない味(あじ)だ。
（真好吃。真不愧是米其林三星餐廳的主廚才做得出來的好味道。）

・この絵(え)には子供(こども)ならでは思(おも)いつかない無邪気(むじゃき)さがある。
（這幅畫，有著小孩才想得到的天真無邪感。）

・本日のお薦めは苺タルトと白桃ケーキ。どちらもこの季節ならでは味わえない旬のケーキでした。
（今天的推薦菜單是草莓塔以及白桃蛋糕。這都是這個季節才品嚐得到的盛產季的蛋糕。）

・あの作者のミステリー小説は殆ど読んでいるが、近刊の「イロハ殺人事件」は元警察官だった作者ならでは書けなかった素晴らしい物語だ。
（那個作者的推理小說我幾乎都讀過了，而最近出的那本「伊呂波殺人事件」，真不愧是曾經做過警官的作者才寫得出來的佳作。）

排序練習：

01. この奇想天外な作品は______ ______ ______ ______ 発想だ。
1．子供　2．なら　3．の　4．では

02. あれは ______ ______ ______ ______ 雅やかな風景だった。
1．秋の京都　2．なら　3．では　4．味わえぬ

解01.（1 2 4 3）　02.（1 2 3 4）

116. ～ながら

接続：名詞／動詞~~ます~~＋ながら
翻訳：保持…的樣子。
說明：此句型用於表達「樣態」，意思是「前接的狀況不變、持續」。多用於慣用表現，如「涙ながら（淚流滿面的樣態）」、「生まれながら（にして）（與生俱來）」、「昔ながら（一如往昔）」、「いつもながら（如平常一樣）」。

・二股騒動で記者たちに囲まれた元議員 A さんが涙ながらに謝罪した姿は、今でも鮮明に覚えています。
（因為腳踏兩條船而被記者包圍的前議員 A 先生，他淚流滿面謝罪的樣子，到現在都還讓人記憶深刻。）

・江戸時代に城下町として栄えた川越は「小江戸川越」とも呼ばれ、今もなお、蔵造りをはじめとした昔ながらの町並みが残っています。
（在江戶時代作為城下町而繁榮的川越，被稱作「小江戶川越」，至今仍留存著藏造建物等，仍保有一如往昔的街景。）

・人は生まれながら平等であると言われているが、現実には大きな差がある。それはなぜであろうか。その理由は、学んだか学ばなかったかによるものである。
（雖說人人生而平等，但現實上每個人卻都有著很大的差別。那是爲什麼呢，理由就是在於到底這個人有沒有讀書學習。）

・いつもながら美味しい食事と家庭的なもてなしで最高な保養ができましたことをありがたく思います。
（一如往常的美味料理，以及居家氛圍的招待，讓我能好好休養身體，真是非常感謝。）

辨析：

「ながら」在語意上，總共有三種不同的用法。本項文法為「保持著…樣子」的用法，前接固定的慣用詞彙；『穩紮穩打！新日本語能力試驗 N2 文法』第 104 項文法則為「逆接」用法，前接「狀態動詞、形容詞、名詞」；N5 學習到的則是「同時進行」的用法，前接「持續動詞」。
（詳見 N2 專書第 222 頁說明）

【ながら（同時）——　N5】

- **音楽を聴きながら、勉強します。**
（一邊聽音樂，一邊讀書。）

- **お茶でも飲みながら、話しましょう。**
（我們一邊喝茶，一邊來聊天吧。）

【ながら（逆接）——　N2】

- **何もかも知っていながら、教えてくれない。**
（他明明什麼都知道，但卻不告訴我。）

- **狭いながらも楽しい我が家。**
（即便狹小，也是我的快樂的家庭。）

【ながら（樣態）——　N1】

- **彼は、生まれながらにして足に麻痺があり立つことができず、障害者として生きてきました。**
（他出生時就因為腳的麻痺而導致無法站立，而作為一個身障者活了下來。）

- **このメーカーの日本酒は、昔ながらの製法で手間と時間をかけて造られています。**
（這間酒廠的日本酒，是依照古傳的手法，花很多功夫以及時間所釀成的。）

排序練習：

01. バスが来ると、小春ちゃんは「またいつでも戻ってらっしゃい」 ＿＿＿ ＿＿＿ ＿＿＿ ＿＿＿ キスしてくれた。
　1. ながら　2. 涙　3. に　4. と

02. 昨日は親睦会に参加させていただき有難うございました。 ＿＿＿ ＿＿＿ ＿＿＿ ＿＿＿ 感謝いたしております。
　1. お心遣いに　2. いつも　3. ご親切な　4. ながらの

解01.（4 2 1 3）　02.（2 4 3 1）

117. ～あっての

接続：名詞＋あっての
翻訳：（正因為）有…才有…。
説明：此句型以「A あっての B」的形式，來表達「因為有 A，才會有 B」。帶有「如果沒有 A，則 B 就不可能成立」的語氣，來強調 A 的重要性。A 與 B 皆為名詞。

・国民あっての政府だろ。誰の金で三食食べていけていると思っているのだろうか。
（有國民，才有政府吧。他們以為是靠誰的錢在吃飯啊？）

・鈴木課長あっての今の私です。課長がこの会社を辞めるなら私も辞めます。
（有鈴木課長，才有今天的我。如果課長要辭去這間公司，那我也辭職。）

・お客様あってのあなたの仕事でしょう。お金をもらっている以上、言い訳ばかりでなくプロ意識を持って責任のある仕事をしてほしい。
（有客人，才有你這份工作。既然你有收錢，就不要光是找藉口，希望你用專業的態度，對工作負責。）

・新しい学年度のスタートにあたり、教職員には、生徒あっての学校、学校あっての教員との思いに立って、生徒の将来のためにどうしたらいいのかを第一に考え、丁寧な指導を実践していただきたい。
（正值新的學年度開始，希望教職員們要知道，有學生才有學校，有學校才有老師，要有這樣的想法，一切以學生的將來為第一考量，謹慎仔細指導每位學生。）

排序練習：

01. 離婚？私 ＿＿＿ ＿＿＿ ＿＿＿ ＿＿＿ の？いいわよ、さようなら！
　1. じゃなかった　2. の　3. あって　4. あなた

02. お金がないと愛も冷めます。 ＿＿＿ ＿＿＿ ＿＿＿ ＿＿＿ です。
　1. 愛　2. の　3. あって　4. お金

解 01.（3 2 4 1） 02.（4 3 2 1）

22 單元小測驗

1．ヨーロッパ最古を誇るこのホテルのサービスには、老舗ホテル（　　）ホスピタリティーが感じられる。

1　ならではの　　2　なしにはの　　3　あっての　　4　なくしてはの

2．社長は労働条件に問題はないとお考えのようだが、私はそうは思わない。労働条件の改善（　　）何が業績向上だ。

1　ながらに　　2　あっての　　3　ならでは　　4　なくして

3．国の経済は、鉄道などのインフラに依存している。国全体に広がる交通網（　　）成り立たない。

1　ならでは　　2　なくしては　　3　といえども　　4　はさておき

4．親友は、私が一番困っている時に、何も聞くこと（　　）、100 万円を貸してくれた。

1　なしに　　2　なくしては　　3　なくて　　3　ないで

5．仕事をクビになり、恋人とも別れ、様々な苦難に（　　）諦めることなく頑張っていく主人公の姿は格好良かった。

1　遭うことなくして　　2　遭いながらも
3　遭うことなしに　　4　遭ったかというと

6．弊社がここまで成長できたのも、お客様（　　）のことと感謝しております。

1　にして　　2　として　　3　あって　　4　なくして

7．社長は自分では何も考えていないくせに、「常に新しいアイディアを考え続けることが大事だ。それ ＿＿＿ ＿＿＿ ＿★＿ ＿＿＿ ない」といつも言っている。

1　望みようも　　2　会社の成長　　3　など　　4　なくして

8．同僚は、みんな ＿＿＿ ＿＿＿ ＿★＿ ＿＿＿ 話題が弾んで、
会社にいると楽しいです。

1　こともあって　　2　ならではの　　3　同世代　　4　年が近い

9．鈴木師匠は私の恩人です。今の ＿＿＿ ＿＿＿ ＿★＿ ＿＿＿ ことです。

1　あっての　　2　あるのも　　3　私が　　4　師匠

10．先日、父に自分が編んだセーターをプレゼントした。大きすぎて
＿＿＿ ＿＿＿ ＿★＿ ＿＿＿ 気に入ってくれているのかもしれない。

1　と言いながらも　　2　ところを見ると
3　着づらい　　4　毎日着ている

< 第五篇 > 其他重要品詞

23

第 23 單元：連語 II

118. ～として～ない
119. ～とする
120. ～ともなく
121. ～と相まって

本單元延續上一單元，介紹四個 N1 常考的連語。其中，以第 119 項文法「～とする」的用法最多，會隨著前接的品詞或時制或是本身的形態是「～とする」還是「～として」，會有不同的語意。這項算是新制考試當中蠻常考出的一項文法，建議多花點時間學習。

第 23 單元：連語 II

118. ～として～ない

接続：數量詞＋として
翻訳：連（一個）也沒有
説明：前方使用「表最小、極少的數量詞」，如「一つ、一日、一人、一枚…」等，後句使用否定表現。以「數量詞＋として～ない」的形式，來表達「完全沒有、一點也沒有…」的全盤否定之意。數量詞「一人、一つ」經常配合疑問詞「誰、何」使用，以「誰一人／何一つ＋として～ない」的形式表達。若配合疑問詞使用時，亦可省略「として」。

・君と別れて三年間、俺は一日として君のことを忘れたことはない。
（和你分手後的這三年，我沒有一天忘記你。）

・独身のこの三年間、誰一人（として）、私を思ってくれる人はいなかった。
（單身的這三年，沒有任何一個人為我著想／喜歡我。）

・君はあんなに尽くしてくれたのに、俺は君の写真を一枚として残していない。
（你為我付出了那麼多，但我卻連你的一張照片都沒留著。）

・今になっても、俺たちがなぜ別れたのか、理由が何一つ（として）わからない。
（即便到了今日，我還是不明白／我想不出任何原因，為什麼我們會分手。）

辨析：

第 56 項「～といえども」的第 ② 種用法，後面接續說話者「不願意、不能、不准…」的口氣；本項文法「～として～ない」用於表達說話者的「全盤否定、絲毫不」之意，兩者意思不同，不可替換。

- **1秒(びょう)といえども、時間(じかん)を無駄(むだ)にしてはいけない。**
（即使只是一秒鐘，都不能浪費。）

- **1秒(びょう)として、あなたを忘(わす)れたことはない。**
（我連一秒鐘都不曾忘記過你。）

排序練習：

01. この店はブランド品ばかりで、一つ ＿＿＿ ＿＿＿ ＿＿＿ ＿＿＿ ない。
1. 私が　2. 買える　3. ものは　4. として

02. ＿＿＿ ＿＿＿ ＿＿＿ ＿＿＿ を支持する人はいなかった。
1. 与党の提出した　2. 経済政策　3. 一人　4. 誰

解01.（4 1 2 3）　02.（4 3 1 2）

119. ～とする

接続：① 名詞＋とする　② 動詞原形＋とするか
　　　③ 動詞た形＋として　④ 普通形＋としても

翻訳：① 決定…，視為…。② 就做…吧。來做…吧。③ 由於…。④ 就算…也…。

説明：① 以「名詞＋とする」的形式，來表達「說話者決定某件事情、某個規則」。② 以「動詞原形＋とするか」的形式，來表達「說話者輕微地決定要採取某行動」。③ 以「A＋として、B」的形式，來表達「A為B的理由」。意思是「之所以做B／發生B、其理由為A」。多用於新聞報導等生硬的文章，且多為負面的事情。④ 以「A＋としても、B」的形式，來表達「即使做了A／即使A為事實，B這個結果也不會因此而有所改變」。此用法為「として」假設的用法（參考『穩紮穩打！新日本語能力試驗 N3 文法』第 136 項文法），加上逆接的「も」而來。

①・参加予定の皆さまには、大変ご迷惑をおかけいたしますが、台風接近のため、明日のイベントは中止とします。
（對於預定要參加的各位，給各位添麻煩了，因為颱風接近，明天的活動終止。）

・午前６時の時点で、「暴風警報」、「洪水警報」または「大雪警報」のいずれかでも発令されていれば自宅待機とする。自宅待機中、午前９時までに警報が解除された場合は、午前 10 時 30 分登校、３時限目より授業開始とする。
（早上六點時，若有發佈「暴風警報」、「洪水警報」或「大雪警報」其中一項，則請各位在家待命。自家待命時，若上午九點即解除警報，那麼請十點半來上學，從第三節課開始上課。）

②・さて、そろそろ行くとするか。
（差不多該出發了。）

・天気もいいし、別にやることもないし、今日は会社からゆっくり歩いて帰るとするか。
（天氣很好，也沒有其他的事情要做，今天就從公司慢慢走回家好了。）

・今日は疲れたし、明日も研修会が続くから、もう寝るとするか。お休み。
（今天也累了，明天也還有研修會，來睡覺吧。晚安。）

・田村：ねえ、中島君、もう遅いし、今日はここまでにしようよ。
（田村：喂，中島，已經很晚了，今天就做到這裡吧。）
中島：そうだね。じゃあ、残りは明日やるとするか。
（中島：也是，那剩下的部分就明天做吧。）

③・地域の再開発事業は、住民の同意を得ることなしに進めたとして、この町の住民が市長を訴えた。
（由於地方上的都市更新事業沒有經過住民的同意就推行，因此這個城鎮的居民告了市長。）

・大阪の小学６年生の女の子を誘拐したとして栃木県の 35 歳の男が逮捕された事件で、 警察は男の身柄を大阪に移し、詳しく捜査することにしています。
（由於誘拐了大阪的小學六年級女童而遭到逮捕的櫪木縣 35 歲男子，警察決定將他移送至大阪詳細調查。）

・ソウル西部地検は、８月にソウル市内で旅行中の日本人女性の顔を膝で蹴るなどの暴行をしたとして、韓国人の男を傷害などの疑いで逮捕・起訴したと発表した。
（首爾西部地檢發佈了一事：由於男子在八月份時用膝蓋踢傷了一名於首爾市內旅行的日本人女性的臉，因此將此韓國籍男子以傷害等嫌疑逮捕起訴。）

・昨年、行われた教員採用試験で、山梨県や山形県等の少なくとも４自治体で性的指向や宗教観を問う質問が含まれる心理テスト（適性検査）が実施されていたとして問題視されています。
（在去年實施的教職員錄用考試當中，由於至少有山梨縣跟山形縣等四縣的心理測驗中，含有詢問性傾向以及宗教觀的問題，因而被視為問題。）

④・今すぐ出発するとしても、終電には間に合わないだろう。
（即便現在出發，也趕不上末班電車。）

・保険なんて要らない。仮に私が病気で倒れたとしても、これだけ貯金があれば大丈夫だ。
（我不需要保險。即便我因病倒下，我有這麼多存款，沒問題的。）

・たとえ私が超のつく富裕層だとしても、ああいう超高層ビルの最上階に住みたいとは思わない。
（即便我是超級有錢人，我也不想要住在那樣超高層大樓的頂樓。）

辨析：

「～Aはいいとしても、B」為慣用表現，用於表達「A這件事倒還好／先不論A，但B就無法接受／不能忍受了」。

・**あの宿は、食事はいいとしても、サービスは心がこもっていない。**
（那間旅館，餐點倒還不差，但服務上完全沒有用心。）

排序練習：

01. チェックアウトの時間も近づいたし、そろそろ ＿＿＿ ＿＿＿ ＿＿＿ ＿＿＿ か。
1. と　2. 始める　3. する　4. 荷造りを

02. 渋谷で賭博を ＿＿＿ ＿＿＿ ＿＿＿ ＿＿＿ 含めた計15名が逮捕された。
1. 客を　2. として　3. 田中容疑者をはじめ　4. 開催した

解01.（4 2 1 3）　02.（4 2 3 1）

120. ～ともなく

接続：① 動詞原形＋ともなく　② 疑問詞＋助詞＋ともなく

翻訳：① 下意識地…。不經意…。② 不知…。

説明：① 以「動詞 A ともなく動詞 B」的形式，來表達「說話者並沒有特別目的、意圖或意識到 A，而做了 B 動作」。A 與 B 經常為相同語意的動詞或同一動詞，大多為「見る、聞く、言う、考える、眺める…」等語意的動詞。② 以「どこから／どこへ／いつから／誰から＋ともなく」…等固定形式，來表達「不知是從哪來／往哪去／從何時開始／從誰開始」的意思。

①・昨日、Facebook を見るともなく見ていたら、元彼が見知らぬ女性と抱き合っている写真が目にとまった。

（昨天看臉書看著看著，就看到了前男友抱著陌生女性的照片。）

・ラジオのニュース番組を聞くともなく聞いていると、どうやらインタビューを受けている男性は高校時代の同級生だったらしい。

（不經意地聽著新聞廣播，看來正在受訪的男性是我高中同學的樣子。）

・何をするともなく水平線を眺めたり、空ゆく雲を眺めては日がな一日を過ごすのが好きだった。

（我喜歡一整天不經意地眺望著水平線，看著天空飄浮的白雲。）

・何を考えるともなく庭を眺めていると、いつしか心安らぐ時間が流れています。

（什麼都沒想，不經意地看著庭院，不知不覺中就渡過了無憂無慮的時光。）

其他型態：

～ともなしに

・夜、考えるともなしに事件のことを考えていたら、犯行現場で挙動不審な人物が一人いたのを思い出した。

（晚上不經意地思考著事件的經過，突然想起了在犯罪現場有一個人行為舉止很怪異。）

②・最近、玄関に水を撒くと大きなトンボがどこからともなくやって来ます。
（最近，只要在玄關灑水，就會有大蜻蜓不知從何而來。）

・深い絶望感を抱いた彼女は、どこへともなく姿を消した。
（感到絕望的她，不知去了哪裡。）

・陰惨な争いが起きたこの場所は、いつからともなく「死の洞窟」と呼ばれるようになった。
（發生了淒慘爭奪的這個地方，不知何時開始，被稱作是「死亡洞窟」。）

・山に登れば「こんにちは」と挨拶するのがルールだと小さい頃に誰からともなく教わりました。
（小時候不知不覺中就被教導了，說爬上了山就必須要打招呼說「你好」。）

排序練習：

01. 何を ＿＿ ＿＿ ＿＿ ＿＿ いたら、突然目の前に飛行機が墜落してきた。
1. 窓の外を　2. 見る　3. 眺めて　4. ともなく

02. ＿＿ ＿＿ ＿＿ ＿＿ 、この辺りは夜になると若者が集まるようになった。
1. なく　2. いつ　3. から　4. とも

解01.（2 4 1 3）　02.（2 3 4 1）

121. ～と相まって

接続：名詞＋と相まって

翻訳：與…相結合。

説明：此句型以「Aは／が　Bと　相まって」或「Aと　Bとが　相まって」的形式，來表達「兩個要素互相作用、加乘，而得到更佳的效果」，因此只能用於正面的語境。口氣中帶有說話者「一加一不只等於二、甚至大於二」的語感。屬於較生硬的表現，多用於報章雜誌、評論或廣告。

・今年のゴールデンウィークは一度も雨が降らなかった好天気と相まって、各地の行楽地はすごい人出となった。

（今年的黃金週，正好遇到完全沒下雨的好天氣，因此各個觀光景點都人潮滿滿。）

・彼らのショーは優れた技がユニークな独創性と相まって、観客たちを魅了した。

（他們的表演會，融合了優秀的技巧與獨創性，使觀眾為之心醉。）

・この町は地下鉄の開通と駅周辺の再開発とが相まって、今後の更なる発展が期待できるでしょう。

（這個街區開通了地鐵，同時車站周邊也進行了都市更新，相信今後會有更大的發展。）

・政府の経済運営と、経済活動の主体である民間部門の自主的な経営努力とが相まって、我が国の経済は本格的な景気回復軌道に乗るものと期待されます。

（政府的經濟經營，再加上身為經濟活動主體的民間部門自己的努力經營，可以期待我國今後的經濟應該會步上景氣回復的正軌。）

排序練習：

01. 彼の優れたピアノの才能は ＿＿＿ ＿＿＿ ＿＿＿ ＿＿＿ ますます高まる一方だ。
　　1. 相まって　2. クールな　3. 人気は　4. ルックスと

02. 世の中を変えたい気持ちと地域に恩返しが ＿＿＿ ＿＿＿ ＿＿＿ ＿＿＿ 、今回の議員選挙に立候補した。
　　1. 相まって　2. とが　3. 気持ち　4. したい

解01.（2 4 1 3）　02.（4 3 2 1）

23 單元小測驗

1．S 社の元社員が 10 日、突然の解雇を不当（　　）、解雇取り消しを同社に求める提訴を起こした。

1　として　　2　にして　　3　ともなく　　4　と相まって

2．今回の会議で結論が出なかった議題については、次回改めて検討すること（　）いたします。

1　で　　2　が　　3　の　　4　と

3．今年は花粉の量が多い。目が多少かゆくなる（　　）、くしゃみが止まらないと仕事になかなか集中できない。

1　くらいでいいとしたら　　2　くらいはいいとしても

3　までにならないとしても　　4　までにならないとしたら

4．今朝家事をしながらテレビを見るとも（　　）見ていたら、家の近くの商店街が映っていた。

1　なくて　　2　なしに　　3　ないで　　4　相まって

5．現地まで足を運ばないと食べられないグルメは、旅行の思い出（　　）より一層美味しく感じられそうです。

1　ともなく　　2　とすると　　3　と相まって　　4　とあれば

6．元社員のメールアカウントに不正にアクセス（　　）、A 社の社長が逮捕された。

1　したとするとして　　2　しようとしたとして

3　したとするのに対して　　4　しようとしたのに対して

7．先ほどフリマアプリに出品しましたが、＿＿＿　＿＿＿　＿★＿　＿＿＿もらえず、出品名を変えてみたら、すぐに売れた。

1　見て　　2　一人　　3　誰　　4　として

8．就職難と、近年の厳しい ＿＿＿ ＿★＿ ＿＿＿ ＿＿＿ 子育てに不安感や負担感を抱く親が増えてきている。

1　経済的な理由から　　2　経済状況とが相まって
3　子供を育てる　　4　意欲を持っていても

9.　風来坊と ＿＿＿ ＿＿＿ ＿★＿ ＿＿＿ どこへともなく去っていく人のことです。

1　ともなく　　2　現れては　　3　いうのは　　4　どこから

10. 先月、A 市で発生した大規模な暴動の際に、市の ＿＿＿ ＿＿＿ ＿★＿ ＿＿＿ ３人を逮捕した。

1　建物を爆破した　　2　当局が　　3　首謀者　　4　として

24

第 24 單元：接辞

本單元延續『穩紮穩打！新日本語能力試驗 N2 文法』第 21 單元，介紹 N1 六個常見的接辞，本書介紹的這六項，全部接續於名詞後方。其中，第 122 項的「～めく」、第 126 項的「～びる」與第 127 項的「～ぶる」為動詞詞性，會有「～めいた」、「～びて」以及「～ぶっている」等活用型態。

122. ～めく

接続：名詞＋めく
活用：～めいた＋名詞
翻訳：帶有…的氣息、感覺。
説明：此接辞接續於名詞後方，用於表達「帶有此名詞的感覺、氣息」。名詞後方加上「～めく」後，品詞就相當於五段動詞（一類動詞），因此其活用就比照動詞。多以「～めいた＋名詞」的方式來修飾「言い方、言葉、話、こと、笑顔…」等名詞。

・だんだんと春めいてきましたが、まだ気温が上がったり下がったり不安定な日が続いています。体調など崩さないよう注意しましょう。
（逐漸有了春天的氣息，但氣溫仍上上下下，不安定的天氣仍持續著。請多多注意身體的健康狀況。）

・名画『モナリザ』を見て、なぜ彼女があのような謎めいた笑顔をしているのか、不思議に思う。
（看了名畫「蒙娜麗莎」之後，我覺得很不可思議，為什麼她會笑得如此神秘。）

・ああいう皮肉めいた言い方は部下を不快にさせることもあり、下手したらパワハラにもなりかねないから止めた方がいいでしょう。
（你講話那樣酸言酸語，可能會讓部下感到不舒服，一不小心還會構成權力霸凌，最好不要那樣講話。）

・ネットで何か書き込みする度に、冷やかしめいたコメントをしてくる人がいるので、ブログを書くのを止めました。
（每次在網路上面發表言論時，就會有人冷嘲熱諷地回覆，所以我決定不寫部落格了。）

排序練習：

01. 役所に電話相談をしたら、急に ＿＿＿ ＿＿＿ ＿＿＿ ＿＿＿ 。
1. 話を　2. めいた　3. 説教　4. された

02. ＿＿＿ ＿＿＿ ＿＿＿ ＿＿＿ が、山田君は会社が潰れたことを私に話した。
1. 言い方　2. 冗談　3. だった　4. めいた

解01.（3 2 1 4）　02.（2 4 1 3）

123. ～ずくめ

接続：名詞＋ずくめ

翻訳：盡是…。清一色…。

説明：此接辞漢字可寫為「尽くめ」，用於表達①「周遭、身邊盡是這樣的東西」（如：ご馳走ずくめ、黒ずくめ）、或是②「一直接續發生這樣的事」（如：めでたいことずくめ、働きずくめ）。能使用的詞彙多為固定形式的慣用表現，顏色類的就僅可使用「黒ずくめ」，因此「赤ずくめ、青ずくめ」皆為錯誤用法。

①・学校で銃撃事件が起きました。この高校に通う男子生徒が全身黒ずくめの格好で、何度も銃を発砲したということです。

（在學校發生了槍擊事件。在這間學校就讀的男學生，穿著全身黑，開槍開了好幾次。）

・今週は月曜からずっと人と食事をする機会があり、特に昨日、一昨日とご馳走ずくめで、まさに盆と正月が一緒に来たようでした。

（這個星期從星期一開始就一直有和人吃飯的機會，尤其是昨天、前天都吃大餐，宛如中元節與過年同時到來一般。）

②・教育も普及し、高等教育を受ける人がおびただしく増加した。しかし、めでたいことずくめのようでありながら、いつまでも一人前の人間にならない大きな子供も増えている。

（教育普及，受過高等教育的人也增加了許多。雖然這些看來盡是些好事，但是一直無法獨立的大小孩也增加不少。）

・当時は、毎日、朝から晩まで一件でも多く電話をかけてコンタクトを取り、時間の許す限り多くのお客さまを訪問するといった日々を送っていて、とにかく働きずくめでした。

（當時每天從早到晚能打多少電話就打多少電話，與客戶取得聯繫，只要時間許可，盡量就去拜訪客人。當時過著這樣的日子。一直在工作。）

辨析：

N2 第 111 項句型「～だらけ」用於表示「物體整體都被相同性質的東西覆蓋住」；N2 第 112 項句型「～まみれ」則是表示「表面上覆蓋、沾滿著讓人感到不舒服的液體或細小物質」，兩者多是「實質上的東西附著在表面」（有少數例外，請參考『穩紮穩打！新日本語能力試驗 N2 文法』一書）。而本句型「～ずくめ」則是表達「盡是、青一色、終其一生…」等這種並不是有東西附著在上面的慣用表現，且能夠使用「～ずくめ」的詞彙非常有限，因此「～ずくめ」不可替換為「～だらけ」或「～まみれ」。

排序練習：

01. 去年は就職、 ＿＿＿ ＿＿＿ ＿＿＿ ＿＿＿ だった。
    1. いい　2. ずくめ　3. こと　4. 結婚と

02. 毎日 ＿＿＿ ＿＿＿ ＿＿＿ ＿＿＿ もなかった。
    1. デートする　2. 暇　3. 残業　4. ずくめで

解 01.（4 1 3 2） 02.（3 4 1 2）

124. ～ぐるみ

接続：名詞＋ぐるみ
翻訳：全…。總…。
説明：此接辞源自於動詞「包む（總括、包含）」，用於表達「全部、包含、包括…在內、都一起來做某事」之意。常以「～ぐるみで＋動詞」、「～ぐるみの＋動作性名詞」的型態使用。「身ぐるみ剥がされる（全身（錢財）被扒光）」為慣用表現。

・町ぐるみの改革で、今や移住してくる人が増えています。
（因整個城鎮的改革，現在移居過來的人也變多了。）

・同僚や部署内でのいじめなら、上司に訴えることで収束する可能性もありますが、組織ぐるみ、会社ぐるみで行われるいじめなら、社内で解決することは難しいでしょう。
（如果是同事或是部門內的霸凌，或許跟上司訴求就有可能改善，但如果是整個組織或者整個公司都一起施行的霸凌，恐怕要在公司內部解決就很困難了。）

・近年、次から次にアパートが建てられています。土地を持っている人が相続対策で建てている人も多いでしょうが、土地を持っていない人がアパートを土地ぐるみで買おうとすると利回りが回らない場合が殆どだ。
（近幾年接連許多公寓完工。這當中應該有許多地主是為了節省遺產稅而興建的，但如果你本身並不擁有土地，還連同土地一起買了公寓的話，大部分的情況就是投報率會差到租金無法償還房貸。）

・ある台湾人は「中国に行ったら、親戚がたくさん現れて、身ぐるみ剥がされるから怖くて行けない」と語っていた。
（有個台灣人說：「去了中國後，會出現了一堆親戚，然後把你全身財產扒光光，很恐怖，所以不敢去」。）

24

排序練習：

01. 町 ＿＿＿ ＿＿＿ ＿＿＿ ＿＿＿ が効を奏し、ゴミの量は去年同期に比べ、1/3 にまで減った。

1. ゴミを　2. 運動　3. 少なくする　4. ぐるみの

02. 結婚おめでとう。 ＿＿＿ ＿＿＿ ＿＿＿ ＿＿＿ 楽しみにしています。

1. 仲良くできる　2. これからも　3. のを　4. 家族ぐるみで

解 01.（4 1 3 2）　02.（2 4 1 3）

125. ～がらみ

接続：名詞＋がらみ
翻訳：牽扯…。
説明：此接辞源自於動詞「絡む（糾纏、纏繞）」，用於表達「與前接名詞有密切的關係、糾葛」之意。多用於「牽扯到不好的事情」。

・国境地帯では、過去に何度か少数民族がらみの問題で、衝突がありました。
（在邊疆地區，過去有幾次牽扯到少數民族問題的衝突。）

・前回の選挙と比べて、選挙がらみの不正行為や不適切発言は減少し、今回の選挙は概ね順調に進められた。
（與上次的選舉相比，這次的選舉牽扯到選舉不當行為以及不適當的發言變少了，大致上進行得很順利。）

・あの記者が書いた記事では、まるで国際的組織による国家を揺るがしかねない重大な事件のような話になっていますが、実際はただの金銭がらみの内輪揉めの話です。
（那個記者所寫的報導，內容彷彿就像國際組織所做的，會動搖國本的重大事件，但實際上就只是內部金錢上的糾紛而已。）

・金融機関は、犯罪がらみの金融取引と疑われるものを、当局へ報告・通報することが義務付けられている。
（牽扯到與犯罪相關的金融交易，金融機構有向當局報告、通報的義務。）

排序練習：

01. 昨日のデモで、数千人が ＿＿＿ ＿＿＿ ＿＿＿ ＿＿＿ 首相の辞任を要求した。
1. ある　2. 不正疑惑が　3. がらみの　4. 金銭

02. 今日の ＿＿＿ ＿＿＿ ＿＿＿ ＿＿＿ が激しい。
1. 決算　2. 値動き　3. がらみで　4. 株式市場は

解01.（4 3 2 1）　02.（4 1 3 2）

126. ～びる

接続：名詞＋びる
活用：～びた＋名詞
　　　～びて＋動詞
翻訳：帶有…氣息的。
説明：此接辞用於表達「某人帶有…的氣息」或「某物有…的狀態」。名詞後方加上「～びる」後，品詞就相當於上一段動詞（二類動詞），因此其活用就比照動詞。能夠使用的語彙非常少，如：「大人びる、幼びる、田舎びる、古びる…」等，可將其直接當成單字記憶。

・木造２階建ての古びたアパートで僕は幸せに暮らしていた。
（我在木造兩層的老舊公寓幸福地生活著。）

・伊豆高原には何度か行ったことがあるが、田舎びていてのどかな感じがいいですね。
（我去過伊豆高原好幾次，它那鄉村氛圍的悠閒氣息很棒。）

・彼女、化粧を落とすと、随分幼びて見えますね。
（她只要一卸妝，看起來就會有幾分稚嫩。）

・４月になり研修を終えた新入社員は、各事業所へ配属されました。各職場の制服を着用すると、研修中と違い大変大人びて見えます。
（到了四月，完成研修後的新人被分配到了各個事業所。穿著各個職場上的制服，感覺上跟研修時不太一樣，多了一份成熟味。）

排序練習：

01. お爺ちゃんの書斎の ＿＿＿ ＿＿＿ ＿＿＿ ＿＿＿ たくさん並んでいる。
　1. 古　2. 本が　3. 本棚には　4. びた

02. 彼は中学生 ＿＿＿ ＿＿＿ ＿＿＿ ＿＿＿ 見えます。
　1. ほど　2. 大人びて　3. 思えない　4. とは

解01.（3142／1432）兩種皆正確　02.（4312）

127. ～ぶる

接続：名詞＋ぶる

翻訳：裝出一副…的樣子。

説明：此句型前面多接續「正面評價身分的人」。用以表達說話者批判對方「虛偽地裝出一副好像很了不起的樣子」。都是用來對某人的負面評價。口氣中帶有「明明就不是／明明就沒那麼厲害，還硬要擺出那樣的派頭、架勢」。另外「勿体ぶる（裝模作樣、裝腔作勢）」、「上品ぶる（裝高尚）」為慣用表現。而名詞後方加上「～ぶる」後，品詞就相當於五段動詞（一類動詞），因此其活用就比照動詞。

・陰で悪いことばかりしているのに、何をいい子ぶってるの。最低！
（明明就私底下做了一堆壞事，還裝什麼乖孩子。真討厭！）

・学者ぶって偉そうなことを言う人が大嫌い。
（我最討厭裝出一副學者樣，說著大道理的人。）

・本当におなかいっぱいで食べられないのであれば良いのですが、まだ少ししか食べてないのに「私、おなかいっぱい」などと上品ぶる女性が大嫌いです。
（如果真的吃得很撐，吃不下了，那倒也沒關係，但我最討厭那種明明吃沒幾口，卻裝高尚說「我已經很飽了」的女性。）

・だから、何ですか？ もったいぶらないで教えてくださいよ。
（所以到底怎樣？別裝了，快告訴我啊。）

辨析：

第 126 項文法所學習到的「大人びる」表示「實際上不夠成熟，但已帶有一些成熟味、大人的氣息」，用於正面的語境。但本項所學習到的「大人ぶる」則表示「實際上還是小孩子，但卻裝腔作勢為大人」，用於負面的語境。

排序練習：

01. 大人 ＿＿＿ ＿＿＿ ＿＿＿ ＿＿＿ ？
　1. のを　2. もらえない　3. 止めて　4. ぶる

02. 新入社員が入ってくると、急に ＿＿＿ ＿＿＿ ＿＿＿ ＿＿＿ 人が多い。
　1. 利き方をする　2. ぶった　3. 先輩　4. 口の

解01.（4 1 3 2）　02.（3 2 4 1）

24 單元小測驗

1．今年は、息子の結婚、孫の誕生と、めでたいこと（　　）一年だった。
　1　まみれの　　2　ずくめの　　3　めいた　　4　っぽい

2．寒さが和らぎ、春（　　）くると、なんとなく気持ちも明るくなるものです。
　1　めいて　　2　くるんで　　3　がらんで　　4　びて

3．相次いで発覚した大企業による数々の不正行為。そのうちいくつかは組織（　　）犯行だったようだ。
　1　びた　　2　めいた　　3　ぐるみの　　4　ずくめの

4．暴力団（　　）芸能界を引退させられた芸能人が後を絶たない。
　1　ぶって　　2　びて　　3　めいて　　4　がらみで

5．久しぶりに実家に帰って、学生時代のノートを整理しようと棚の引き出しを調べていると、一通の（　　）手紙が出てきた。
　1　古びた　　2　古けた　　3　古ぶった　　4　古めいた

6．可愛い子（　　）もモテていない子がいるのなら、それは「自分で可愛いと思っているポイントが周囲から見たら可愛くない」からだ。
　1　びて　　2　ぶって　　3　めいて　　4　がらんで

7．相変わらず ＿＿＿ ＿＿＿ ＿★＿ ＿＿＿ オフの時間を作って切り替えを大事にしています。
　1　家へ帰って　　2　仕事ずくめの　　3　からはしっかり　　4　毎日ですが

8．うちの会社は職場の雰囲気が ＿＿＿ ＿＿＿ ＿★＿ ＿＿＿ パーティを開催したりもします。
　1　ぐるみで　　2　明るく　　3　クリスマスは　　4　社員

9．人に ＿＿＿ ＿＿＿ ＿★＿ ＿＿＿ は、案外自分も似たようなことしているかもしれません。
　1　非難めいた　　2　する時に　　3　ことを　　4　言ったり

10．意外に思われるかもしれませんが、日本でも ＿＿＿ ＿★＿ ＿＿＿ ＿＿＿ 少なくない。
　1　自殺や殺人は　　2　暗殺と　　3　政治がらみの　　4　見られる

25

第 25 單元：助動詞「べし」

128. ～べし
129. ～べく
130. ～べくもない
131. ～べからず
132. ～べからざる

本單元延續『穩紮穩打！新日本語能力試驗 N2 文法』第 30 單元，介紹文言的助動詞「べし」於 N1 中的各種用法。本書所介紹的用法，前方都是接續動詞原形（動詞「する」時為「すべし」）。學習時，請稍微留意各種型態的意思以及其文法上接續的限制。

第 25 單元：　助動詞「べし」

128. ～べし

接続：動詞原形＋べし（動詞「する」→するべし／すべし）

翻訳：應當…。

説明：「べし（可し）」為文言的推量助動詞，在現代仍會使用的活用型態為：未然形「～べから」（第 131、132 項文法）；連用形「～べく」（第 129 項文法）；終止形「～べし」（本項文法）；連体形「～べき」（『穩紮穩打！新日本語能力試驗 N2 文法』第 161 項文法）。本單元將會依序介紹上述型態的各種用法。而本項文法「～べし」為終止形，放置句尾，用於表達「理所當然應該做的」，口氣中帶有命令語氣。語意相當於『穩紮穩打！新日本語能力試驗 N2 文法』第 158 項文法「～べきだ」。唯「～べきだ」用於口語，而「～べし」則是古風文言的表達方式，且現代文中，會使用「～べし」的狀況已經非常少了。另，「後生恐るべし（後生可畏）」、「推して知るべし（推測即知）」則為慣用表現。

・学生(がくせい)たるものは勉強(べんきょう)に励(はげ)むべし。 （註：「～たる」⇒ p.362）

（身為學生，就是應該努力讀書。）

・今日(きょう)の仕事(しごと)は今日(きょう)やるべし。

（今日的工作應該今日做。）

・明朝(みょうちょう)は６時(じ)までに出社(しゅっしゃ)するべし。

（請明天早上六點之前到公司。）

・結果(けっか)は、わざわざ調(しら)べなくても、推(お)して知(し)るべし（だ）。

（結果不用專程調查，推測即知。）

排序練習：

01. ＿＿ ＿＿ ＿＿ ＿＿ 。
1. 大いに　2. べし　3. 勉強する　4. 学生は

02. 社長命令 ＿＿ ＿＿ ＿＿ ＿＿ 。
1. は　2. べし　3. に　4. 従う

解01.（4 1 3 2）　02.（3 1 4 2）

129. ～べく

接続：動詞原形＋べく（動詞「する」→するべく／すべく）
翻訳：為了做…。
説明：「～べく」為「べし」的連用形，用於修飾後面的用言（動詞）。意思為「為了達到某目的，而這麼做」，語意相當於「～ために」。後句不可接續說話者的「命令、要求」。

・姉は小説の締め切りに間に合わせるべく、昼も夜も執筆に取り組んでいる。
（姊姊為了趕上小說的截稿日期，沒日沒夜地努力寫作。）

・今回の件を受けまして、しっかりと責任を取るべく、辞任することといたしました。
（這次的事件，為了以示負責，我決定辭去職位。）

・今日は急遽予定が飛んでしまったので、空いた時間で個人投資家をしている友人に会うべく港区へ来ております。
（今天的預定突然空了下來，因此利用這多出來的時間，來港區拜訪做個人投資的朋友。）

・今から 10 年前、私は両親の借金を返済すべく、食費をきりつめ、あらゆる出費をおさえ、我慢の毎日を過ごしていました。
（距今十年前，我為了償還父母的借款，省吃儉用、壓低開銷，忍耐過著每一天。）

排序練習：

01. スミスさんを ＿＿ ＿＿ ＿＿ ＿＿ 、何かの手違いで会えなかった。
　1. が　2. べく　3. 空港へ行った　4. 迎える

02. 何年もかけ、辞職 ＿＿ ＿＿ ＿＿ ＿＿ のに、今年もまた不合格でした。
　1. 努力をした　2. 司法試験に受かる　3. べく　4. までして

解 01.（4 2 3 1）　02.（4 2 3 1）

25

130. ～べくもない

接続：動詞原形＋べくもない

翻訳：無從…。無法…。

説明：用於表達「做不到某事情」。口氣中帶有「做不到的原因並非個人能力不足，而是外在環境、社會因素等條件使然」。「疑うべくもない（無疑是…）」、為慣用表現。

・あらゆる暴力行為を絶滅しない限り、平和な日常生活は到底望むべくもない。
（只要各種暴力行為不絕跡，和平的日常生活就只是空談。）

・あの忌々しい殺人事件から 30 年も隔たった今となっては、もうその真相は知るべくもなかろう。
（那個可惡的殺人事件距今已經過了 30 年，真相已經無從得知了。）

・本来、人間の力など自然には到底及ぶべくもないが、集団で生活していると、いつの間にか尊大になり、自分の意のままに操れると錯覚してしまうのだ。
（人類的力量，本來就無法與自然匹敵，但當人類群聚生活後，就不知不覺就變得很自大，產生了所有的事情都可以依照自己的意思來操控的錯覺。）

・マンション価格高騰の今では駅に近くて 、おまけに値段が安いマンションなんて、そう簡単に見つかるべくもない。
（房價高漲的現在，要在車站附近找到便宜的房子，根本沒那麼容易找得到。）

排序練習：

01. 都心５区の地価が高くて、一軒家など簡単に手に ＿＿＿ ＿＿＿ ＿＿＿ ＿＿＿ 。
1. も　2. べく　3. ない　4. 入る

02. 彼がこの事件の真犯人 ＿＿＿ ＿＿＿ ＿＿＿ ＿＿＿ 事実だ。
1. べくもない　2. ことは　3. 疑う　4. である

解 01.（4 2 1 3）　02.（4 2 3 1）

131. ～べからず

接続：動詞原形＋べからず
翻訳：禁止…。不得…。不可…。
説明：「～べからず」為「べし」的未然形「～べから」再加上打消（否定）助動詞「ず」所形成的表現，用於表達「禁止」。語意相當於『穩紮穩打！新日本語能力試驗 N2 文法』第 159 項文法「～べきではない」。唯「～べきではない」用於口語，而「～べからず」則是古風文言的表達方式，屬於文書用語。現代多用於佈告欄、立牌、慣用諺語等告示。

・芝生(しばふ)に入(はい)るべからず。
（禁止進入草坪。）

・ここにゴミを捨(す)てるべからず。
（請別將垃圾丟棄在此。）

・落書(らくが)きするべからず。
（禁止塗鴉。）

・礼拝堂(れいはいどう)の中(なか)には入(はい)るべからず。
（禁止進入禮拜堂。）

・初心(しょしん)を忘(わす)るべからず。
（勿忘初心。）（註：「忘(わす)る」為「忘(わす)れる」的文語。）

排序練習：

01. ＿＿＿ ＿＿＿ ＿＿＿ ＿＿＿ 。
1. 関係者　2. 立ち入る　3. べからず　4. 以外

02. 必要以上に ＿＿＿ ＿＿＿ ＿＿＿ ＿＿＿ 。
1. べからず　2. 話し　3. かける　4. 店員に

解 01.（1 4 2 3）　02.（4 2 3 1）

132. ～べからざる

接続：動詞原形＋べからざる＋名詞
翻訳：不能…。不可…。不該…。
説明：此句型用法延伸上一項文法。「～べからず」放置於句末，打上句點；「～べからざる」後面必須緊跟著名詞。能使用的情況亦非常有限，多是慣用用法。如：「言うべからざること（不該講的事）」、「欠くべからざる人（不可或缺的人）」、「許すべからざる行為（無法原諒的行為）」…等。

・あの大臣（だいじん）は、言（い）うべからざることを言（い）ったため、辞任（じにん）を余儀（よぎ）なくされた。
（那個大臣說了不該說的話，因此不得不辭職。）

・彼（かれ）は世界（せかい）の金融史上（きんゆうしじょう）、欠（か）くべからざる人物（じんぶつ）で、その発展（はってん）に大（おお）きな功績（こうせき）を残（のこ）した。
（他是世界金融史上不可或缺的人物，對於金融的發展留下偉大的功績。）

・いかなる理由（りゆう）であれ、暴力（ぼうりょく）は許（ゆる）すべからざる行為（こうい）だ。
（無論理由為何，暴力都是不被允許的行為。）

・麻薬密輸（まやくみつゆ）をする人間（にんげん）はこの世（よ）に存在（そんざい）すべからざる輩（はい）だ。
（偷渡毒品的人，是不應該存在於這世界上的人。）

辨析：

此句型「～べからざる」當中的「～ざる」，為文言打消（否定）助動詞「ざり」的連體形，前方接續動詞ない形，後面必須緊跟著名詞使用。語意相當於現代文中的「～ない＋名詞」，主要用於文章表現。

・アダム・スミスの『国富論（こくふろん）』には「見（み）えざる手（て）」という有名（ゆうめい）な言葉（ことば）がある。
（亞當史密斯的《國富論》一書當中，有一句話很有名，叫做「無形之手」。）

・あの事件（じけん）には知（し）られざる真実（しんじつ）が隠（かく）されている。
（那個事件裡，隱藏著不為人知的真相。）

此外，另有一個文言打消（否定）助動詞「～ず」的連體形為「～ぬ」，語意同上，後面亦是跟隨著名詞使用。無論是「～ざる＋名詞」還是「～ぬ＋名詞」，在現代文中都僅使用於少數幾個慣用表現，因此檢定考不會考出兩者如何區分，只曾出題「後面接續名詞」的用法。

・経営の神様、松下幸之助曰く：経営者は目に見えぬものを見よ。
（經營之神，松下幸之助曾說：「經營者應該要注視眼睛看不到的東西」。）

・あの若手俳優は撮影中の事故で帰らぬ人となった。
（那個年輕演員，在拍攝中遇到了事故，成為了不歸之人／失去了性命。）

排序練習：

01. 彼は我が社にとって、＿＿＿ ＿＿＿ ＿＿＿ ＿＿＿ 。
1. 存在　2. である　3. べからざる　4. 欠く

02. テロリズムは人道と正義に反する ＿＿＿ ＿＿＿ ＿＿＿ ＿＿＿ 立ち向かうべきだ。
1. 行為であり　2. 許す　3. べからざる　4. 毅然と

解01.（4 3 1 2）　02.（2 3 1 4）

25 單元小測驗

1．あの監督の新作映画は面白かった。特に主人公が（　　）ざる敵に殺されそうになったシーンは最高だった。

1　見て　　2　見る　　3　見え　　4　見られる

2．デートの約束がある日は、急いで（　　）業務をこなしていても、なぜか急な仕事が入ったりして、結局いつも遅れてしまう。

1　帰るべし　　2　帰るべき
3　帰るべく　　4　帰るべからず

3．両国の関係がここまで悪化しては、もはや平和的解決など望む（　　）。

1　べし　　2　べからず　　3　べからざる　　4　べくもない

4．わが社は、地球環境を（　　）、プラスチック製品を一切使用しておりません。

1　守ればこそ　　2　守るべく　　3　守るにせよ　　4　守ろうとも

5．全高 828 メートルにも及ぶこの超高層ビル、ブルジュ・ハリファは高成長を続けるドバイの象徴（　　）存在となっている。（註：N2 ⇒ p.336）

1　ともいうべき　　2　にもするべし
3　ともなるべく　　4　にもいうべからず

6．地元の住民の反対を無視した再開発は進める（　　）。

1　べく　　2　べし
3　べきだ　　4　べきではない

7．事件当時、彼はまだ幼かったので、＿＿＿　＿＿＿　＿★＿　＿＿＿もなかった。

1　他殺なのか　　2　知るべく
3　両親が死んだ　　4　原因は自殺なのか

8．新種ウイルスの ＿＿＿　＿＿＿　＿★＿　＿＿＿ 行われた。

1　感染経路を　　2　明らかに　　3　調査が　　4　すべく

9. 近年の SNS の普及が選挙に ＿＿＿ ＿★＿ ＿＿＿ ＿＿＿ 。
   1 少なからぬ　2 ものがある　3 与えた　4 影響は

10. 先週亡くなったあの議員は ＿＿＿ ＿★＿ ＿＿＿ ＿＿＿ 陰謀説がネット中で拡散されていた。
   1 口封じのために　2 見るべからざるものを
   3 目撃してしまったため　4 殺されたのではないかとの

26

第 26 單元：助動詞「（よ）う」、「む／ん」

133. ～（よ）うが～まいが
134. ～（よ）うが
135. ～（よ）うにも～ない
136. ～んがため（に）
137. ～んばかりに

本單元延續『穩紮穩打！新日本語能力試驗 N2 文法』第 25 單元，介紹表意志的助動詞「～（よ）う」與「～む／ん」於 N1 考試中會出現的用法，學習時請留意前方的接續。另外，第 133、134 項文法在檢定考中，較常以其他型態「～（よ）うと」等型態出題，請稍加留意。

第 26 單元：助動詞「（よ）う」、「む／ん」

133. ～（よ）うが～まいが

接続：① 動詞意向形＋（よ）うが／名詞＋であろうが／イ形容詞語幹＋かろうが
② 動詞意向形＋（よ）うが　動詞原形＋まいが

翻訳：不管你做不做／不管前述事項會不會發生，都…。

説明：此句型以 ①「A（よ）うが、B（よ）うが」兩個正反語意或相對語意的動詞，來表達說話者敘述「無論你做 A 還是 B ／無論是 A 還是 B，都不會影響到後述事項的成立」。② 若以「A（よ）うが、A まいが」同一動詞的肯定與否定，則表達說話者敘述「無論你做不做 A ／無論 A 會不會發生，都不會影響到後述事項的成立」。兩種用法的後述事項，多為說話者的確信、命令、決心或無關心。

①・あなたが大学へ行こうが就職しようが、私には関係ないから、好きにすればいい。
（你要上大學，還是要就業，都跟我無關，隨你高興。）

・雨が降ろうが台風が来ようが、会いたいと言ったら会いに来い。
（管他颱風還是下雨，我說想見你，你就給我過來。）

・暑かろうが寒かろうが、明日の試合は決行します。
（不管明天天氣是冷還是熱，比賽照常進行。）

・総理大臣であろうが教師であろうが、生身の人間であることに変わりはない。
（無論是總理大臣還是老師，都一樣是活生生的人類。）

其他型態：

～（よ）うと～（よ）うと

・高かろうと安かろうと、うまいものはうまい。
（不管貴還是便宜，好吃的東西就是好吃。）

②・あなたが来ようが来るまいが、パーティーは予定通り行います。
（不管你來不來，派對都照常舉行。）

・あなたが定時に帰ろうが帰るまいが、気にする人はいないと思う。
（我想，沒人會在意你要不要準時回家。）

・研修に参加しようがするまいが、年会費の支払いだけは忘れないでくださいね。
（不管你要不要參加研修，年費都別忘記繳納。）

・彼女が結婚しようがするまいが、俺の知ったこっちゃない（知ったことではない）。
（她結不結婚干我屁事／我才懶得管。）

其他型態：

～（よ）うと～まいと

・彼女とデートしようとするまいとお前には関係ないだろう。
（我要不要跟她約會，都不干你的事吧。）

辨析：

『穩紮穩打！新日本語能力試驗 N2 文法』第 135 項文法的第 ② 種用法「～（よ）うか～まいか」，用於表達說話者「到底要不要做某事」，目前還在迷網／考慮中」，與本項文法後面所接續的語意不同，兩者不可替換。

・彼女と旅行に行こうか行くまいか、まだ決めていない。
（到底要不要跟她去旅行，我還沒決定。）

・彼女と旅行に行こうが行くまいが、私たちの勝手でしょう。
（到底要不要跟她去旅行，也是我們的事／不干你的事吧。）

辨析：

N1 考試曾考出一慣用表現為「A か、A ないか」，使用同一動詞的肯定與否定形，則是用於描述正處於「要做不做」這樣很微妙的階段。用法與意思和本句型完全不同，請注意不要搞混。

- **これは私が高校に入るか入らないかの頃に作った曲です。**
（這是我正要升高中左右的時期所作的曲子。）

- **家を出るか出ないかのうちに、雨が降り出した。**
（當我正要出門時，就下起雨來了。）

排序練習：

01. たくさん食べようと ＿＿＿ ＿＿＿ ＿＿＿ ＿＿＿ から、どんどん食べてください。
1. 料金は　2. 食べ　3. 同じだ　4. まいと

02. 泣こうが ＿＿＿ ＿＿＿ ＿＿＿ ＿＿＿ 。
1. だめな　2. わめこうが　3. だめだ　4. ことは

解 01.（2 4 1 3）　02.（2 1 4 3）

134. ～（よ）うが

接続：動詞意向形＋（よ）うが／名詞＋であろうが／イ形容詞語幹＋かろうが
翻訳：不管…都…。
説明：此句型以「疑問詞＋（よ）うが」的形式，來表達說話者敘述「無論你做什麼／無論發生了什麼事，都不會影響到後述事項的成立」。語意以及用法與第 133 項文法相同。唯 133 項的敘述方式為舉出 A、B 兩詞彙或者同一詞彙的肯定與否定（二選一），而本文法則是以疑問詞配合一個詞彙（多選一）的敘述方式來表達。

・世の中がどうなろうが大事なものは命をかけて守る。
（無論這個世界變成怎樣，重要的東西都要賭上性命來守護。）

・誰が何と言おうが、私はあなたを信じるわ。
（不管別人怎麼說，我都相信你。）

・世界中のどこへ行こうが、自分にとって特別な場所は、実は自分のすぐ側にあるのではないか。
（不管去到世界上何處，對於自己而言的特別的地方，搞不好其實就在自己周遭。）

・私が誰と結婚しようが、あなたにとやかく言われる筋合いはない。
（我跟誰結婚，你都沒資格在哪裡說三道四。）

・相手が誰であろうが、1 対 1 の戦いであれば必ず勝てるという自信があった。
（無論對手是誰，只要是一對一的決戰，我都有自信會贏。）

・品質に納得がいかなければ、どんなに安かろうが絶対に手は出しません。
（只要我對品質不滿意，不管多便宜，我都不會買。）

其他型態：

～（よ）うと

・相手の意見に対して、どんな反論をしようと自由だが、自分の考えを一方的に押しつけるのは良くないと思う。
（對於對方的意見，你要怎麼反駁都是你的自由，但我覺得單方面地將自己的想法強加在他人身上不太好喔。）

・立川高校のキャプテンは、次の対戦相手が優勝候補の八王子高校に決定したことについて、「どんな相手であろうと精一杯やるだけです。」と語った。
（立川高中的隊長，針對下個比賽對象確定是優勝候補的八王子高中一事，說道：「無論是怎樣的對手，我們都會全力以赴」。）

～（よ）うとも

・周囲からどのような批判を浴びようとも、自らの考えを最後まで貫くべきだ。
（無論周遭怎麼批評，都應該貫徹自己的想法。）

排序練習：

01. あの人が ＿＿＿ ＿＿＿ ＿＿＿ ＿＿＿ こっちゃない。
1. 私の　2. 知った　3. どこへ　4. 行こうが

02. いくら尋問を ＿＿＿ ＿＿＿ ＿＿＿ ＿＿＿ 一つ変えなかった。
1. 顔色　2. 彼は　3. ようと　4. され

解01.（3 4 1 2）　02.（4 3 2 1）

26

135. ～（よ）うにも～ない

接続：動詞意向形＋（よ）うにも＋動詞可能形否定
翻訳：即便想做…也辦不到。
説明：此句型以「動詞 A 意向形（よ）うにも＋動詞 A 可能形否定」的形式，來表達說話者「嘗試去做某事也不會成功」。口氣中帶有說話者「講藉口、表達消極意志」的語感在。

・二日酔いのせいか、今朝は起きようにも起きられなかった。
（不知道是不是因為宿醉，今天早上想起床也爬不起來。）

・台風で電車が止まっており、家に帰ろうにも帰れないため、会社の近くのホテルに泊まった。
（因為颱風而導致電車停駛，想回家也回不了家，只好住在公司附近的飯店。）

・あの地震は被災地の人々にとっては、忘れようにも忘れられない悲惨な出来事でした。
（那個地震對於災區的人們而言，是一個想要忘也忘不了的悲慘事件。）

・一緒にいた友人とはぐれてしまい、言葉もわからなかったので、道を聞こうにも聞けない状況だった。
（我和同行的友人走散，語言又不通，就是想要問路也問不了的狀況。）

辨析：

第 130 項文法「～べくもない」表達「做不到某事情」、「連做的餘地或可能性都沒有」，僅限使用少數特定幾個慣用的動詞（例如：疑うべくもない、望むべくもない、知るべくもない…等非意志動詞居多）。而本項的「（よ）うにも～ない」則是表達「說話者認為即使嘗試去做，也做不到」的判斷，多為意志動詞。兩者意思不同，不可替換。

辨析：

「～動詞原形に～動詞可能形否定」

- **勉強に専念するため、アルバイトをすぐにでもやめたいが、スタッフ不足だからやめるにやめられず困っている。**
  （為了要專心讀書，想要現在就立刻辭去打工的工作，但因為人手不足，想辭也辭不掉，很困擾。）

「～動詞原形に～動詞可能形否定」主要用於「因為心理上的因素，導致辦不到」。而本項文法「～動詞意向形（よ）うにも～動詞可能形否定」主要用於「物理上、生理上的因素，導致辦不到」，兩者使用的情況不同。

- **諦めろ。もう逃げようにも逃げられない「まな板の鯉」だ。**
  （放棄吧。你已經是「俎上之肉」了，逃不了了。）
  →因為已經被逼到死角（物理上的因素），想逃也插翅難飛。

- **犯人が拳銃を持っていたから、逃げるに逃げられなかったんだ。**
  （因為犯人有手槍，想逃也逃不了。）
  →因為害怕（心理上的因素）犯人手上的槍，因此不敢逃跑。

排序練習：

01. 早く連絡 ＿＿＿ ＿＿＿ ＿＿＿ ＿＿＿ 連絡できなかった。
    1. しよう　2. 近くに　3. 電話がなくて　4. にも

02. 友人からもらった海外のお土産 ＿＿＿ ＿＿＿ ＿＿＿ ＿＿＿ 。
    1. に　2. なので　3. 捨てられない　4. 捨てる

解01.（1 4 2 3）　02.（2 4 1 3）

136. ～んがため（に）

接続：動詞ない形＋んがため（動詞「する」→せんがため）
活用：～んがために＋動詞
　　　～んがための＋名詞
翻訳：為了…。
説明：此為文言文的表達方式，用於表達「目的」，以「Aんがため（に）、B」的形式，來表達「積極地想要達成A這個目的，而做了B這個動作」。

・この事件を解決せんがために、全力を尽くす。
（為了解決這個事件，全力以赴。）

・彼は選挙で勝たんがためには、違法な行為も辞さなかった。
（他為了贏得選戰，也不惜做了違法的行為。）

・あの歌手の一番のヒット曲が、名を売らんがための盗作だったとは驚いた。
（那個歌手最暢銷的曲子，居然是為了出名而抄襲瓢竊的作品，真令人吃驚。）

・俺を恨むな。それもこれも我が子を守らんがためにしたことだ。
（不要恨我。這一切都是為了保護我兒子所做的事。）

辨析：

本句型中的「ん」為「む（mu）」母音脫落而來，為表意志的文言助動詞；「が」則為第01項文法介紹的，相當於現代文中的「の」，因此「～んがため」相當於現代文「～のために」的意思。因此雖然前方接續ない形，但意思卻不是否定的，請同學留意。

辨析：

此句型後句不可有請求、命令表現。

× 論文を早く完成させんがため、徹夜して頑張ってください。

辨析：

第 129 項句型「～べく」與本項文法「～んがために」都用於表達「目的」，文法限制上也雷同（前後句主語皆為同一人、後句皆不可接續命令與請求表現）。兩者意思接近、用法相當。但在語感上「～べく」偏向「較有計畫性，且做這件事是因為任務或者義務」，而「～んがために」則「較為衝動性，且做這件事是為了打破僵局」，因此替換之後語感上有差異。

・子供を救うべく、救急救命士は川に飛び込んだ。

（為了救小孩，救生員跳入了河川。）

→救生員受過專業訓練（計畫性），救小孩也是他的任務。

・子供を救わんがため、母親は川に飛び込んだ。

（為了救小孩，媽媽跳入了河川。）

→媽媽救小孩沒有思考自己是否會游泳，很衝動性地為了自己孩子而跳水。

○保険金を手に入れんがため、自殺を試みた人は少なからずいる。

（有不少人，為了得手保險金而嘗試自殺。）

×保険金を手に入れるべく、自殺を試みた人は少なからずいる。

上例保險金詐騙事件雖為計畫性犯罪，但由於不屬於任務或者義務，因此不太適合使用「～べく」。

其他型態：

～たいがため（に）

・司法試験に合格したいがために、あらゆる努力をしている。

（為了想要考過司法考試，盡了所有的努力。）

排序練習：

01. 大学に ＿＿＿ ＿＿＿ ＿＿＿ ＿＿＿ 毎日遅くまで勉強した。
　1. 進学　2. が　3. ために　4. せん

02. あの芸能人の離婚騒動は人の目を ＿＿＿ ＿＿＿ ＿＿＿ ＿＿＿ だったそうだ。
　1. お芝居　2. の　3. 引かん　4. がため

解01.（1 4 2 3）　02.（3 4 2 1）

137. ～んばかりに

接続：動詞ない形＋んばかりに（動詞「する」→せんばかりに）

活用：～んばかりの＋名詞
　　　～んはかりだ。

翻訳：眼看就要…。彷彿就像要…。

説明：本句型中的「ん」與上一項文法相同，前方接續ない形。以「A んばかりに、B」的形式，表達「做 B 動作時，一副就是…要做 A 的樣子」，但實際上並沒有做 A。可使用「～んばかりだ」的形式放在句尾、亦可使用「～んばかりの」的形式修飾後方名詞。

・彼は家に入ろうと、戸を壊さんばかりに叩いた。
（他為了進家門，一直敲打門，彷彿要將門敲壞一般。）

・街を守るという名誉ある仕事を任された時、僕は飛び上がらんばかりに喜んだ。
（當我被賦予保護街道這樣有榮譽的工作時，我高興得整個人就要跳了起來。）

・男は酒に酔い、今にも倒れんばかりに歩いていた。
（那個男人喝醉酒，走著走著，彷彿就要倒下一般。）

・彼の言い方は、何もかも私のせいだと言わんばかりだ。
（他那樣的說法，彷彿就是在指責全部都是我的錯。）

・この秋も、京都は溢れんばかりの観光客で賑わっている。
（京都這個秋天也是來了很多觀光客，人多到就要溢出來了一般。）

辨析：

第 16 項文法「～とばかりに」其實就是此文法中的「～と言わんばかりに」的省略形。

○ もう二度と来るなと言わんばかりに、彼はバタンとドアを閉めた。
（他狠狠地關上門，彷彿就是在說，你別再來。）

○ もう二度と来るなとばかりに、彼はバタンとドアを閉めた。
（他狠狠地關上門，彷彿就是一副叫你別再來的樣子。）

排序練習：

01. 今にも _____ _____ _____ _____ 下げて何度も頼んだ。
1. ばかりに　2. 土下座　3. せん　4. 頭を

02. 彼は金を貸して _____ _____ _____ _____ 私に頼んだ。
1. と　2. くれ　3. ばかりに　4. 泣かん

解01.（2 3 1 4）　02.（2 1 4 3）

26 單元小測驗

1.「会社のことだったら何でも聞いて」と先輩が言ってくれたが、いつも外回りで席にいないので、（　　）聞けない。

1　聞かんがために　2　聞かんばかりに　3　聞こうにも　4　聞くには

2.どんなに反対され（　　）、私はこのお腹に宿った命を産み育てるつもりです。

1　んがため　2　んばかりに　3　ようにも　4　ようとも

3.別にあなたが反対（　　）、私、この子を産むから。

1　すべく　2　するなり
3　するとばかりに　4　しようとしまいと

4.新しく来たチーフに対する彼の態度は、チーフとして認めないと（　　）。

1　言わんがためだ　2　言わんばかりだ
3　言うべくもない　4　言うまでもない

5.彼は大統領に（　　）、手段を選ばず他の候補者を攻撃し続けてきた。

1　ならんがために　2　ならんばかりに
3　なろうと　4　なるまいと

6.私が小学校に（　　）の頃、家族でどこかキャンプに行った記憶があります。

1　入ろうが入るまいが　2　入るか入らないか
3　入ろうか入らないか　4　入るも入らないも

7.こんなに騒がしい部屋では、＿＿＿ ＿＿＿ ＿★＿ ＿＿＿ ない。

1　寝かせられ　2　寝かせ　3　赤ちゃんを　4　ようにも

8.＿＿＿ ＿＿＿ ＿★＿ ＿＿＿ 良心は残っているはずです。

1　どこかに　2　悪い人で　3　あろうと　4　どんなに

26 單元小測驗

9. 株価が ＿＿＿ ＿＿＿ ＿★＿ ＿＿＿ ことだ。
   1 私にとっては　　2 上がろうと下がろうと
   3 投資するお金がない　　4 どうでもいい

10. 私こそが彼女のボーイフレンドだと知り、さっきまで俺を励まして ＿＿＿ ＿＿＿ ＿★＿ ＿＿＿ ばかりに睨んでいる。
   1 私を殺さん　　2 くれて
   3 いた　　4 彼女の父親が今は

27

第 27 單元： 文語 I

138. ～かたがた
139. ～かたわら
140. ～がてら
141. ～そばから
142. ～なり

本單元開始連續四個單元，要學習 N1 當中屬於較文言、或者古語殘留至現代的用法。這些句型在現代文中，大多是一定的情境下才會使用的固定形式。建議學習時，可將例句多念幾次，熟悉其語境及用法。

第 27 單元： 文語 I

138. ～かたがた

接続：動作性名詞＋かたがた
翻訳：順便…。兼做…。
説明：「かたがた」漢字可寫作「旁」，屬於接尾辞。以「A かたがた、B」的形式，來表達「做 B 動作的同時，也順便達到了 A 這個目的」。主要使用於正式、商業上打招呼的場合。能使用的語境非常有限，多為「挨拶、お詫び、見舞い…」等與移動、拜訪相關語意的動作性名詞。

・この度、大阪支店の支店長に就任することになりました。ご挨拶かたがた、ご報告申し上げます。
（這次，我即將就任大阪分店的分店長。來跟您報告，也順便打個招呼。）

・東京に引っ越して参りました。お近くにお越しの節は、お遊びかたがたお立ち寄りください。
（我搬來東京了。如果您有機會到這附近，歡迎您順道過來玩。）

・その後、体調はいかがですか。一度お見舞いかたがた、お伺いいたしたく存じますが、ご都合のほど、お聞かせください。
（那之後您身體無恙吧。我想找個機會過去拜訪、探視您，請告訴我您有空的時間。）
（※ 註：「お伺いいたしたく」為實務上經常使用的二重敬語，亦可改為「お伺いしたく」）

・この度、製品の不具合が判明し、店頭における製品の販売を停止しておりました件で、お客様にご迷惑をおかけし深くお詫び申し上げます。良品との交換対応の準備が整いましたので、お詫びかたがたご連絡いたします。
（這次，因為產品本身有問題，因此貨架上的產品暫停銷售，給各位顧客帶來不便，我們由衷感到抱歉。也因為我們已經準備好了替換的商品，因此給您聯絡並致歉。）

辨析：

此句型亦可使用於描述自己的日常生活動作，但現代已極少使用。下例的情況，多半會使用第 140 項文法「～がてら」來表達。

○ 天気(てんき)がいいから、散歩(さんぽ)かたがた、買(か)い物(もの)に出(で)かけた。

（因為天氣很好，所以我出門買東西，順便散步。）

○ 天気(てんき)がいいから、散歩(さんぽ)がてら、買(か)い物(もの)に出(で)かけた。

（因為天氣很好，所以我出門買東西，順便散步。）

排序練習：

01. メールにて ＿＿＿ ＿＿＿ ＿＿＿ ＿＿＿ お礼申し上げます。

　1. ご報告　2. ございますが　3. 大変恐縮では　4. かたがた

02. つきましては、 ＿＿＿ ＿＿＿ ＿＿＿ ＿＿＿ 幸甚です。

　1. ご挨拶かたがた一度　2. 貴社へお伺いし　3. ご面談の

　4. お時間をいただけましたら

解 01.（3 2 1 4）　02.（1 2 3 4）

139. ～かたわら

接続：動詞原形／動作性名詞の＋かたわら
翻訳：一邊…一邊…。同時做…。之餘…。
説明：「かたわら」漢字可寫作「側／傍ら」，屬於接續助詞。以「A かたわら、B」的形式，來表達「主要活動為 A，但同時也兼作次要活動 B」。請注意，上一項文法「～かたがた」實際上只有做一個動作，就同時達到兩個目的，而本項文法「～かたわら」則做了兩件事情。兩者使用的場景不同，語意也不同，不可互換。

・彼女は家事のかたわら、お茶の稽古にも励んでいる。
（她做家事之餘，還努力練習茶道。）

・彼女は大学に通うかたわら、キャバクラで働いていた。
（她一邊上大學，一邊在酒吧工作。）

・あの教会では、通常の教会活動のかたわら、時々チャリティー晩餐会が開かれる。
（那個教會，除了會辦通常的教會活動以外，偶爾也會舉辦慈善晚餐。）

・TiN 先生は東京で不動産投資をするかたわら、日本語能力試験の対策本を執筆している。
（TiN 老師一方面在東京從事不動產投資，一方面也撰寫日本語能力試驗的考試用書。）

辨析：

「～かたわら」語意與「～ながら」相同，唯「～ながら」屬於口語、描述當下場景使用。而「～かたわら」則屬文言、描述長期活動使用，且多用於與職業、長期從事的活動有關。因此下例僅可使用「～ながら」。

× **彼は毎朝テレビを見るかたわら、朝食を食べます。**

○ **彼は毎朝テレビを見ながら、朝食を食べます。**
（他每天早上都一邊看電視一邊吃早餐。）

排序練習：

01. 太郎は自分の ＿＿＿ ＿＿＿ ＿＿＿ ＿＿＿ している。
1. 指導も　2. 学部生の　3. 研究の　4. かたわら

02. マイケルはIT企業で働く ＿＿＿ ＿＿＿ ＿＿＿ ＿＿＿ に英語を教えている。
1. ボランティア　2. として　3. 日本人　4. かたわら

解 01.（3 4 2 1）　02.（4 1 2 3）

140. ～がてら

接続：動詞~~ます~~／名詞＋がてら
翻訳：順便…。藉…之便。
説明：「がてら」屬於接續助詞。以「A がてら、B」的形式，來表達「做 B 動作的同時，也順便達到了 A 這個目的」。語感上並沒有特別強調 A 為主目的還是 B 為主目的，但 A 多為說話者認為輕鬆、快樂的事情，因此動作 A 經常會使用與娛樂、遊玩、放鬆、休閒有關係的詞彙，如：「散歩、見舞い、遊び、買い物、帰る、行く、歩く…」等詞彙。語意與第 138 項文法「～かたがた」類似。唯「～かたがた」屬於商業文書上招呼用，而本項的「～がてら」則多用於日常生活中。

・散歩がてら、ちょっと買い物してくるよ。
（去散步，順便買個東西。）

・周りの景色を楽しみがてら、山に登った。
（爬山時順便欣賞周遭的景色。）

・入院している友人のお見舞いがてら、健康診断を受けてくる。
（我去接受健康檢查，順便探望住院中的朋友。）

・お兄さんも帰ってきたことですし、食事がてら、昨日借りてきた DVD を見よう。
（哥哥也回來了，那我們就一邊吃飯，一邊看昨天租回來的 DVD 吧。）

・私の実家は蒲田にあるので、帰りがてら羽田空港まで飛行機を見に行ったりすることもあります。
（我的娘家因為在蒲田，所以有時候我會藉著回家之便，去羽田機場看飛機。）

其他型態：

～がてらに＋動詞

・ここは、表参道のビル群の中にあって買い物がてらによるのに最適です。
（這裡剛好位於表參道大樓群當中，買東西順道繞過來很方便。）

排序練習：

01. 昨日、中野に ＿＿＿ ＿＿＿ ＿＿＿ ＿＿＿ お店へも行ってきました。
1．気になっていた　2．遊びに　3．行き　4．がてら

02. いい天気ですし、 ＿＿＿ ＿＿＿ ＿＿＿ ＿＿＿ 。
1．運動　2．行きましょう　3．がてら　4．駅まで歩いて

解01.（2 3 4 1） 02.（1 3 4 2）

141. ～そばから

接続：動詞原形／た形＋そばから
翻訳：（每次都）剛…就…。
説明：「～そばから」漢字可寫作「側から」。此句型用於表達「每次只要一完成前面的事情，後面就會馬上發生（破壞其完成狀態的）事情」，也由於都是反覆發生，而非一次性的事情，因此口氣中帶有說話者感到厭煩、抱怨以及不滿的口氣。

・私が稼ぐそばから、親が使ってしまうので、貯金どころか、生活するのにもぜんぜん足りないよ。
（我只要一賺了錢，老爸老媽就把它花光，談什麼存錢，我根本連生活都不夠用。）

・旦那が嫌いな理由なんていくつもあるが、その中でも私が部屋を片付けたそばから散らかしていくところが耐えられない。
（我討厭我老公有好幾個理由，其中我最不能忍耐的，就是每次我一把房間整理好，他就又把房間弄亂。）

・風が強い時に洗車をすると、ホコリが洗うそばから付着してしまうので、風が強くない時に洗うようにしています。
（在風大的時候洗車，一洗完，就又會有灰塵附著，所以我都在風不強的時候洗。）

・もう遅刻しないと言ったそばからまた遅れるなんて、彼は一体どういう神経をしているのだろう。
（他才剛說不再遲到，就又馬上遲到了，他到底神經有多大條啊！）

辨析：

原則上，「A そばから、B」當中的 A、B 兩個動作都是不同人的動作，唯有少數幾種慣用講法，如：「聞いたそばから忘れる」、「習ったそばから忘れる」、「言ったそばから（約束を破る）」…等與記憶、打破宣示相關的事情，AB 兩個動作才可使用於同一個人的行為。

- **もうこの子ったら、作るそばから食べちゃうんだから。(我「作る」；孩子「食べる」)**
（**我**才剛做好，**孩子**就吃掉了。）

- **聞いた側から忘れてしまうなんて、我ながら情けない。(我「聞く」；我「忘れる」)**
（**我**才剛聽到**我**就立刻忘記了，我還真是糟糕啊／覺得自己真窩囊。）

關於這點，『穩紮穩打！新日本語能力試驗 N2 文法』第 130 項句型「A ては、B」當中的 AB 兩個動作就都是同一人的行為。

- **お正月は、食べては寝ての繰り返しです。**
（**我**吃了之後，**我**跑去睡。）

排序練習：

01. うちの子 ＿＿＿ ＿＿＿ ＿＿＿ ＿＿＿ 、またやらかした。
1. 注意する　2. と　3. きたら　4. そばから

02. 私はどうも語学の才能がないようで、単語を ＿＿＿ ＿＿＿ ＿＿＿ ＿＿＿ の。
1. 忘れて　2. しまう　3. 覚えた　4. そばから

解 01.（2 3 1 4）　02.（3 4 1 2）

142. ～なり

接続：動詞原形＋なり

翻訳：才剛…就…。

説明：此句型以「A なり、B」的型態，來描述「才剛做／發生 A，就幾乎同時地立刻就做／發生 B，且 B 多為出乎意料之外、意想不到的行為」。此句型用於描述「現實上、一次性已發生的事情」，因此句尾多使用過去式，且不會有命令、請求等表現（× 部屋に入るなり、座ってください）。

・整形した私の顔を見るなり、皆はその変わりように口をあんぐり開けて私を見つめていた。
（因為實在差太多了，當大家一看到我整形過後的臉，都呆愣地張著大嘴。）

・エレベーターのドアが開くなり、血まみれの男が倒れ込み、中にいる人達は皆パニクっていた。
（電梯的門一打開，就有個滿身是血的男人倒了進來，在電梯裡的人全都慌了。）

・「たっちゃん、どうしよう！」。辰彦が携帯に出るなり、奈々子ちゃんは涙ながらにそう叫んだ。
（當辰彥一接起電話，奈奈子就哭著大喊道「阿辰，怎麼辦！」。）

・夫は、家に帰るなり、ベッドに横たわった。
（我老公一回到家就躺到床上。）

辨析：

本文法的「なり」為「接續助詞」，用於「連接前後兩句子」，表「一…就…」。而第 107 項文法「～なり～なり」為「並列助詞」，用於「列舉」，意思是「從兩者中挑選一項」，兩者語意不同，請勿搞混。

辨析：

『穩紮穩打！新日本語能力試驗 N3 文法』第 149 項文法「～なりの／なりに」前接表示人的名詞，表示此人以「符合他自己身份、立場的方式來做這個動作」之意，請勿與本項文法搞混。

・**子供にも子供なりの悩みがあるから、そばで暖かく見守ってあげよう。**
（小孩也有小孩的煩惱，我們就在旁邊溫暖地守護著他吧。）

・**あの子は子供なりにいろいろ心配しているはずだ。**
（那孩子應該自己也是以小孩的方式在關心、擔心著。）

排序練習：

01. のび太は未来から帰ってきた ＿＿＿ ＿＿＿ ＿＿＿ ＿＿＿ わぁ～と泣き出しました。
 1. なり　2. 顔を　3. 見る　4. ドラえもんの

02. 今日も残業で物凄く疲れていて、 ＿＿＿ ＿＿＿ ＿＿＿ ＿＿＿ 。
 1. 部屋に　2. 入る　3. なり　4. 倒れこみました

解 01.（4 2 3 1）　02.（1 2 3 4）

27 單元小測驗

1．彼は会社勤めの（　　）、マンション賃貸の経営もやっています。

1　かたわら　　2　かたがた　　3　がてら　　4　そばから

2．週末にはドライブ（　　）、新しいショッピングモールまで行ってみようと思う。

1　なり　　2　がてら　　3　そばから　　4　かたわら

3．片付ける（　　）子供がおもちゃを散らかすので、きりがないわ。

1　上では　　2　前には　　3　そばから　　4　後まで

4．私の手料理を一口（　　）なり、彼は顔を顰めてトイレへ駆け込んだ。

1　食べる　　2　食べたら　　3　食べて　　4　食べよう

5．この度、退職致すことになりました。…略儀ながら書中をもってお礼（　　）ご挨拶とさせていただきます。

1　かたわら　　2　かたがた　　3　そばから　　4　なり

6．的確かどうかわかりませんが、この問題について私（　　）考えを述べたいと思います。

1　なりの　　2　次第の　　3　がらみの　　4　がてらの

7．あのアーティストは今、育児の ＿＿＿ ＿★＿ ＿＿＿ ＿＿＿ イベントやショーに出演している。

1　東京を　　2　全国各地の　　3　かたわら　　4　拠点に

8．話し言葉は、書き言葉と ＿＿＿ ＿＿＿ ＿★＿ ＿＿＿ 直すことができない。だから、ちゃんと正しく伝えるのは本当はとても難しいことなのです。

1　消えていくので　　2　話すそばから
3　違って　　4　後から

9．「おはようございます」と ＿＿＿ ＿＿＿ ＿★＿ ＿＿＿ びっくりしたよ。

1　管理人のおじさんが　　2　声をかけるなり
3　こっちの方が　　4　驚いて飛び上がったので

10. 年末年始の休業日につきまして、下記のとおりお知らせいたします。…来年も弊社を ＿＿＿ ＿＿＿ ★＿＿＿ ＿＿＿ 申し上げます。

1　休業のお知らせまで　　2　年末のご挨拶かたがた

3　お願いいたしまして　　4　ご愛顧いただきますよう

28

第 28 單元： 文語 II

143. ～や否や
144. ～と思いきや
145. ～たる
146. ～たりとも
147. ～ずとも

本單元延續上個單元，學習五個 N1 當中屬於文言的用法。第 143 項「～や否や」現代已經較少使用，而第 144 項「～と思いきや」現在使用頻率仍然很高，新制考試也較常出題。另外，學習第 145 項「～たる」時，要特別留意與其他型態「～ともあろう」的差異。

143. ～や否(いな)や

接続：動詞原形＋や否や
翻訳：一…就…
説明：此句型與上一個句型「～なり」意思相似。以「A や否や、B」的型態，來描述「才剛做／發生 A，就幾乎同時地立刻就做／發生 B，但 B 並非出乎意料之外、意想不到的行為」。

・ベルが鳴(な)るや否(いな)や、子供(こども)たちは教室(きょうしつ)を飛(と)び出(だ)していった。
（鈴聲一響，小孩們就衝出了教室。）

・夫(おっと)は気分(きぶん)が悪(わる)いみたいで、家(いえ)に帰(かえ)るや否(いな)や、熱(あつ)いシャワーを浴(あ)びた。
（我老公好像不太舒服，一回家就馬上跑去沖熱水澡。）

・「やっぱり湯上(ゆあ)がりのビールはいいね」と、彼(かれ)は風呂(ふろ)から上(あ)がるや否(いな)や、冷蔵庫(せいぞうこ)からビールを出(だ)して飲(の)み干(ほ)した。
（說著「剛洗完澡的啤酒就是美味」，然後他一出浴室，就從冰箱拿出啤酒喝光了。）

・劇場(げきじょう)の幕(まく)が下(お)りるや否(いな)や割(わ)れんばかりの大(おお)きな拍手(はくしゅ)が沸(わ)き上(あ)がった。
（劇場的布幕一拉下，就響起了如雷貫耳的掌聲。）

其他型態：

～や（省略形）

・いたずらをしていた生徒(せいと)たちは、教師(きょうし)が来(き)たと見(み)るや、一斉(いっせい)に逃(に)げ出(だ)した。
（惡作劇的學生們，一看到老師來，馬上就逃跑了。）

辨析：

N 2 第 140 項句型「～たとたん（に）」

用於「沒預測到，因而感到意外與驚訝」的語境。

第 142 項句型「～なり」

用於「沒預測到，因而感到意外與驚訝」、

「有預期到，日常生活中不感驚訝的瑣事」的語境。

本項句型「～や否や」

用於「有預期到，日常生活中不感驚訝的瑣事」、「生活習慣」的語境。

- **いつものように、目覚まし時計が鳴るや否や、起きだし、顔を洗ってジョギングに出かけた。**

（如同往常一樣，鬧鐘響了，我起床，洗了臉，然後出門慢跑。）

上述例句語境為描述「生活習慣」，因此不可使用「～たとたん（に）」與「～なり」。

其他型態：

～が早いか

「～や否や」有較口語的講法「～が早いか」，其意思與用法大致上與「～や否や」相同。但最近已經幾乎不使用「～が早いか」，新制考試截至目前為止也從未出題，同學僅需稍微知曉有此表達方式即可。

- 子供はおやつを食べ終わるが早いか、ボールを持って外へ飛び出した。

（小孩子一吃完點心，就拿著球衝向戶外。）

辨析：

曾出題過一次的基準外句型「～か否か」，是「～かどうか」的文言表現，意思是「是否…／是不是…」。雖然與本文法「～や否や」型態上很類似，但意思及用法與本項文法截然不同，不可替換。

・**信じるか否かはあなた次第です。**
（相不相信，隨你。）

・**授業のレポートなどでインターネット上のデータを使用する時は、情報が正しいか否かだけでなく、いつのデータかを確認することも重要である。**
（撰寫課業報告，在網路上擷取資料時，不僅要注意情報是否正確，也必須確認這是何時的資訊。）

排序練習：

01. 家に ＿＿＿ ＿＿＿ ＿＿＿ ＿＿＿ が、見たかった番組は終わっていた。
1. や否や　2. つけた　3. テレビを　4. 帰る

02. 食事が ＿＿＿ ＿＿＿ ＿＿＿ ＿＿＿ 、待ってましたとばかりに、猛烈なスピードで食べ始めた。
1. 早い　2. 出される　3. か　4. が

解01.（4 1 3 2）　02.（2 4 1 3）

144. ～と思いきや

接続：普通形＋と思いきや

翻訳：本以為…卻…。

説明：本句型當中的「き」為文言表過去的助動詞，相當於現代文中的「た」，因此「思いき」相當於現代文的「思った」；「や」為反語助詞，相當於現代文的「～が」。若直譯成現代文就相當於「～と思ったが、（そうではなかった）」。因此本句型以「A（か）と思いきや、B」的型態，來表達「說話者原以為按照常理、一般的狀況下，應該會是A，但結果卻出乎說話者的意料之外，（居然）是B」。口氣中帶有說話者感到意外的語感。

・やっと涼しくなったと思いきや、また急に残暑がぶり返した。

（才想說總算變涼了，卻又突然熱了起來。）

・父は古いタイプの人間だから、ゲイである兄の同性婚には反対するかと思いきや、喜んで賛成してくれた。

（我爸是老派思想的人，想說他應該會反對同性戀哥哥的同性婚姻，沒想到他居然贊成。）

・毎日のようにこの時間帯に電話してくる彼女のことだから、この電話も絶対彼女からだと思いきや、違う人からだった。

（她每天都這個時間打電話來，這通電話一定也是她打來的。本以為是這樣，結果卻是別人打來的。）

・台風で飛行機の離陸時間が遅れ、無事に離陸したと思いきや、突然「当機に不調が発生したため関西国際空港に引き返しております」との機内アナウンスが流れた。

（因為颱風而導致飛機延誤起飛，才想說總算安全起飛了，卻又突然廣播說「因為飛機出現問題，現正返航關西國際機場」。）

排序練習：

01. 代々政治家の家庭に育った彼も、政治家になる ＿＿＿ ＿＿＿ ＿＿＿ ＿＿＿ 、俳優になったようです。

1. や　2. 思い　3. き　4. と

02. 主人公は前回の放送で ＿＿＿ ＿＿＿ ＿＿＿ ＿＿＿ 新たな世界で転生しました。

1. 死んだ　2. 今週の放送で　3. 思いきや　4. かと

解01.（4 2 3 1）　02.（1 4 3 2）

145. ～たる

接続：名詞＋たる＋名詞
翻訳：身為…。作為（一個高官）。
説明：此表現為文言的斷定助動詞「たり」的連體形（後接名詞的形態）。若直譯成現代文就相當於「～だ／～である」的意思。由於「～たる」為連體形，因此後面一定得接續名詞。多以「表優越身份、職業的詞彙＋たる者」的型態，來表達「身為一名具有此身份、職業、地位、資格的人，（應該要…）」。後句多接續「此身份的人應該要有的行為、態度」。

・教師たる者は、尊い道徳を学び、自らスキルアップする努力を怠ってはなりません。
（身為一位教師，應該要學習尊貴高尚的道德，努力不懈於自我技能的提升。）

・知事たる者は、緊急の際に素早い判断ができなければならない。
（身為知事，緊急時刻必須要能夠當機立斷。）

・一国の代表たる者は、産業界に意見を言うのはよいのですが、個々の企業に口を出すべきではありません。
（身為一國的代表，對產業界給予建言可以，但不應該干涉個別企業。）

・裁判官たる者には、公私にわたる公明正大さが求められている。
（身為一名法官，在公私領域都得要光明正大。）

其他型態：

～ともあろう＋名詞

・教師ともあろう者が、生徒の信頼を裏切るとは、困ったものだ。
（身為一名老師，居然背叛學生的信賴，實在困擾。）

・知事ともあろう者が、そんなこともわからないとは呆れてものも言えない。
（身為知事，居然連那樣的事都不知道？我實在是傻眼到說不出話。）

「～ともあろう＋名詞」用來表達「你擁有這樣的身份、職業，卻又做出不符合期待的行為」。專門用來表達說話者對於此人的責罵、失望的語氣。另外，由於「～たるものは」

是在講述此身份的人應有的行為，因此助詞使用表主題的「は」；而「～ともあろうものが」是在強調此身份的人居然犯這樣的錯，因此使用表強調前方主語的格助詞「が」。

排序練習：

01. 国家の ＿＿＿ ＿＿＿ ＿＿＿ ＿＿＿ 責任感が強くなければならない。
1. 者は　2. 聡明で　3. 指導者　4. たる

02. 国会議員 ＿＿＿ ＿＿＿ ＿＿＿ ＿＿＿ 事情があれ、人のことをイヌなどと呼んで許されるわけがない。
1. あろう　2. 者が　3. どんな　4. とも

解01.（3 4 1 2）　02.（4 1 2 3）

146. ～たりとも

接続：數量詞＋たりとも
翻訳：即使（如此微小），也不…。
說明：此句型為文言的斷定助動詞「たり」加上文言的逆接接續助詞「とも」所構成的連語。若直譯成現代文就相當於「たとえ…であっても」的意思。前面僅可接續「一人、一滴、一円、一日、一瞬、一刻」…等含有「一」的數量詞，並以「（一〇）たりとも～ない」的形式，表達「即使是這麼微小的數量，都（不）…」的意思，來強調「全面都不…、沒有任何猶豫空間」之意。

・市民の皆様から納めていただいた税金なんだから、１円たりとも無駄にしてはいけません。
（因為這是市民們繳納的稅金，即使是一塊錢，都不能浪費。）

・その本は開いたものの、１ページたりとも言っている意味がわからなかった。
（雖然翻開了那本書，但我連一頁都看不懂它在寫什麼。）

・一刻たりとも彼から目を離すな。放っておけば何をしでかすかはわからないから。
（眼睛視線片刻都不准離開他，一不留意不知道他會搞出什麼名堂。）

・俺はお前のことを一瞬たりとも忘れたことはないよ。今も考えているんだ。お前は今何をしているんだろうと。
（即使片刻，我都不曾忘記你。我現在也是想著你。你現在正在做什麼呢？）

排序練習：

01. 昔はお米 ＿＿＿ ＿＿＿ ＿＿＿ ＿＿＿ するなと言われ、こぼしたら拾って食べるのが当たり前だった。
1. たり　2. 無駄に　3. とも　4. 一粒

02. 皆捕まえろ！ 99 人の冤罪者を ＿＿＿ ＿＿＿ ＿＿＿ ＿＿＿ とも逃がすな！
1. １人　2. 出しても　3. スパイを　4. たり

解 01.（4 1 3 2） 02.（2 3 1 4）

147. ～ずとも

接続：動詞ない形＋ずとも（動詞「する」→せずとも）
翻訳：即使不…也…。
説明：此句型為文言的打消（否定）助動詞「～ず」加上文言的逆接接續助詞「とも」所構成的連語。「とも」的意思相當於現代文中的「～ても」（與第 12 項文法終助詞的用法不同，請留意）。若直譯成現代文就相當於「～なくても」的意思。後句多接續「いい、わかる、理解できる…」等詞彙，表達「即使不…也可以／也知道」的意思。

・そんな簡単なこと、わざわざ聞かずともわかるだろう。
（那樣簡單的事，不用特地詢問應該也懂吧。）

・殴ったりしないから、そんなに警戒心を剥き出しにせずともいいのに。
（不會打你啦，不需要那麼警戒啦。）

・言葉にせずとも自分のことを理解してくれるし、彼女と一緒にいると無防備な自分でいることができ、居心地がいい。
（即使不說出口，她也能理解我。跟她在一起，我就可以處於不設防的狀態，非常舒服。）

・在宅勤務制度には、会社に行かずとも自宅で業務を進めることが可能な点にメリットがありますが、その反面で社員同士が顔を合わせる機会が減少し、コミュニケーション不足に陥る可能性があります。
（居家執勤，有不去公司也可以在家進行業務的優點。但相反地，卻因為和同事見面的機會變少了，很有可能導致溝通不足。）

排序練習：

01. AIを活用すれば、見合い相手に ＿＿＿ ＿＿＿ ＿＿＿ ＿＿＿ もうすぐ来るかもしれない。
1. 会わず　2. 相性がわかる　3. 時代が　4. とも

02. 当社独自の撮影画像に含まれるノイズ除去技術により、手や体に触れず ＿＿＿ ＿＿＿ ＿＿＿ ＿＿＿ 、脈拍を測定できます。
1. だけで　2. カメラで観測　3. する　4. とも

解01.（1 4 2 3）　02.（4 2 3 1）

28 單元小測驗

1．電車のドアが開く（　　）、ある若い男性がいきなり
「皆さんおはようございます！」と言って乗り込んできて、びっくりしました。
1　や否や　　2　か否か　　3　か早いか　　4　と思いきや

2．友人の一人娘がアメリカの大企業で就職することになり、ざぞ喜んでいるだろう（　　）、心配でならないという。
1　とばかりに　　2　と思いきや　　3　といえども　　4　とも

3．現在は過去の努力の結果であり、将来は今後の努力で決まっていきます。
だから、経営者は一瞬（　　）気を緩めてはいけない。
1　なり　　2　たる　　3　たりとも　　4　せずとも

4．経営者（　　）者は、人と共に憂い、人と共に楽しむということではいけない。
人よりも先に憂い、人よりも後に楽しむという志がなければならない。
1　なりの　　2　ならではの　　3　と思いきや　　4　たる

5．東京のような大都会では、掃除や炊事、買い物など、お金さえ払えば自分で（　　）、何もかもやってくれる業者がたくさんいます。
1　やったそばから　　2　やらずとも
3　やると思いきや　　4　やってからというもの

6．今日はノー残業デーだから、定時のベルが鳴るが（　　）、社員たちは一斉に退社した。
1　早くて　　2　早くも　　3　早いか　　4　早からず

7．全員捕らえろ！ネズミ ＿＿＿ ＿＿＿ ★＿＿＿ ＿＿＿ な。
1　逃がす　　2　とも　　3　一匹　　4　たり

8．会社の ＿＿＿ ＿＿＿ ★＿＿＿ ＿＿＿ が、根拠を提示できないような軽はずみな発言をするべきではない。
1　もの　　2　とも　　3　経営者　　4　あろう

28 單元小測驗

9. 裁判ではこのような行為がセクハラに該当する ＿＿＿ ＿＿＿ ＿★＿ ＿＿＿ 大きいそうです。

   1 については　　2 ところが

   3 か否か　　4 本人の判断による

10. 来年の大河ドラマで大役を演じることになった女優の神田さん。不祥事で降板させられる ＿＿＿ ＿＿＿ ＿★＿ ＿＿＿ らしい。

    1 のではないか　　2 思いきや　　3 そうでもない　　4 と

< 第六篇 > 文語

29

第 29 單元： 文語Ⅲ

148. ～ごとき
149. ～ごとし
150. ～まじき
151. ～故に
152. ～いかん

本單元延續上個單元，學習五個 N1 當中屬於文言的用法，在品詞本身的活用上也都屬於文言文的活用模式。其中請特別注意第 148 項文法「～ごとき」與第 149 項文法「～ごとし」，其不同的活用形態，後接的品詞也不同。

第 28 單元：文語III

148. ～ごとき

接続：人＋ごとき＋格助詞
活用：～ごとき（の）＋名詞
翻訳：像…這樣的咖，算什麼。
説明：「ごとき」漢字寫作「如き」，直接接續在表「人」的名詞後方，用來表示「說話者認為此人是不足為道、無足輕重的」。口氣中帶有說話者看不起此人之意。可用於貶低自己，亦可用於貶低他人。「ごとき」為助動詞「ごとし」的連體形，除了可放在名詞前方外，亦可擺在格助詞「が」、「に」的前方使用。

・お前ごときが俺に勝てるとでも思ってるのか？笑わせるな！
（像你這樣的咖，還自以為贏得過我嗎？別笑死人了！）

・えっ？次期会長をこの私に？私ごときにそのような大役が務まるかどうか、わかりません。
（什麼？要我擔任下一期的會長？就憑我，不知道有沒有辦法擔任這樣的重責大任。）

・あんな小僧ごときにやられるとは、俺も落ちたもんだ。
（我居然會輸給那樣的小毛頭，我也真是落魄了啊。）

・自惚れるな！お前ごとき（の）未熟者が「真剣勝負」など口にしていい言葉ではない。
（別自負！像你這樣嘴上無毛的小鬼，談什麼真槍實彈決勝負！）

排序練習：

01. 俺の気持ちが ＿＿＿ ＿＿＿ ＿＿＿ ＿＿＿ か。
　1. わかる　2. もの　3. ごときに　4. お前

02. 後輩の鈴木 ＿＿＿ ＿＿＿ ＿＿＿ ＿＿＿ 、もう黙っていられない。
　1. 言われ　2. あんなことを　3. ごときに　4. ては

解 01.（4 3 1 2）　02.（3 2 1 4）

149. ～ごとし

接続：動詞普通形＋（が）ごとし　　名詞＋のごとし

活用：ごとく＋動詞、形容詞、副詞

　　　ごとき＋名詞

翻訳：有如…。像…這樣的。

説明：「ごとし」漢字寫作「如し」，為文言比況助動詞。語意相當於現代文中的「～ようだ」，因此「ごとし」就跟「ようだ」一様，可用於「比況（比喻）」以及「例示（舉例）」兩種語境（但不可用於「推量」。「ようだ」的詳細用法請參考『穩紮穩打！新日本語能力試驗 N3 文法』第 131 項文法）。助動詞「ごとし」的各種活用形態如下：「ごとく（連用形）」、「ごとし（終止形）」、「ごとき（連体形）」。① 連用形「ごとく」後面連接用言，也就是接續「動詞、形容詞、副詞」等品詞，因此等同現代文中的「ように」。此外，「例によって例のごとく（一如往常毫無變化）」為慣用表現，「～かのごとく」就相當於「～かのように」（參考『穩紮穩打！新日本語能力試驗 N2 文法』第 131 項句型）；② 終止形「ごとし」放置句尾，話講完了，打上句點。因此等同現代文中的「ようだ。」；③ 連體形「ごとき」後面連接體言，也就是接續「名詞」。因此等同現代文中的「ような＋名詞」。

① ごとく：連用形，相當於ように

・季節の移り変わりは風の如く速い。（風のように速い）
（季節變遷，就有如風一般快。）

・光陰、矢の如く過ぎ去った。
（光陰流逝有如箭。）

・この日を今か今かと、一日千秋の如く待ちわびていました。
（我等這一天已經等得焦急，一日如千秋了。）

・例によって例の如く、今日の会議は長引いた。
（就一如過往，今天的會議也拖了很長。）

・彼はまるで死んだかの如く熟睡している。
（他就有如死掉了一般熟睡著。）

・「反省」とは、あたかも他人を眺めるが如く、自らを客観的に観察して行う精神活動である。
（所謂的「反省」，指的就是客觀地觀察自己，就有如在觀察他人的一種精神活動。）

② **ごとし：終止形，相當於ようだ**

・疾きこと、風の如し。（風のようだ）
（快如風。）

・光陰、矢の如し。
（光陰似箭。）

・契約内容は、下記の如し。
（契約內容如下。）

・動かざること、山の如し。
（不動如山。）

・君子の交わりは淡きこと水の如し。
（君子之交淡如水。）

③ **ごとき：連体形，相當於ような**

・風の如き速さで走って行った。（風のような速さ）
（用快如風的速度跑去。）

・光陰、矢の如き 10 年間でした。
（這是個光陰似箭的十年。）

・契約内容は、下記の如きものである。
（契約內容，如下列事項。）

・選手たちは飛ぶが如き勢いで、走って行った。
（選手們以就像是在飛的氣勢跑去。）

・あたかも静かに眠るが如き臨終であった。
（他宛如靜靜睡著一般地去世了。）

排序練習：

01. あの人は ＿＿＿ ＿＿＿ ＿＿＿ ＿＿＿ だ。

1. 人　2. ごとく　3. 冷たい　4. 氷の

02. 暑い日に草むしりをしていたら、汗が ＿＿＿ ＿＿＿ ＿＿＿ ＿＿＿ 。

1. 滝の　2. 流れて　3. ごとく　4. きた

解01.（4 2 3 1）　02.（1 3 2 4）

150. ～まじき

接続：固定少數幾個慣用動詞＋まじき＋名詞
翻訳：（這樣的身份）不應該（有這樣的行為）。
說明：「まじき」為文言打消推量助動詞「まじ」的連體形，因此後面必須跟隨著名詞使用。N1 考試當中僅會考出其連體形「まじき」，因此其他的活用形本書割愛。此句型前方使用表某地位或某職業的名詞，用於表達「說話者認為…身份／職業的人，不應該做…的事情」，多使用於責罵某人的言行。經常以「あるまじき行為」「許すまじき／許されまじき」的慣用形式使用。

・不必要に患者の不安を煽るのは医者としてあるまじき行為だと思います。
（過份地煽動患者的不安，這是作為一個醫生不應該有的行為。）

・このたびは、本市職員が公務員にあるまじき行為をし、関係者をはじめ、市民の皆様方に多大なご迷惑をおかけいたしましたことにつきまして、深くお詫び申し上げます。
（這次，本市的職員做了公務員不應該有的行為，為市民以及相關人員帶來了很大的困擾，在此跟各位致上深深的歉意。）

・県立高校の校長が、同校に在学する娘の成績証明書を偽造したことが明らかになり、教育関係者からは教育現場の長としてあるまじき行為と怒りの声が上がった。
（縣立高中的校長，被發現了偽造在同間學校就讀的女兒的成績證明，而被教育相關人員指責，這是作為教育現場的長官不應該有的行為。）

・一国の首相が国家の未来を無視して混乱の急先鋒となっている事態は、許されまじき犯罪であると言わざるを得ません。
（我不得不說，一個國家的首相，無視於國家的未來而帶頭成為了混亂的急先鋒，這樣的事態，是無法原諒的犯罪。）

排序練習：

01. 妻に責任をなすりつけるなんて ＿＿＿ ＿＿＿ ＿＿＿ ＿＿＿ 行為だ。
1. まじき　2. ある　3. として　4. 夫

02. 無差別にデモ参加者を攻撃する ＿＿＿ ＿＿＿ ＿＿＿ ＿＿＿ 行為だ。
1. 法治国家の警察官に　2. ある　3. のは　4. まじき

解01.（4 3 2 1）　02.（3 1 2 4）

151. ～故(ゆえ)に

接続：名詞＋（の）ゆえ（に）
名詞・ナ形容詞述語句＋である（が）ゆえ（に）
イ形容詞い＋（が）ゆえ（に）
ナ形容詞（な）＋ゆえ（に）
動詞常體句＋（が）ゆえ（に）
活用：～ゆえの＋名詞
翻訳：因…，故…。
説明：「ゆえ（に）」漢字寫作「故（に）」，為文言表達原因、理由的名詞。由於屬於文言殘留至現代語中的講法，因此接續上較為彈性，前接名詞時可省略「の」;前接ナ形容詞可省略「な」，前接動詞句時可省略「が」。「ゆえ（に）」作為接續表現時，可省略「に」，以「ゆえの＋名詞」修飾名詞時，「の」不可省略。此外，「故あって（因故）」、「故なく／故ない（無故）」屬於慣用表現。

名詞

・若(わか)さ（の）故(ゆえ)に、思慮分別(しりょふんべつ)を欠(か)き、思(おも)わぬ失敗(しっぱい)を招(まね)くことがよくある。
（常常會因為年輕，而欠缺深思熟慮，導致招來意想不到的失敗。）

・あの女(おんな)と寝(ね)たのは若(わか)さ故(ゆえ)の過(あやま)ちというものだ。
（我跟那個女人上床，就是因為年輕氣盛所犯下的錯誤。）

・若(わか)さ故(ゆえ)の過(あやま)ちは誰(だれ)もが一度(いちど)は経験(けいけん)するものではなかろうか。
（因年輕氣盛而犯下錯誤，應該每個人都曾經經歷過。）

イ形容詞

・若者(わかもの)は若(わか)い（が）故(ゆえ)に無謀(むぼう)で、緻密(ちみつ)な計算(けいさん)なしに行動(こうどう)してしまいがちです。
（年輕人因為年輕，有勇無謀，常常容易在沒有縝密計畫之下就行動。）

・会社(かいしゃ)の立場(たちば)から、新卒(しんそつ)で入(はい)られる方(かた)に期待(きたい)したいものは、若(わか)いが故(ゆえ)に失敗(しっぱい)を恐(おそ)れずまずやってみること、若(わか)い世代(せだい)の代表(だいひょう)として、会社(かいしゃ)がどういうサービスを提供(ていきょう)すべきか提案(ていあん)することなどです。
（就公司的立場，對於剛畢業進入本公司的新入員工，我們期待你們可以：因為年輕而不懼怕失敗，凡事先做再說。作為年輕世代的代表，為公司提出應該做出怎樣服務的建議。）

ナ形容詞、名詞

- 一番人気のこのタイプのルームランナーは、非常に静かな故、マンションなど集合住宅での使用にお勧めです。

（最受歡迎的這一個型號的跑步機，就是因為非常安靜，很適合在大樓等集合住宅使用。）

- 世間の会社に対する印象は極めて重大である（が）故、一歩間違えることで会社が倒産にまで追い込まれる可能性も十分に考えられるのです。

（正因為世間對於公司的印象極為重要，因此只要走錯一步，都很有可能把公司逼到破產的地步。）

- 数々の名曲を生み出し、天才作曲家と呼ばれる西村氏だが、天才であるが故の苦悩もあったという。

（西村先生創作了許多名曲，被稱作是天才作曲家。聽說他也有一些天才所獨有的苦惱。）

- 仕事を辞めたいが、辞めるに辞められずにいるのも人手不足の故である。

（我想辭去工作，但辭不掉，也是因為人手不足的緣故。）

- 故あって、取締役を退任させていただきます。

（因故，請辭董事一職。）

- 彼は故なく解雇され、失意のため自殺した。

（他無緣故地被解聘，因為失意而自殺。）

排序練習：

01. 貧しさ ＿＿＿ ＿＿＿ ＿＿＿ ＿＿＿ はいつの時代にでも起こるのだ。

1.の　2.犯罪　3.が　4.故

02. 同性愛者 ＿＿＿ ＿＿＿ ＿＿＿ ＿＿＿ 、今日でもなお、故ない差別を受けることがある。

1.が　2.故　3.である　4.に

解 01.（3 4 1 2）　02.（3 1 2 4）

29

152. ～いかん

接続：名詞（の）＋いかん
翻訳：① 要看…。取決於…如何。② 因…而異／而改變。③ 無奈、遺憾。
説明：「いかん」漢字寫作「如何」。① 以「A かどうかは、B いかんだ」的型態，來表達「A 是取決於 B 的」，意思相當於「～次第だ」（參照『穩紮穩打！新日本語能力試驗 N2 文法』第 87 項文法「～次第だ」第 ① 種用法）。② 以「A（の）いかんで（は）、B」的型態，來表達「依照 A 的不同，B 也會有所改變」，意思相當於「～によって」（參照『穩紮穩打！新日本語能力試驗 N3 文法』第 11 項文法「～によって」第 ① 種用法）。③ 另外，「いかんせん（無奈）」為慣用表現，多以「～たいが、いかんせん～」的型態，來表達「說話者想這麼做，但無奈（力不從心）…」，意思相當於「残念ながら」。

①・その会社に就職するかどうかは、給料如何です。
（要不要在那間公司就職，就看薪水如何了。）

・これまで繰り返されてきた学校でのいじめがなくなるかどうかは、教師と親の心構え如何だ。
（學校中反覆發生的霸凌事件會不會停歇，就要看教師跟父母們的態度了。）

・パーティーに出席するかどうかは、当日の体調如何だ。
（要不要出席派對，取決於當天身體的狀況。）

②・広告の打ち方如何で（は）、売れ行きに大きく差が出てくることもよくある。
（依照廣告行銷不同的打法，銷售成績也會截然不同，這也是經常會有的事。）

・野菜は景気の動向と関係なく天候の如何で、流通量や価格、購買傾向が変わるものだ。
（蔬菜跟景氣的動向無關，完全是天候因素，導致流通量與價格、購買傾向的變化。）

・包丁は使い方如何で、凶器にも、道具にもなる。
（菜刀，就看你怎麼用，它可以是兇器、也可以是道具。）

③・駅の近くに引っ越したいけれど、如何せん家賃が高い。
（想搬到車站附近，但無奈房租太貴。）

・彼と仲良くなりたいが、如何せん接点がない。
（想跟他成為好朋友，但無奈我倆之間毫無共通點。）

・せっかくのお誘いですが、如何せん、スケジュールの都合が合わないもので、今回は欠席させていただきます。
（感謝您的邀約，但無奈我行程無法配合，這次我只好缺席了。）

進階複合表現：

「～いかん」＋「～による」

・今日時間通りに退社できるかどうかは、会議の成り行き如何による。
（今天能不能準時下班，就看會議開得如何了。）

「～いかん」＋「～を問わず」

・チケット代金のお支払い後は理由の如何を問わず、変更・払い戻し・キャンセルはお受けできません。
（票券付款後，無論理由為何，一律無法變更、退款或取消。）

「～いかん」＋「～に関わらず」

・暴風警報・大雨警報・洪水警報・津波警報等の「警報」が発令された場合、その時の天候の如何に関わらず、生徒を登校させないでください。
（一旦發佈了暴風警報、大雨警報、洪水警報或是海嘯警報，則屆時不管天氣如何，都請不要讓學生去上學。）

排序練習：

01. 今は彼と付き合ってはいるけど、彼の態度 ＿＿＿ ＿＿＿ ＿＿＿ ＿＿＿ もないわけではない。
1. では　2. 別れる　3. 如何　4. 可能性

02. この試験 ＿＿＿ ＿＿＿ ＿＿＿ ＿＿＿、誰でも受験することができる。
1. 如何を　2. 問わず　3. 国籍の　4. には

解 01.（3 1 2 4）　02.（4 3 1 2）

29 單元小測驗

1．アプリをタップするだけで周辺のレストランの温かい料理を自宅まで届けてくれるこのデリバリーサービスが、その手軽さ（　）人気を集めています。
1　まじき　　2　ごとく　　3　故に　　4　如何で

2．学生時代によく通ったこの喫茶店に来ると、あの頃のことが昨日のごとく（　　）。
1　思い出される　　2　思い出す　　3　思い出させる　　4　思い出さざる

3．彼がやったことは、人としてある（　　）残酷非道な行為だ。
1　ごとき　　2　まじき　　3　故の　　4　べくもない

4．成果主義のアメリカでは、業績（　　）社員は解雇されることもよくある。
1　如何で　　2　のごとく　　3　が故に　　4　がごとし

5．彼は母親が国際的有名なピアニストである（　　）、周りからの大きなプレッシャーに苦しんできたが、それを乗り越え、見事に国際ピアノコンクールで優勝した。
1　が故に　　2　がごとく　　3　と思いきや　　4　そばから

6．出席欠席の（　　）、メールにてお返事くださるようお願いいたします。
1　ごとく　　2　故に
3　如何せん　　4　如何によらず

7．彼は子供の時に両親を亡くし、20 代で祖父の会社を継いで、金融危機も経験した。＿＿＿ ＿＿＿ ＿★＿ ＿＿＿ 。
1　厳しさを　　2　この社会の
3　それ故に　　4　知り尽くしている

8．貴様 ＿＿＿ ＿＿＿ ＿★＿ ＿＿＿ でも思ってるのか！この身の程知らずが。
1　ごときに　　2　務まると　　3　相手が　　4　この俺の

9. 入社１年目でプロジェクトを任された時は ＿＿＿ ＿＿＿ ＿★＿ ＿＿＿ 先輩の方々のサポートのおかげで、無事に勤めることができた。
   1 こんな大役が　　2 新人にできる
   3 私ごときの　　4 のかと心細かったが

10. いっそ認知症で寝たきりの夫を殺して自分も自殺しよう ＿＿＿ ＿＿＿ ＿★＿ ＿＿＿ 一瞬頭をよぎった。
   1 考えが　　2 人間として　　3 あるまじき　　4 という

30

第 30 單元： 文語Ⅳ

153. ～至り
154. ～極み
155. ～極まる／極まりない
156. ～さることながら
157. ～最後

本單元為最後一個單元，學習「至り」、「極み」、「極まる」、「然る」以及「最後」的用法。第 153 項文法「～至り」與第 154 項文法「～極み」，多為慣用表現。第 157 項句型「～最後」，可使用「～たら最後」的型態，亦有「～たが最後」的型態。兩者雖然語感上有些許差別，但考試不會考出兩者的不同，學習時僅需了解意思即可。

153. ～至り

接続：名詞の＋至り
翻訳：無比…。…至極。
説明：此文法與下一項文法「～極み」都是慣用的表現居多，在現代只會使用於特殊場合。①「至り」用來表達「說話者受到外來的刺激，因而感情高漲到極限」。多半使用於表達說話者，也就是第一人稱的「感情」。另，②「若気の至り」、「短慮の至り」則為慣用表現，用於表達事發的「原因」是因為說話者「過於年輕氣盛」、「欠缺思考」所致。

①・次期組合長に選ばれたことは、光栄の至りでございます。
（獲選為下期會長，我感到無比光榮。）

・私たちの結婚のため、こんなに盛大にお集まりいただき、本当に感激の至りです。
（為了我倆的結婚，這麼多位朋友光臨聚集，我感到非常感動。）

・あの時、もし彼に一言声をかけていれば、こんなことにはならなかったのではないかと、悔恨の至りです。
（那時，如果我有跟他多搭話一聲，或許就不會搞到現在這種地步了。真是悔恨至極。）

②・先輩に叱られたくらいで、会社を辞めてしまったのは若気の至りだったと反省しています。
（只不過被前輩罵了幾句，就辭去工作，真的是年輕氣盛。這點我深刻反省。）

・彼のような優秀な人材をクビにしたのは、私の短慮の至りだ。
（將他這麼優秀的人才開除，實在是我欠缺思考。）

排序練習：

01. 憧れの芸能人に直々に ＿＿＿ ＿＿＿ ＿＿＿ ＿＿＿ です。
    1. 至り　2. なんて　3. 感激の　4. 会える

02. このたびはご迷惑を ＿＿＿ ＿＿＿ ＿＿＿ ＿＿＿ 。
    1. でございます　2. 恐縮　3. の至り　4. おかけしまして

解01.（4 2 3 1） 02.（4 2 3 1）

154. ～極み

接続：名詞の＋極み

翻訳：極為…。到達極限…。

説明：此文法與上一項文法「～至り」都是慣用的表現居多，在現代只會使用於特殊場合。①「極み」用來表達「說話者判斷某一感情或狀態已到達極限」。由於是說話者對於某狀況的判斷，因此可用於描述第一人稱與第三人稱的「感情」或「狀態」。② 亦可用於表達「某件事物的極致」。

①・私のためにこのような盛大な送別会を開いていただき、本当に感激の極みです。

（為了我而舉行這麼盛大的送別會，真是非常感動。）

・政治家とは、貪欲の極みだ。権力に執着し、欲に限りがない。

（政治家，就是貪慾之極。執著於權力，慾望無垠。）

・ハワイやモロッコなどに別荘をいくつも持っているなんて、贅沢の極みだね。

（他居然在夏威夷跟摩洛哥等地都有別墅，真的是極致奢華啊。）

・ユダヤ人の虐殺はただ単にヒットラーの方針であったのかも知れないが、一緒に暴走してしまった多くのドイツ人にとっては悔恨の極みであろう。

（虐殺猶太人，或許只是希特勒的一個方針，但對於許多一起跟著起舞冒進的德國人而言，可說是悔恨至極吧。）

②・「博士」は、それ以上の学位のない学問の極みに達している称号です。

（「博士」就是已經到達學問頂點的稱號，上面已經沒有更高等的學位了。）

・見よ！これがまさに自然と調和する木造建築の極みだ。

（看啊，這正是與自然融合之木造建築的極致啊。）

排序練習：

01. 新型コロナウイルス流行中のこのご時世に中国へ ＿＿＿ ＿＿＿ ＿＿＿ ＿＿＿ だ。

1．極み　2．非常識の　3．のは　4．旅行に行く

02. 家族や親友とお酒を飲みながら ＿＿＿ ＿＿＿ ＿＿＿ ＿＿＿ だ。

1．この世の幸せの極み　2．ご飯食べている　3．こそが　4．時

解01.（4 3 2 1）　02.（2 4 3 1）

155. ～極まる／極まりない

接続：ナ形容詞語幹＋極まる／極まりない

翻訳：極其…。非常…。

説明：此句型前面多接續以「不～」開頭的ナ形容詞，來表達「說話者對於某件事情持負面的看法」，且口氣中帶有責罵的語感在。無論是使用 ① 肯定形「極まる」或 ② 否定形「極まりない」意思都相同。現代文中，後者使用的頻率較高。基本上此句型多使用於負面的語境上，但有少數幾種慣用用法（如：慎重、丁寧、親切…等）可以使用在正面的語境上。

①・自分の古い傷を今、再びさらけ出すのは不愉快極まるが、自分の一生を語るには、それをぬきにはできない。

（又再度把自己的舊傷疤掀開，實在非常不愉快，但要談論自己的一生，就無法不談那件事。）

・民衆は愚かなので彼らが直接国家の最高統治者を選ぶのは危険極まることだ。

（民眾是愚蠢的，由他們直接選出國家的最高統治者，極為危險。）

②・お葬式の場でベラベラと話をしたり、笑い合うのは失礼極まりない行為だ。

（在葬禮時談笑風生，是非常失禮的行為。）

・このような書籍は、不健全極まりなく、青少年に与えべからざるものだ。

（這樣的書籍非常不健全，不應該給予青少年閱讀。）

・男一人の車旅は、時間もかかるし不経済極まりないとは思いつつ、いざ出発してみるとなかなか面白いです。

（雖說男人的一人開車之旅，非常花時間，又極為不經濟，但實際出發後，卻還蠻有趣的。）

・あの女優は、贅沢極まりない生活をいつもテレビで自慢げに語っている。

（那個女演員總是在電視上自滿地述說著她奢華的生活。）

・慎重極まりないご挨拶をいただき、恐縮の至り／極みです。

（您那麼慎重地打招呼，我感到惶恐之至。）

辨析：

本句型「～極まる／極まりない」用於敘述「說話者對於某件事情負面的看法，口氣中帶有責備」，而第 154 項文法「～極み」的第 ① 種用法則是在敘述「感情」、「狀態」，兩者前接的品詞不同，基本上不可替換。少數可替換的情況，語感也會不同。

・**贅沢（ぜいたく）の極（きわ）みだね。**
（僅用描述「極為奢侈的狀態」。）

・**贅沢極（ぜいたくきわ）まりない。**
（則是「說話者責罵對方過度奢華」）

排序練習：

01. 毎晩飲んだくれて ＿＿＿ ＿＿＿ ＿＿＿ ＿＿＿ 。
1. 不健康　2. 極まりない　3. 君の生活は　4. 帰る

02. 女性一人で、真夜中に風俗街に ＿＿＿ ＿＿＿ ＿＿＿ ＿＿＿ ことだ。
1. 危険　2. 出歩く　3. 極まりない　4. なんて

解 01.（4 3 1 2） 02.（2 4 1 3）

156. ～さることながら

接続：名詞＋もさることながら

翻訳：A 就不用說了，B 更是如此…。

説明：「さることながら」的漢字寫作「然る事乍ら」，以「A さることながら、B」的型態來表達「A 就不用說了，理所當然是如此，而 B 更是如此…」。意指「雖然 A 很重要，但是 B 也很重要」。說話者的重點著重在 B 這點。

・昨日行ったレストランは食事もさることながら、お庭の手入れや接客も行き届き、大満足でした。

（昨天去的餐廳，餐點就不用說了，就連他們的庭院也整理的很好，接待客戶也很周到，我感到非常滿意。）

・お花見は桜を見るのもさることながら、お団子を食べるのが楽しみなんです。

（賞花時，看櫻花固然重要，但吃點心丸子才是讓人滿心期待。）

・筆者が選挙区取材をして感じたのは、年金問題もさることながら、閣僚の不祥事と、それを管理できない首相への不満が想像以上に強かったことだ。

（筆者在選區採訪中所感受到選民們的不爽，不只是針對年金問題而已，對於內閣成員的醜聞以及無力管理的首相的不滿，更是比起想像中的強烈。）

・韓国大統領選が間もなく行われるが、次期大統領にとっては北朝鮮問題もさることながら、より大きな課題となるのは日韓関係をどのように改善していくかということだろう。

（韓國的總統選舉即將展開，對於下一任總統而言，北韓問題固然重要，但更大的課題，將會是如何改善日韓關係吧。）

排序練習：

01. 海外留学は語学 ＿＿＿ ＿＿＿ ＿＿＿ ＿＿＿ 外国の文化に触れる良い機会になります。

1. も　2. こと　3. ながら　4. さる

02. その女優は美貌も ＿＿＿ ＿＿＿ ＿＿＿ ＿＿＿ 。

1. 素晴らしい　2. 演技力も　3. さること　4. ながら

解01.（1 4 2 3）　02.（3 4 2 1）

157. ～最後

接続：動詞た形＋が最後　動詞た形＋たら最後
翻訳：一旦…就非得…。一旦…就 (沒救了)，就完了
說明：此句型以「A たら最後、B」或「A たが最後、B」，來表達「一旦 A 發生／一旦做了 A，就會招致 B 這樣難以改變的事情，且多半是招致不太好的事態」。兩種方式意思差別不大，唯「～たら最後」較為口語，而「～たが最後」則較為正式。此外，由於「～たら」帶有假設條件的含義，因此語感上偏向「警告對方，若做了這件事就糟了」，故不可用於「說話時明顯已發生的事情」。

・あの人に話したら／話したが最後、次の日にはすぐ、クラスの皆に知られてしまう。
（你跟那個人講就糟了，隔天就全班都知道了。）

・青木ヶ原樹海に一度足を踏み入れたら／踏み入れたが最後、二度と出てこられないという都市伝説がある。
（有個都市傳說，說一旦踏入青木原樹海，就再也出不來了。）

・ここで会ったが最後（× 会ったら最後）、もう逃がさないからな！
（在這裡被我遇到算你衰，我絕對不會再讓你逃跑！）

・既にこの話を聞いたが最後（× 聞いたら最後）、死んでもらうより他ないね。
（既然你聽到了這件事，你就完了，我只好要了你的命！）

・諦めたら、最後です。最後まで自分を信じ、試験を頑張ってください。必ず明るい未来が君を待っているよ！
（一旦放棄，就前功盡棄了。一定要相信自己，直到最後，考試加油。光明的未來正等著你。）

排序練習：

01. 秘密が ＿＿＿ ＿＿＿ ＿＿＿ ＿＿＿ いられなくなる。
　1. 最後　2. もうここには　3. ばれた　4. が

02. 一度覚醒剤に ＿＿＿ ＿＿＿ ＿＿＿ ＿＿＿ なる。
　1. 出したら　2. 人生再起不能に　3. 手を　4. 最後

解01.（3 4 1 2）　02.（3 1 4 2）

30 單元小測驗

1．間違い電話をかけてきて、謝りもしないでガチャンときるとは、失礼（　　）。

1　でならない　　2　極まりない

3　を禁じ得ない　　4　もさることながら

2．極端な状況下で行われるエクストリームスポーツを素人がやるのは（　　）極まる行為だ。

1　危険　　2　危険が　　3　危険の　　4　危険に

3．ずっと憧れていたユーチューバーと動画で共演できたなんて、感激の（　　）だ。

1　至るところ　　2　ごとし　　3　極み　　4　最後

4．これは数量限定で、この店でしか売ってないレアなものなので、買い損ねた（　　）、もう永遠に手に入らないだろう。

1　と思いきや　　2　いかんで　　3　そばから　　4　が最後

5．両親は、息子に会社の跡を継いで社長になってほしいと思っているようだが、親の希望も（　　）、やはり本人の意志が第一だろう。

1　さることながら　　2　あらんがため

3　言わんばかりに　　4　考慮せざるを得ず

6．それを（　　）最後、君たち二人の友情は完全に壊れてしまうよ。

1　言えば　　2　言ったら　　3　言っても　　4　言うのに

7．私は、あの新入社員の無礼 ＿＿＿ ＿＿＿ ＿★＿ ＿＿＿ 我慢ならなかった。

1　極まりない　　2　かつ　　3　態度に　　4　傲慢

8．この映画の人気は、物語も ＿＿＿ ＿＿＿ ＿★＿ ＿＿＿ 言える。

1　大きいと　　2　よるところが

3　俳優の演技力に　　4　さることながら

30 單元小測驗

9. 私の不徳の ＿＿＿ ＿＿＿ ＿★＿ ＿＿＿ ことを、
深くお詫び申し上げます。
1　至りで　　2　至った　　3　事態に　　4　このような

10. その信念を ＿＿＿ ＿＿＿ ＿★＿ ＿＿＿ 全部無駄になる。
1　捨てたら　　2　最後　　3　今までの　　4　努力が

special

敬語特別篇

敬意你我他
敬語的種類
「謙讓語Ｉ」與「謙讓語II（丁重語）」
「素材敬語」與「對者敬語」
敬意對象是何人？
尊敬語的形式與用例
謙讓語的形式與用例
特殊尊敬語動詞與特殊謙讓語動詞的對照表與用例
丁重語的形式與用例
形容詞與名詞的特別丁寧體

一、敬意你我他

在使用到敬語的語境裡，需要了解到下列三者的角色關係：1.「說話者」、2.「聽話者」以及 3.「句中提及人物」。所謂的「敬語」，指的就是「說話者」依據與「聽話者」或是「句中提及人物」的關係，使用具備敬意的表現方式。在想要表達敬意的語境下，「說話者」講述他人的行為，使用「尊敬語」；「說話者」講述自己或己方的行為，則使用「謙讓語」。

① TiN 先生(せんせい)はもう帰(かえ)りましたか。
(TiN 老師回家了嗎？)

② TiN 先生(せんせい)はもうお帰(かえ)りになったか。
(TiN 老師回家了嗎？)

關於敬意的表達，學習者經常問到：①使用「ます形」或②使用「お～になる」等尊敬語的形式，何者的敬意程度較高？其實這並非是「敬意程度」高低的問題，而是「敬意對象」的問題。

二、敬語的種類

在說明上述兩句的差異之前，我們先回顧一下日語裡的敬語種類。根據日本的文化審議會國語分科會的分類，將敬語分為「尊敬語」、「謙讓語 I」、「謙讓語 II（丁重語）」、「丁寧語」、「美化語」五種。表達形式以及說明如下表：

種類	代表形式	用法說明
尊敬語	・～（ら）れる ・お／ご～になる ・お／ご～だ ・お／ご～でいらっしゃる ・いらっしゃる、なさる、くださる…等「特殊尊敬語動詞」。	「說話者」用於講述「聽話者」或者「句中提及人物」的行為、動作或狀態，藉以提高此做動作的人的地位，表示對於此做動作的人的敬意。
謙讓語 I	・お／ご～する ・お／ご～いたします ・お／ご～いただく ・伺う、差し上げる、いただく…等「特殊謙讓語動詞」。	「說話者」以貶低自己的方式，來講述「自己」做給「聽話者」或「句中提及人物」的行為、動作，藉以提高此動作接受者的地位，表示對於此動作接受者的敬意。（句中需要動作接受的對象存在）

謙讓語 II (丁重語)	・～いたします ・弊／小／愚／拙／粗＋名詞 ・おる、参る、申す…等丁重語動詞。	「說話者」以貶低自己的方式，來講述「自己」的行為、動作或狀態，藉以提高「聽話者」的地位，表示對於「聽話者」的敬意。（句中不需要動作接受的對象存在）
丁寧語	・～です ・～ます ・～でございます	「說話者」以禮貌、慎重的說話態度，來講述「自己或他人」的行為、動作或狀態，表示對於「聽話者」的敬意。
美化語	お（ご）～	附加在名詞前方，以展現出「說話者」優雅的氣質與品格。

三、「謙讓語Ⅰ」與「謙讓語Ⅱ（丁重語）」

③ お客様（きゃくさま）がいらっしゃいました。(いらっしゃる、尊敬語)
(客人來了。)

④ 先週（せんしゅう）、先生（せんせい）のお宅（たく）に伺（うかが）いました。(伺う、謙讓語 I)
(上個禮拜我去拜訪老師家。)

⑤ 先週（せんしゅう）、仕事（しごと）で東京（とうきょう）におりました。(おる、謙讓語 II)
(上個禮拜我因為工作而在東京。)

「尊敬語」用於講述「他人」的動作，「謙讓語」用於講述「自己（我方）」的動作。以上三例：③客人來訪，為「句中提及人物（客人）」（他人）的動作；④去老師家、⑤在東京，為「說話者」（自己）的動作。而「謙讓語 I 」與「謙讓語 II （丁重語）」的差別，就在於「謙讓語 I 」需要有動作的「對象」（這裡指老師），但「謙讓語 II （丁重語）」卻不需要有動作的「對象」。

・私（わたし）は午後（ごご）3時（じ）の新幹線（しんかんせん）に（× ご乗車（じょうしゃ）します／○ 乗車（じょうしゃ）いたします）。
(我將會搭乘下午三點的新幹線。)

「乗車する」是我個人的行為，並不需要對象的存在，因此不可使用「謙讓語 I 」的「お／ご～する」的型態，僅可使用「謙讓語 II （丁重語）」的「～いたします」的型態。

四、「素材敬語」與「對者敬語」

回到我們最初提到的三個角色。若我們以「敬意對象（敬意到底是針對誰／付給誰）」的觀點來看，用於表達給「句中提及人物」敬意的，稱為「素材敬語」；用於表達給「聽話者」敬意的，稱為「對者敬語」。

例句 ③ 的「いらっしゃる」為「尊敬語」，敬意是付給「句中提及人物（お客様）」的，因此屬於「素材敬語」。（因為是客人的動作，所以必須用いらっしゃる表達敬意）
例句 ④ 的「伺う」為「謙讓語 I 」，敬意也是付給「句中提及人物（先生）」的因此也是屬於「素材敬語」。（因為是老師的家，所以必須用伺う表達敬意）
例句 ⑤ 的「おる」為「謙讓語 II 」，句中並無動作接受者，敬意是付給是「聽話者」的，因此屬於「對者敬語」。

⑥ 先週、仕事で東京に（○ 参りました／ × 伺いました）。
（我上個星期因工作去了東京。）

上例 ⑥，由於「我去東京並沒有拜訪任何人（動作本身沒有牽扯到任何人）」，沒有動作接受的對象，因此不可以使用屬於「謙讓語 I 」（素材敬語）的「伺う」。而應該用屬於「謙讓語 II （丁重語）」（對者敬語）的「参る」。（之所以使用参る，是因為要對聽話者表達自謙的態度。）

至於丁寧語「です、ます」的敬意對象，我們在很初級的時候就學過，敬意也是付給「聽話者」的，因此丁寧語「です、ます」也屬於「對者敬語」的一種。

最後，「美化語」主要是「說話者」為了展現自己的優雅氣質、美化用字遣詞而已。嚴格說來，不屬於素材敬語或是對者敬語。日本的學界定義為「準敬語」，也就是相當於敬語的意思。

<table>
<tr><td>尊敬語</td><td>⇒ 敬意 for 句中提及人物</td><td rowspan="2">素材敬語</td></tr>
<tr><td>謙讓語 I</td><td>⇒ 敬意 for 句中提及人物</td></tr>
<tr><td>謙讓語 II （丁重語）</td><td>⇒ 敬意 for 聽話者</td><td rowspan="2">對者敬語</td></tr>
<tr><td>丁寧語</td><td>⇒ 敬意 for 聽話者</td></tr>
<tr><td>美化語</td><td></td><td>相當於敬語</td></tr>
</table>

五、敬意對象是何人？

① TiN 先生(せんせい)はもう帰(かえ)りましたか。
(TiN 老師已經回去了嗎？)

② TiN 先生(せんせい)はもうお帰(かえ)りになったか。
(TiN 老師已經回去了嗎？)

回到 ①、② 兩個例句。前面有提到，這兩句的差別，並非「敬意程度」的差異，而是「敬意對象」的差異。第 ① 句使用丁寧語「ます」，屬於「對者敬語」，表示敬意的對象為「聽話者」。因此，這句話的語境，可能是學生詢問辦公室職員，TiN 老師回去了沒。表示敬意的對象是聽話者，即辦公室的職員，而不是 TiN 老師。這句話並沒有對「句中提及人物（TiN 老師）」展現敬意。

第 ② 句使用謙讓語 I 「お～になる」形式，屬於「素材敬語」，表示敬意的對象為「句中提及人物（TiN 老師）」。同時，請留意該句的句尾使用常體，因此這句話並沒有對於「聽話者」表現敬意。這句話的語境，可能是說話者為學生，聽話者則是另一名學生，因此說話者不需要對於聽話者表示敬意，只需對句中提及的 TiN 老師表示敬意。

⑦ TiN 先生(せんせい)はもうお帰(かえ)りになりましたか。
(TiN 老師已經回去了嗎？)

然而，若想對於「句中提及人物（TiN 老師）」以及「聽話者」雙方都表示敬意時，則可以將句尾改成對者敬語的丁寧語「ます」即可，如例句⑦所示。「お帰りになり」的部分，敬意對象為「句中提及人物（TiN 老師）」；「まし（た）」的部分，敬意對象則是「聽話者」。

⑧ 部長(ぶちょう)、明日(あす)何時(なんじ)にご出発(しゅっぱつ)になりますか。
（部長，您明天什麼時候出發？）

此例句中，「聽話者」為部長、「話題中人物」亦為部長。此例句使用尊敬語「ご出発になり」的部分是「說話者」給「句中提及人物（部長）」的敬意；「ます」的部分是給「聽話者（部長）」的敬意。只是剛好本例當中「聽話者」與「話題中人物」為同一人物。

⑨ 佐藤君、部長は明日何時にご出発になるか、知っていますか。
（佐藤，你知道部長明天什麼時候出發嗎？）

此例句中，「聽話者」為佐藤、「句中提及人物」為部長。此例句使用尊敬語「ご出発になる」的部分是「說話者」給「句中提及人物（部長）」的敬意，但並不是給「聽話者（佐藤）」的敬意；句末「知っていますか」中的丁寧語「ます」的部分，才是給「聽話者（佐藤）」敬意。

⑩ 星野：天野さん、この本を TiN 先生に渡してください。
（星野：天野先生，請將這本書交給 TiN 老師。）

天野：わかりました。後でお渡しします。
（天野：好的。我稍後交給他。）

再來看個「謙讓語Ｉ」的例句。回覆句中「聽話者」為星野，接受書本的對象是「句中提及人物（TiN 老師）」。謙讓語「お渡しし」部分，是「說話者（天野）」給「句中提及人物（TiN 老師）」的敬意，而「ます」部分，則是「說話者（天野）」給「聽話者（星野）」的敬意。

辨析：

敬語的內（ウチ）外（ソト）關係

與「ウチ」（例如：公司內部）的人對談時，依照上下關係使用尊敬語、謙讓語。

・A：部長は今晩、出張からお帰りになるんですか。
（A：部長今天晚上出差結束回來是嗎？）
　B：ええ、たぶんもう空港にお着きになったと思います。
（B：是的，我想他大概已經到機場了吧。）

與「ソト」（例如：公司外部）的人對談時，外人的動作使用尊敬語，自家公司的人的動作（無論官位多大），一律使用謙讓語。

・A：東京銀行の山田です。陳社長はいらっしゃいますか。
（A：我是東京銀行的山田。請問陳社長在嗎？）
　B：申し訳ございません。社長は今、（〇おりません／ × いらっしゃいません）。
（B：不好意思。社長現在不在。）

・会場までは、社長がご案内します。
（由社長來帶領您至會場。）

六、尊敬語的形式與用例

【主要的尊敬語形式】

尊敬語形式	說明
I　尊敬助動詞「～（ら）れる」	敬意程度較低，多用於日常生活表現。可使用於大部分的動詞，但不可使用於「わかる、できる、くれる」等三個動詞。亦不可以使用於使役或是被動。
II「お・和語動詞~~ます~~・になる」 「ご・漢語動詞語幹・になる」	敬意程度比起「～（ら）れる」更高，多用於正式場合。但「いる、する、来る、見る、着る、寝る」…等，連用形僅有一音節的動詞不可使用（「出る」例外）。其他亦有少部分動詞，如「言う、くれる、散歩する」…等，不會使用此形式。上述無法使用此形式的動詞，多半會改用VII的特殊尊敬語動詞。
III「お・和語動詞~~ます~~・なさる」 「ご・漢語動詞語幹・なさる」	此表現比起II更為古風，且「お・和語動詞~~ます~~・なさる」現代多半已不使用；「ご・漢語動詞語幹・なさる」則是可以省略掉「ご」。連用形僅有一音節的動詞不可使用。
「お・和語動詞~~ます~~・なさい」 「~~ご~~・漢語動詞語幹・なさい」	另外，「なさる」的命令形為「なさい」，命令形可以使用於任何情況，但使用於漢語動詞時，不可加上「ご」。「お休みなさい、お帰りなさい」非命令形，為慣用表現。
IV「お・和語動詞~~ます~~・だ／です」 「ご・漢語動詞語幹・だ／です」	此為表目前狀態的尊敬語形式，語意接近表狀態的「～ている」。連用形僅有一音節的動詞不可使用。
V「お・和語動詞~~ます~~・くださる」 「ご・漢語動詞語幹・くださる」	此為表授受「～てくれる」的尊敬語形式，亦可使用「～てくださる」的形式，但敬意程度稍低。連用形僅有一音節的動詞不可使用於「お／ご～くださる」的形式，但可使用於「～てくださる」的形式。
「お・和語動詞~~ます~~・ください」 「ご・漢語動詞語幹・ください」	另外，「くださる」的命令形為「ください」。「お・和語動詞~~ます~~・ください」、「ご・漢語動詞語幹・ください」則是「～てください」的尊敬語形式。
VI「動詞＋ていらっしゃる」 「ナ形容詞語幹／ 名詞＋でいらっしゃる」	「動詞＋ていらっしゃる」為表目前狀態「～ている」的尊敬語形式，與IV相同。亦可使用「お・和語動詞~~ます~~・でいらっしゃる」、「ご・漢語動詞語幹・でいらっしゃる」的形式；「ナ形容詞語幹／名詞＋でいらっしゃる」則為「だ／です」的尊敬語形式。
VII「特殊尊敬語動詞」	此形式直接以本身帶有尊敬語義的動詞，來取代原有的動詞，以表達敬意。詳細例句及對照表請參閱「八、特殊尊敬語動詞與特殊謙讓語動詞的對照表與用例」。

※連用形，指動詞「ます」形去掉ます時的型態。如「行きます」的連用形即為「行き」。

※漢語動詞語幹，指「漢語＋する」動詞去掉「する」時的型態。如「案内する」的語幹即為「案内」。

※原則上「お＋和語動詞」；「ご＋漢語動詞」，但有少數漢語動詞例外，如：「お電話、お邪魔、お掃除、お食事…等」。

【尊敬語用例】

I 尊敬助動詞「～（ら）れる」

・部長は毎朝１時間ほど自宅から会社まで歩かれるそうです。
（聽說部長每天早上從家裡走一小時到公司。）

・皆様はホテルに泊まられた際、何時頃に起きられますか。
（各位住飯店的時候，都幾點起床呢？）

・先輩が来られるのを楽しみにしています。
（我很期待學長來。）

・社長が話をされていた新規プロジェクトをもう一度ご紹介したいと思います。
（我想再一次為各位介紹社長講的那新的企劃案。）

・私の説明が（× わかられますか／ ○おわかりになりますか）。
（您聽得懂我的說明嗎？）

・（使役）先生が生徒に日記を（× 書かせられる／ ○お書かせになる）。
（老師讓學生寫日記。）

・風邪の具合はいかがですか。今年の風邪は長引くみたいですから、どうぞお気を付けください。一日も早く回復されますように。
（您感冒狀況如何呢？今年的感冒好像會拖很長，請小心身體，祝您早日康復。）

II「お・和語動詞~~ます~~・になる」
「ご・漢語動詞語幹・になる」

・社長は今会社に（○ お着きになりました／○ ご到着になりました）。
（社長現在已經到達公司了。）

・もうお帰りになるんですか。ゆっくりしていけばいいじゃないですか。
（您要回去了啊？再多待一會兒啊。）

・混雑時など、待合室でお待ちになることを避けたい方はお車でお待ちください。
（人潮眾多時，若想避免在等候室等待的人，請在車內等待。）

・部長は会議室に（× おいになります／○ いらっしゃいます）。（「い~~ます~~」一音節）
（部長在會議室。）

・日銀の総裁が先週の会見で金融情勢はまだまだ警戒水準と
（× お言いになりました／○ おっしゃいました）。
（日本銀行的總裁在上星期的記者會上說，現在的金融情勢仍需要警戒。）

III「お・和語動詞~~ます~~・なさる」
「ご・漢語動詞語幹・なさる」

・今回のセミナーには山本先生も（○ ご出席なさいます／○ 出席なさいます）。
（這次的研討會，山本老師也會出席。）

・この契約は株主たちも（○ ご承諾なさった／○ 承諾なさった）はずです。
（這個契約，股東們應該也已經同意了。）

・ご利用なさる前に、注意事項をよくお読みください。
（在您使用之前，請仔細閱讀注意事項。）

・（命令形和語動詞）あなたの意見をこの紙に（○ お書きなさい／○ 書きなさい）。
（把你的意見寫在紙上。）

・（命令形漢語動詞）今すぐ（× ご帰宅なさい／○ 帰宅なさい／○ 帰宅しなさい）。
（現在立刻回家！）

IV「お・和語動詞~~ます~~・だ／です」
「ご・漢語動詞語幹・だ／です」

・お客様がお待ちです。（＝待っています）
（客人在等了。）

・社長がお呼びです。（＝呼んでいます）
（社長叫你。）

・お客様のご到着です。（＝到着しました）
（客人到了。）

・先生は今ご在宅でしょうか。（＝家にいますか）
（老師現在在家嗎？）

・記者：事故が起きた当時のことをお覚えですか。（＝覚えていますか）
（記者：您還記得事故發生時的事情嗎？）
田中：はい。あまり鮮明ではありませんが。
（田中：還記得。但記得不是很清楚。）

V「お・和語動詞~~ます~~・くださる」
「ご・漢語動詞語幹・くださる」

・鈴木課長はアメリカ旅行のお土産を、うちまで
（○ お送りくださった／○ 送ってくださった）。（＝送ってくれた）
（鈴木課長把他從美國帶回來的伴手禮親自送到我家。）

・色々（○ ご指導くださり／○ 指導してくださり）、ありがとうございました。
（＝指導してくれて）
（感謝您的多方指導。）

・ライブ配信を（× お見くださった／○ 見てくださった）皆さま、ありがとうございます！
（感謝各位看我直播的觀眾。）

・どうぞ、お座りください。（＝座ってください）
（請坐。）

・申し込みの際は、必ず住民票をご用意ください。（＝用意してください）
（申請時，請務必準備好住民票。）

VI「動詞＋ていらっしゃる」
「ナ形容詞語幹／名詞＋でいらっしゃる」

・お客様が（○ 待っていらっしゃいます／○ お待ちでいらっしゃいます／○ お待ちです）。
（＝待っています）
（客人在等了。）

・社長が（○ 呼んでいらっしゃいます／○ お呼びでいらっしゃいます／○ お呼びです）。（＝呼んでいます）

（社長叫你。）

・こちらは春日社長の奥様でいらっしゃいます。（＝奥様です）

（這位是春日社長的夫人。）

・ご無沙汰しております。お元気でいらっしゃいますか。（＝お元気ですか）

（久違了，別來無恙／近來可好？）

七、謙讓語的形式與用例

【主要的謙讓語形式】

謙讓語形式	說明
I「お・和語動詞~~ます~~・する」 「ご・漢語動詞語幹・する」	此為典型的謙讓形式，使用時必須要有動作對象的存在。「いる、する、来る、見る、着る、寝る、出る」…等，連用形僅有一音節的動詞不可使用。其他亦有少部分動詞，如「言う、もらう」…等，不會使用此形式。上述無法使用此形式的動詞，多半會改用VII的特殊謙讓語動詞。
II「お・和語動詞~~ます~~・いたします」 「ご・漢語動詞語幹・いたします」	與形式 I 相同，但謙讓度更高。連用形僅有一音節的動詞不可使用。此外，此形式不可使用常體「お／ご～いたす」的型態，一定要使用敬體「お／ご～いたします」的型態。
III「お・和語動詞~~ます~~・申し上げる」 「ご・漢語動詞語幹・申し上げる」	與形式 I 、II 相同，謙讓度是三者當中最高的。連用形僅有一音節的動詞不可使用。屬於正式用語，一般多用在正式的商業場合，不使用於口語中。
IV「お・和語動詞~~ます~~・いただく」 「ご・漢語動詞語幹・いただく」	此為表授受「～てもらう」的謙讓語形式，亦可使用「～ていただく」的形式，但謙讓程度稍低。連用形僅有一音節的動詞不可使用於「お／ご～いただく」的形式，但可使用於「～ていただく」的形式。
V「お・和語動詞~~ます~~・願う」 「ご・漢語動詞語幹・願う」	此為說話者請求「對方」做某事的謙讓表現。屬於正式用語，不使用於口語對話中。連用形僅有一音節的動詞不可使用。
VI「～（さ）せていただく」 （※ 參考 N3 第 67 項文法）	此為動詞使役形加上表授受的「～ていただく」所形成的謙讓表現。要特別注意的是，動作者必須使用助詞「が」，不可使用「に」。另外，形式 I ～ V，都有動詞上的使用限制，但本形式文法上的限制較小，幾乎可使用於所有的動詞，故近年使用此謙讓形式的情況較頻繁。
VII「特殊謙讓語動詞」	此形式直接以本身帶有謙讓語義的動詞，來取代原有的動詞，以表達謙讓。詳細例句及對照表請參閱「八、特殊尊敬語動詞與特殊謙讓語動詞的對照表與用例」。

【謙譲語用例】

I「お・和語動詞~~ます~~・する」
「ご・漢語動詞語幹・する」

・こちらの資料は、課長にお返しするものだから、あちらのコピーを使ってください。
（這邊的資料是要還給課長的，你拿那邊的影本去用。）

・この件につきましては、私からはご返答できません。
（有關於這件事，我無法給您答覆。）

・今日、クレジットカード払いのお客様の会計をしたのですが、 お客様控えをお渡ししたはずが、間違えて加盟店控えの方をお渡ししてしまいました。
（今天我幫一位用信用卡付款的客戶結帳，理應是要將客戶留存單給他，但卻誤給他了加盟店留存單。）

II「お・和語動詞~~ます~~・いたします」
「ご・漢語動詞語幹・いたします」

・順番が参りましたら、（〇 お呼びします／〇 お呼びいたします）ので、
待合室でお待ちください。
（等輪到您的時候，我會叫您，請在等候室等待。）

・状況がわかり次第、（〇 ご連絡します／〇 ご連絡いたします）。
（狀況明瞭後，立即跟您連絡。）

・先生を最寄りの駅まで
（〇 ご案内した／〇 ご案内しました／ × ご案内いたした／〇 ご案内いたしました）。
（我帶領老師到了最近的車站。）

III「お・和語動詞~~ます~~・申し上げる」
「ご・漢語動詞語幹・申し上げる」

・またのご来店をお待ち申し上げます。
（期待您再度光臨。）

・お気持ちだけありがたく頂戴し、お品についてはお返し申し上げます。
（您的心意我心領了，禮品就還給您。）

・誠に勝手ながら、年末年始休業日についてご案内申し上げます。
（很抱歉，在此向您告知年底年初的休業日。）

・この度、私どもが婚約いたしましたことを謹んでご報告申し上げます。
（謹在此向各位報告我倆婚約的消息。）

・この度は、私どもの商品発送ミスにより、お客様に大変ご迷惑をお掛けしましたことを深くお詫び申し上げます、申し訳ございませんでした。
（這次因為敝司商品發送的疏失，給各位客戶添麻煩了，在此向各位慎重道歉。）

Ⅳ「お・和語動詞~~ます~~・いただく」
「ご・漢語動詞語幹・いただく」

・山田課長には多くのことを（○ お教えいただき／○ 教えていただき）、感謝しています。
（我從山田課長那裡學到許多東西，非常感謝他。）

・当社主催のパーティーに（○ ご出席いただきたく／○ 出席していただきたく）、ご連絡差し上げました。
（我想邀約您參加敝公司主辦的派對，因而向您聯繫。）

・会社に新型コロナウイルスの感染者が出た場合には、全員自宅待機（× おしいただきます／○ していただきます）。（「し~~ます~~」一音節）
（公司如果有出現武漢肺炎新冠病毒的感染者，就要請全部員工都待在家裡。）

・下水道工事中、ご不便をお掛けいたしますが、どうかご理解いただきたく、よろしくお願い申し上げます。
（下水道施工期間，為各位帶來不便，還請各位能見諒／想請各位能諒解。）

・新宿病院では、現在事務スタッフを募集しています。詳細は、ホームページをご覧いただくか、直接お電話でお問い合わせください。
（新宿醫院現在正在招募事務人員。詳細請您查詢網站或直接電話洽詢。）

Ⅴ「お・和語動詞~~ます~~・願う」
「ご・漢語動詞語幹・願う」

・図書館では小さな声でお話し願います。（＝話してください）
（在圖書館請輕聲細語交談。）

・室内での喫煙はおやめ願います。（＝やめてください）
（請勿在室內抽煙。）

・来週の懇親会に出席希望の方は至急ご返答願います。（＝返事してください）
（欲出席下週懇親會的人，請盡快回覆。）

・新型コロナウイルスが陽性と診断されたお客様にはご来店をご遠慮願いたい。（＝遠慮して欲しい）
（被診斷為武漢肺炎／新冠病毒陽性的客人，請勿來店。）

・作業日に関しましては、お客様のご都合をお聞かせ願います。（＝聞かせてください）
（有關於施工日期，想請教客人您何時方便。）

・お客様、ご希望の便が満席でしたので、他の便にご変更願いたいのですが、よろしいでしょうか。（＝変更して欲しい）
（客人，您想預約的班機已經客滿了，是否可以請您變更為其他的航班？）

VI「～（さ）せていただく」

・本日は都合により、休ませていただきます。
（本日因故歇業一天。）

・この仕事は、私（〇が／×に）やらせていただきます。
（這件工作，就由我來做。）

・すばらしいロケーションに最高のお料理でした。またぜひ来させていただきます。
（貴店位處精華，料理也很棒。我一定會再來吃。）

・A：新聞記者から弁護士に転職しようと思われたのはなぜですか。
（A：您為什麼會想要從記者轉換跑道去當律師呢？）
B：事件の取材で、被害者の方の話を聞かせていただく中で、大変なご苦労があることを知り、そういう方たちの力になりたいと思うようになったんです。
（B：在我採訪事件時，聽了許多受害者的說詞，了解到他們有許多辛苦，因此想要能夠對這些人能夠有所幫助。）

八、特殊尊敬語動詞與特殊謙讓語動詞的對照表與用例

特殊尊敬語動詞	一般動詞	特殊謙讓語動詞
いらっしゃる／見(み)える／ おいでになる／ お越(こ)しになる	来(く)る	参(まい)る／伺(うかが)う
いらっしゃる	行(い)く	参(まい)る／伺(うかが)う／上(あ)がる
いらっしゃる／ おいでになる	いる	おる （僅能作為「謙讓語 II（丁重語）使用」）
召(め)し上(あ)がる	食(た)べる／飲(の)む	いただく
なさる	する	いたす
おっしゃる	言(い)う	申(もう)す／申(もう)し上(あ)げる
ご覧(らん)になる	見(み)る	拝見(はいけん)する
お耳(みみ)に入る	聞(き)く	伺(うかが)う／承(うけたまわ)る／拝聴(はいちょう)する
----------	読(よ)む	拝読(はいどく)する
----------	思(おも)う	存(ぞん)じる
お求(もと)めになる	買(か)う	----------
----------	受(う)ける	承(うけたまわ)る
お納(おさ)めになる	受(う)け取(と)る	いただく／頂戴(ちょうだい)する
ご存知(ぞんじ)だ	知(し)る／知(し)ってい る	存(ぞん)じる／存(ぞん)じ上(あ)げる／ 存(ぞん)じている

ご承知だ	わかる	承知だ／承知する／ かしこまる
----------	会う	お目にかかる
---------- ----------	見せる	お目にかける／ ご覧に入れる
----------	借りる	拝借する
----------	引き受ける	承る
お休みになる	寝る	----------
亡くなる／亡くなられる／ お亡くなりになる	死ぬ	----------
----------	ある	ござる（ございます） (一般作「丁寧語」解)
---------- ---------- くださる	あげる もらう くれる	差し上げる いただく／頂戴する／賜る ----------
召す／お召しになる	着る	----------
お風邪を召す	風邪を引く	----------
お年を召す	年を取る	----------
お気に召す	気に入る	----------
～でいらっしゃる	～です	～でございます
----------	～にあります	～にございます

【特殊尊敬語動詞用例】

- 課長：山田君、A社の鈴木様がおいでになったら（⇒来たら）、応接室に案内してくれ。
（課長：山田，A公司的鈴木先生來了之後，先帶他去會客室。）

- この町の歴史を研究するにあたり、長老の西村さんにお話を伺った。町に初めてデパートができた時のことを鮮明に覚えておいでになり（⇒覚えていて）、その記憶力に驚いた。
（因為研究這個城鎮的歷史，而去詢問長老西村先生。他還很清晰地記得城鎮第一間百貨公司剛開幕的時候的事情，對於他的記憶力我真的倍感驚訝。）

- 質問が聞き取れなかったので、もう一度おっしゃってくださいませんか（⇒言ってくれませんか）。
（因為我聽不清楚您的問題，能請您再講一次嗎？）

- 本サービスを利用される方は、利用規約をご覧になった上で（⇒見た上で）、お申し込みください。
（欲使用本服務的人，請詳閱使用規則後再申請。）

- もし、このことが陛下のお耳に入ったら（⇒陛下が聞いたら）、大変なことになるよ。
（這件事要是傳入陛下耳裡，就大事不妙了。）

- WEBでオンラインチケットを購入せず、当日現地でチケットをお求めになる（⇒買う）方は、当ビル1階の受付までお越しください。
（若不在網站上線上購票，要當天於現場購票的人，請到本大樓一樓的窗口。）

- 首都封鎖しないで、感染者数が一気に増えたら、社会に甚大な被害をもたらすことは、知事本人が一番ご承知のはずだ（⇒わかっているはずだ）と思います。
（如果不封鎖首都，而導致感染人數一舉暴增，將會為社會帶來巨大的傷害，這件事知事本人應該最清楚。）

- 教授の弟さんが昨日、新型肺炎で亡くなられた（⇒死んだ）そうで、気の毒です。
（聽說教授的弟弟，昨天因武漢肺炎過世，真的很可憐。）

- きれいなワンピースをお召しになっています（⇒着ています）ね。どこでお求めになった（⇒買った）のですか。
（您穿這連身長裙好漂亮啊。您在哪裡購買的呢？）

・オフィシャルサイトにてご購入された商品の色などがお気に召さない（⇒気に入らない）場合は返品が可能でございます。

（在官方網站上購買的商品，若您對顏色等感到不滿意的話，是可以退貨的。）

【特殊謙譲語動詞用例】

・新市長に当選した小泉氏は「選挙中に掲げた政策を、市長として私自ら先頭に立って実行して参ります（⇒実行していきます）」と決意を述べた。

（當選新市長的小泉先生，述說了他的決心：「在選舉中所提出的政見，我將做為市長站在最前線，來施行」。）

・ご注文のお品をお届けに上がりたい（⇒行きたい）のですが、明日のご都合はいかがでしょうか。

（我想要將您訂的東西送過去，您明天方便嗎？）

・このページでは、当ホテルにご宿泊いただいたお客様から頂戴した（⇒もらった）ご意見、ご感想を掲載しております（⇒掲載しています）。

（在這個網頁裡，我們將會刊登住在本飯店的客戶所給的意見與感想。）

・メーカーの表記は大体平均値ですから何ミリの誤差は致し方ございません（⇒仕方がありません）。

（因為廠商的標示是大概的平均數值，因此會有幾毫米的差異也是沒辦法的。）

・それでは以上の件につき、引き続きご検討いただければ幸いに存じます（⇒嬉しく思います）。

（那麼，關於以上的事，希望您能繼續考慮、檢討。）

・一度会ってお話ししたいと思っています。勝手なのは重々承知です（⇒よくわかっています）が、お時間作っていただく（⇒作ってもらう）わけにはいきませんか。

（我想跟您當面談。我很知道這樣做非常任性，但不能請您空出個時間給我嗎？）

・春日様、お目にかかれて（⇒会えて）光栄です。

（春日先生，能夠見到您，我感到非常榮幸。）

・お客様のご予算に合わせて、花束をお作りします。送料無料で日にち指定の全国発送も承っております（⇒引き受けている）。

（我們可以配合客戶您的預算來做花束。我們亦接受於指定日期免運費全國配送。）

・あなたが死ぬ前に一ついいことを教えて差し上げましょう（⇒教えてあげましょう）。今回の騒動は仕組まれていたものです。

（在您死前，我告訴您一件好事情。就是這次的暴亂，是人為策劃的。）

・受診の際は必ず予約をお取り下さい。予約なしで来院された場合は、予約可能な一番早い時間で予約をお取りします。その時間まで待っていただく（⇒待ってもらう）か、改めて予約時間に来院していただきます（⇒来院してもらう）。

（看病時請務必要預約。沒預約就來醫院的話，會為您儘早安排可能的時間。可能會請您在醫院等到那個時間，或是請您先回去，等時間到的時候再來。）

九、丁重語的形式與用例

在本篇『三、「謙讓語Ⅰ」與「謙讓語Ⅱ（丁重語）」』，有提及「謙讓語Ⅰ」與「謙讓語Ⅱ（丁重語）」的差別，在於前者需要動作接受的對象、後者不需要。

「謙讓語Ⅱ（丁重語）」的主要形式有二：一為加上「〜いたします」的形式；一為使用「特殊謙讓語動詞」。有關於特殊謙讓語動詞，有些詞彙僅能作為「謙讓語Ⅰ」使用，有些詞彙僅能作為「謙讓語Ⅱ（丁重語）」使用，而有些詞彙則是同時可作為「謙讓語Ⅰ」與「謙讓語Ⅱ（丁重語）」使用。下表列出可作為「謙讓語Ⅱ（丁重語）」使用的特殊謙讓語動詞以及其一般動詞。

由於「謙讓語Ⅱ（丁重語）」屬於「對者敬語」，敬意表現是針對聽話者的，因此僅能使用敬體，必須和丁寧語「ます」一起使用，因此下列詞彙以「〜ます」形列舉。

此外，「謙讓語Ⅱ（丁重語）」除了用來講述「人的動作」以外，亦可用來講述「事物的狀態」（如用例中的下雨、電車到達）。

【主要的丁重語形式】

丁重語形式	說明
Ⅰ「漢語動詞語幹・いたします」	此形式不可使用常體「〜いたす」的型態， 一定要使用敬體「〜いたします」的型態。
Ⅱ「特殊謙讓語動詞」	いたします（します） 参ります（行きます／来ます） 申します（言います） 存じます（知ります／思います） いただきます（食べます／飲みます） おります（います）

【丁重語用例】

・明日の朝一の便でアメリカへ（× 出発いたす／〇 出発いたします）。
（我明天早上搭第一班機出發前往美國。）

・これから、東京に（× 参る／〇 参ります）。
（我現在要去東京。）

・今後も努力して参ります。
（今後我會繼續努力。）

・初めまして、私、鈴木と申します。
（初次見面，敝姓鈴木。）

・この件の経緯はよく存じております。
（我很清楚這件事情的原委。）

・わあ、美味しそう。いただきます。
（哇，好好吃喔。開動。）

・電車は間もなく終点に到着いたします。
（電車即將到達終點站。）

・朝からずっと強い雨が降っております。
（從早上就一直下著很大的雨。）

辨析：

「謙讓語Ｉ」專用的特殊謙讓語動詞如下：

伺う、申し上げる、拝見する、差し上げる、いただく

以上詞彙使用時一定要有動作對象

× **私は鈴木と申し上げます。（沒對象）**

（敝姓鈴木。）

○ **暑中お見舞い申し上げます。（有對象）**

（謹在此向您呈上夏季的問候。）

「謙讓語 II（丁重語）」專用的特殊謙讓語動詞如下：

おります

以上詞彙使用時一定沒有動作對象

○ **昨日は一日中自宅におりました。（沒對象）**

（昨天我一整天都待在家裡。）

「謙讓語Ｉ」與「謙讓語 II（丁重語）」兩者通用的特殊謙讓語動詞：

参る、いただく、申す、いたす、存じている

以上詞彙可同時用於有動作對象與無動作對象的語境

○ **明日、東京へ参ります。（沒對象）**

（明天要去東京。）

○ **明日、先生のお宅に参ります。（有對象）**

（明天要去拜訪老師家。）

十、形容詞與名詞的特別丁寧體

在本文「二、敬語的種類」介紹敬語分類時，已介紹過丁寧語「～です」、「～ます」的功能。在日文中，形容詞與名詞還可使用「～でございます」的形式，來表示「特別丁寧體」。「特別丁寧體」僅使用於非常正式的場合、自我介紹、書信等少數場合。ナ形容詞與名詞僅需於語幹後面加上「でございます」即可，但イ形容詞則會有「ウ音便」：

	特別丁寧體	特別丁寧體否定
イ形容詞	忙しゅうございます	忙しゅう（は）ございません
ナ形容詞	元気でございます	元気ではございません
名詞	学生でございます	学生ではございません

イ形容詞ウ音便規則如下：

① 將語尾「い」，轉為「う」後，再加上「ございます」。

例：安(やす)い　→　安(やす)うございます
　　暑(あつ)い　→　暑(あつ)うございます
　　面白(おもしろ)い　→　面白(おもしろ)うございます

・今日(きょう)は随分(ずいぶん)お暑(あつ)うございますね。
（今天好熱喔。）

・昨日(きのう)のドラマは大変(たいへん)面白(おもしろ)うございました。
（昨天的連續劇非常有趣。）

② 若語尾「い」的前一個音為「i」段音，則「i い」轉為「～ yu う」後，再加上「ございます」。

例：大(おお)きい（ki　い）　→　大(おお)きゅう（kyu う）ございます
涼(すず)しい（shi い）　→　涼(すず)しゅう（syu う）ございます
美(うつく)しい（shi い）　→　美(うつく)しゅう（syu う）ございます

・以上(いじょう)でよろしゅうございますか。
（以上這樣可以嗎？）

・この店(みせ)の料理(りょうり)はあまり美味(おい)しゅうございません。
（這間店的料理不怎麼美味。）

③ 若語尾「い」的前一個音為「a」段音，則「a い」轉為「o う」後，再加上「ございます」。

例：有(あ)り難(がた)い（ta い）　→　ありがとう（to う）ございます
冷(つめ)たい（ta い）　→　冷とう（to う）ございます
お早(はや)い（ya い）　→　おはよう（yo う）ございます

・おはようございます。今日(きょう)は昨日(きのう)と違(ちが)って、とても暖(あたた)こうございますね。
（早安。今天跟昨天不同，很溫暖耶。）

・エレベーターの交換(こうかん)はかなり金額(きんがく)がかかりますが、住民(じゅうみん)一人(ひとり)一人(ひとり)の負担金(ふたんきん)はそれほど高(たこ)うございませんので、どうかご安心(あんしん)くださいませ。
（雖然換新的電梯需要花很多錢，但每個居民的負擔金額並不是很高，敬請安心。）

イ形容詞的「特別丁寧體」（ウ音便）在舊制考試中偶爾會出題，但新制考試截至目前為止尚未出題過。同學們僅需了解有這樣的情況即可，不需死背規則。

special 單元小測驗

1．3月21日にバスツアーを開催予定でしたが、新型コロナウイルスの感染拡大を考慮し、参加者の安全を第一に考えた結果、中止することにいたしました。何卒ご理解（　　）お願い申し上げます。

1　差し上げたく　2　いたしたく　3　いただきたく　4　申し上げたく

2．この度は、弊社の電話対応に不手際があり、ご迷惑をおかけしましたことを深く（　　）。

1　詫びでいただきます　2　お詫びいただきます
3　詫びでいらっしゃいます　4　お詫び申し上げます

3．契約の内容を確認させていただきましたが、1点ご変更（　　）項目がございます。

1　くださりたい　2　なさりたい　3　になりたい　4　願いたい

4．可能な限りご予算内で対応させていただきますので、是非前向きにご検討いただければ幸いに（　　）。

1　承ります　2　存じます　3　預かります　4　頂戴します

5．アンティーク商品のため、経年による多少の傷や汚れ、色落ち等がございます。写真をよく（　　）、購入くださいますようお願いいたします。

1　ご覧の結果　2　ご覧になった結果
3　ご覧くださった上に　4　ご覧になった上で

6．お客様から（　　）ご意見・ご指摘は今後の運営に反映させて参りますので、お気づきの点等がございましたら是非ともお気軽にお寄せください。

1　なさった　2　差し上げた　3　頂戴した　4おいでくださった

7．具合はいかがですか。一日も早くお元気に（　　）書中にてお見舞い申し上げます。

1　されますように　2　なられますように
3　願ってはどうでしょうか　4　していらっしゃると存じ

8．大統領に再選されたA氏は「これまで実施してきた施策の成果を検証しつつ、計画に掲げる政策・施策を着実に実行して（　　）」と決意を述べた。

1　いたします　2　参ります　3　願います　4　頂戴します

9. 弊社は商品の発送には十分配慮しておりますが、配送時の破損による劣化等お気付きの点がございましたら、直ちに電話にてお知らせ（　　）。
   1　願います　2　いたします　3　なさいます　4　申します

10. ご結婚おめでとうございます。今の気持ちを（　　）。
   1　お聞きいただけませんか　2　お話になるでしょうか
   3　お聞かせ願えますか　4　お話申し上げましょうか

11. 素晴らしい旅館でした。ありがとうございました。また、来年のこの時期にお邪魔に（　　）ので、よろしくお願いいたします。
   1　願います　2　上がります　3　なさいます　4　見えます

12. 新入社員の山下さんのことなんですが、仕事中におしゃべりが多くて困っているんです。課長から一言（　　）。
   1　申し上げてもよろしいですか　2　お詫びくださいませんか
   3　伺ってもよろしいでしょうか　4　おっしゃってくださいませんか

13. 課長、税務署に提出する書類なんですが、なるべく早く（　　）。
   1　作っていただいてはいかがでしょうか　2　作っていただいたと思うんですが
   3　作っていただけると助かるんですが　4　作っていただくんでしょうか

14. この「市長のブログ」では、私が市役所の中で感じたこと、皆さんのお話を（　　）感じたことを率直に書かせていただきたいと思っています。
   1　聞いてくださる一方で　2　聞いていただく中で
   3　聞かせてくださる一方で　4　聞かせていただく中で

15. 部長：田中君、今度の会議でこのプロジェクトの説明をするのは青木課長だっけ？
   田中：はい、課長がご説明（　　）。
   1　なさいます　2　いただきます　3　申します　4　願います

16. （電話で）

吉井：あ、斉藤先生でいらっしゃいますか。東洋出版の吉井でございますが、今から原稿をいただきに上がってもよろしいでしょうか。

斉藤：すみません。まだできていないんですが…。あと一週間ほど（　　）。

1　待っておいでになります
2　お待ち申し上げております
3　待たせていただくことにしましょうか
4　待っていただくわけにはいきませんか

17. （パーティーで）

石井：あ、山田さんはS社にお勤めなんですね。今度、スミスさんがCEOになられるそうで。

山田：えっ、石井さん、スミスとお知り合いなんですか。

石井：ええ、以前アメリカで大変お世話になりまして、よく（　　）よ。

1　存じ上げています　　2　知っていただけます
3　ご存じです　　4　知って差し上げ

18. 皆様のおかげで（　　）ございました。

1　楽しゅう　　2　楽しい　　3　楽しかった　　4　楽しくて

單元小測驗解答

01 單元

①1 ②2 ③4 ④3 ⑤3
⑥1 ⑦1 (2134)
⑧4(2341) ⑨1 (4312)
⑩1 (4312)

02 單元

①2 ②2 ③1 ④1 ⑤3
⑥3 ⑦1 (4213)
⑧3(2134) ⑨3 (4132)
⑩1 (2314)

註：「だろうに」用於表「沒發生（反事實）的感嘆口氣。」

03 單元

①2 ②3 ③1 ④4 ⑤3
⑥1 ⑦3 (4312)
⑧2(4321) ⑨1 (3412)
⑩2 (4321)

04 單元

①2 ②1 ③4 ④1 ⑤3
⑥1 ⑦2(3421)
⑧3(4132) ⑨2(4321)
⑩4(3241)

05 單元

①2 ②4 ③1 ④4 ⑤3
⑥2 ⑦2(3124)
⑧3(4231) ⑨2(3421)
⑩1(2413)

06 單元

①2 ②3 ③1 ④1 ⑤2
⑥2 ⑦3(2431)
⑧2(4321) ⑨3(1432)
⑩1(2413)

07 單元

①2 ②1 ③3 ④4 ⑤3
⑥1 ⑦1 (3412)
⑧1(4312) ⑨3 (1432)
⑩1(3412)

08 單元

①4 ②1 ③3 ④2 ⑤2
⑥1 ⑦2 (1423)
⑧4(2143) ⑨1 (2413)
⑩1(2413)

09 單元

①3 ②4 ③1 ④1 ⑤2
⑥2 ⑦1(4213)
⑧4(2143) ⑨1(3214)
⑩4(2143)

10 單元

①2 ②2 ③1 ④4 ⑤3
⑥3 ⑦3(4231)
⑧4(3421) ⑨3(2314)
⑩1(2413)

11 單元

①3 ②3 ③2 ④1 ⑤2
⑥1 ⑦1 (3412)
⑧2(3124) ⑨1 (3214)
⑩2(3124)

12 單元

①2 ②4 ③1 ④3 ⑤2
⑥1 ⑦3(1432)
⑧1(3412) ⑨1(3214)
⑩2(3421)

單元小測驗解答

13 單元

①1 ②3 ③2 ④1 ⑤4
⑥2 ⑦1 (2314)
⑧2(3421) ⑨4 (2143)
⑩2(3124)

14 單元

①2 ②2 ③1 ④4 ⑤1
⑥4 ⑦4 (2143)
⑧4(3241) ⑨4 (2341)
⑩2(4231)

15 單元

①2 ②1 ③4 ④3 ⑤2
⑥2 ⑦2(3124)
⑧3 (2431) ⑨4 (3241)
⑩3 (4231)

16 單元

①1 ②1 ③4 ④2 ⑤3
⑥2 ⑦2(3421)
⑧4(3142) ⑨1(3214)
⑩2(4321)

17 單元

①2 ②3 ③1 ④2 ⑤4
⑥2 ⑦1(4213)
⑧1(2413) ⑨1(3214)
⑩2(4213)

18 單元

①2 ②1 ③3 ④2 ⑤4
⑥1 ⑦2(1423)
⑧3(4132) ⑨1(2413)
⑩4(2431)

19 單元

①2 ②2 ③1 ④2 ⑤3
⑥1 ⑦1 (2314)
⑧4(3142) ⑨4 (3241)
⑩1(2413)

20 單元

①2 ②2 ③1 ④4 ⑤2
⑥2 ⑦1 (4213)
⑧4(2413) ⑨4 (3412)
⑩1(2413)

21 單元

①1 ②2 ③3 ④4 ⑤2
⑥1 ⑦3(1234)
⑧4(1342) ⑨1(2413)
⑩1(2413)

22 單元

①1 ②4 ③2 ④1 ⑤2
⑥3 ⑦3(4231)
⑧3(4132) ⑨4(3241)
⑩4(3142)

23 單元

①1 ②4 ③2 ④2 ⑤3
⑥2 ⑦4 (3241)
⑧3(2341) ⑨1 (3412)
⑩2(1423)

24 單元

①2 ②1 ③3 ④4 ⑤1
⑥2 ⑦1(2413)
⑧4(2341) ⑨4(1342)
⑩2(3241)

單元小測驗解答

25 單元

①3 ②3 ③4 ④2 ⑤1

⑥4 ⑦1 (3412)

⑧4(1243) ⑨4 (3412)

⑩3(2314)

26 單元

①3 ②4 ③4 ④2 ⑤1

⑥2 ⑦4 (3241)

⑧3(4231) ⑨1 (2314)

⑩4(2341)

27 單元

①1 ②2 ③3 ④1 ⑤2

⑥1 ⑦1(3142)

⑧1 (3214) ⑨4 (2143)

⑩2 (4321)

28 單元

①1 ②2 ③3 ④4 ⑤2

⑥3 ⑦2(3421)

⑧4(3241) ⑨4(3142)

⑩2(1423)

29 單元

①3 ②1 ③2 ④1 ⑤1

⑥4 ⑦1(3214)

⑧3(1432) ⑨2(1324)

⑩3(4231)

30 單元

①2 ②1 ③3 ④4 ⑤1

⑥2 ⑦1(2413)

⑧2(4321) ⑨3(1432)

⑩3(1234)

special 單元

①3 ②4 ③4 ④2 ⑤4

⑥3 ⑦2 ⑧2 ⑨1 ⑩3

⑪2 ⑫4 ⑬3 ⑭4 ⑮1

⑯4 ⑰1 ⑱1

索引

N1 系列 - 文法

穩紮穩打！新日本語能力試驗 N 1 文法（修訂版）

編　著　目白 JFL 教育研究会
代　表　TiN
封面設計　陳郁屏
排版設計　想閱文化有限公司
總編輯　田嶋 恵里花
校稿協力　謝宗勳
發行人　陳郁屏
出　版　想閱文化有限公司
發　行　想閱文化有限公司
屏東市 900 復興路 1 號 3 樓
電話：(08)732 9090
Email： cravingread@gmail.com
總經銷　大和書報圖書股份有限公司
新北市 242 新莊區五工五路 2 號
電話：(02)8990 2588
傳真：(02)2299 7900
修訂一版　2023 年 12 月　二刷
定　價　520 元
ISBN　978-626-95661-2-9

國家圖書館出版品預行編目 (CIP) 資料

穩紮穩打！新日本語能力試驗 N1 文法 = Japanese-language proficiency test/ 目白 JFL 教育研究会編著 . -- 修訂一版 . -- 屏東市：想閱文化有限公司 , 2022.05
面；　公分 . -- (N1 系列 . 文法)
ISBN 978-626-95661-2-9(平裝)
1.CST: 日語 2.CST: 語法 3.CST: 能力測驗

803.189　　111005259

版權所有 翻印必究
ALL RIGHTS RESERVED

若書籍外觀有破損、缺頁、裝訂錯誤等不完整現象，請寄回本社更換。